LE GOUROU
SUR LA BRANCHE

KIRAN DESAI

LE GOUROU SUR LA BRANCHE

Roman

Traduit de l'anglais
par Jean Demanuelli

*Ouvrage traduit avec le concours
du Centre national du livre*

CALMANN-LÉVY

Titre original anglais :
HULLABALOO IN THE GUAVA ORCHARD
(Première publication : Faber and Faber, Londres, 1998)

ISBN 2.7021.3012.7

À ma famille, avec affection

1

Cet été-là, la chaleur avait plongé la ville de Shahkot dans une épaisse brume jaune. L'entassement des toits et le fouillis des cordes à linge, qui d'ordinaire se distinguaient jusqu'au pied des contreforts barrant l'horizon, étaient masqués à la vue, noyés dans un ciel plein de poussière.

« Tous nos ennuis viennent des cumulus qui ont emmagasiné trop de chaleur, annonça M. Chawla, citant un article du journal qu'il était en train de lire, en raison des projections de cendres lors de la récente reprise de l'activité volcanique en Terre de Feu. »

Quelques instants plus tard, il déclarait, sans se préoccuper de savoir si quelqu'un l'écoutait : « Il semblerait qu'il faille en chercher la cause dans les courants marins qui longent les côtes de l'Afrique occidentale et les mystérieux mouvements moléculaires enregistrés dans les calottes glaciaires des pôles. »

Puis : « L'Irak essaie de nous voler notre mousson en créant artificiellement des zones de basse pression au-dessus de ses déserts de façon à priver de vents le continent indien. »

Et même : « Un joueur de flûte hongrois prétend pouvoir détourner les nuages de l'Europe vers l'Inde grâce à son instrument. »

« Mais pourquoi ne peut-on pas penser à des solutions plus sérieuses ? demanda M. Chawla à la cantonade. Il fait bien trop chaud pour perdre son temps avec des musiciens hongrois. »

Shahkot pouvait s'enorgueillir d'avoir les températures les plus élevées de tout le pays, et les propositions destinées à déclencher la mousson y fleurissaient par dizaines. M. Chawla lui-même soumit au bureau des Eaux et Forêts un plan d'abattage et de reboisement selon une procédure très élaborée ; l'armée mit au point une formation géométrique tout à fait spéciale qui devait permettre à des avions à réaction de disperser les nuages pour les conduire dans la bonne direction ; de son côté, la police proposa un mariage de grenouilles célébré au temple en grande pompe. Vermaji, professeur à l'université, mit au point un ventilateur géant qui devait attirer les nuages de la mousson du sud en créant un couloir où s'engouffreraient les vents en direction du massif de l'Himalaya et demanda à la compagnie d'électricité de lui fournir du courant en suffisance pour pouvoir tester son appareil. Plusieurs savants amateurs, comme M. Barnala de Tailor Gully et Mlle Raina, exploitante agricole dans les environs de Sainik, participèrent à des foires commerciales où ils exposèrent des appareils qui émettaient des rayons magnétiques et des bourdonnements sonores. La ville entière était inquiète. Au commissariat, le mercure grimpa si haut que les graduations établies par le fabricant, l'entreprise Au Beau Fixe de la famille Kapoor, n'y suffisaient plus ; il s'envola au-delà de toutes statistiques, au-delà des craintes les plus folles, bouleversant jusqu'aux prévisions d'Ammaji, la mère de M. Chawla, qui se flattait pourtant de pouvoir prédire l'avenir sans jamais se tromper.

Cet été-là, le ciel vibra d'une fièvre incontrôlable, et l'on vit peu à peu des principes et des lois depuis longtemps éprouvés et généralement observés s'étioler et se dessécher comme plantes au soleil de midi. La chaleur amollissait le goudron, transformant les routes en longs rubans de poix, et faisait fondre la Gomina de la moustache du colonel, si bien que, défrisée, celle-ci finit par pendre piteusement, portant un sérieux coup à son impeccable prestance. C'est à cause du soleil aussi que la fille du Malhotra vira à un brun si foncé qu'il lui interdit tout mariage convenable et que l'eau, quand il y en avait, s'échappait des robinets en jets saccadés et brûlants. Les abeilles zigzaguaient, ivres d'un nectar fortement alcoolisé ; les gendarmes passaient leurs journées à dormir dans la bananeraie ; le juge du coin soudoya un employé des services de l'immigration et s'en alla rejoindre son frère à Copenhague. Les cars de touristes faisaient demi-tour et remmenaient leurs cargaisons, tandis que les gens de Shahkot se disputaient les places juste en dessous des ventilateurs et ne consentaient à s'absenter quelques minutes qu'en cas de nécessité ab-so-lue, avant de venir se rasseoir en toute hâte. Sur les marchés, ils faisaient main basse sur les éventails en feuille de palmier et achetaient des blocs de glace grise qui fumaient dans l'air lourd. Ils pressaient leurs visages contre la fraîcheur des melons avant de les ouvrir, se passaient leurs verres sur les joues et le front entre deux gorgées, s'éventaient près du fourneau avec les branches des épinards, dont ils ne se séparaient qu'à regret... mais il fallait bien manger.

Les semaines passaient, et la mousson n'arrivait toujours pas. Quand vint le mois de septembre, les Shahkotiens avaient abandonné tout espoir.

C'est cette année-là que Sampath Chawla vint au monde. Kulfi, sa mère, avait alors vingt et un ans et se trouvait enceinte de M. Chawla, son mari de fraîche date. Vers la fin septembre, la chaleur, alliée à l'absence de pluie, avait créé les conditions d'une sécheresse épouvantable. Plus elle empirait, plus Kulfi s'arrondissait. La situation s'aggrava au point que la Croix-Rouge se résolut à installer des camps de ravitaillement à l'ouest de Shahkot. Lorsque les habitants de la ville, le nez au ciel, voyaient les avions transportant les vivres survoler le bazar, ils se demandaient pourquoi ils ne s'arrêtaient pas pour eux : est-ce qu'ils ne souffraient pas suffisamment pour mériter l'attention et les soins que l'on portait ailleurs avec autant de diligence ? Les rations de riz et de lentilles distribuées par le magasin municipal allaient s'amenuisant au fil des jours. On ne trouvait plus de fruits nulle part, et pratiquement plus de légumes. Les prix avaient atteint de tels sommets que plus personne n'achetait les poulets étiques enfermés dans leurs cages devant la boucherie. C'est le pauvre boucher lui-même qui finit par les manger un à un jusqu'à épuisement du stock ; après quoi, il fut bien obligé de se mettre au régime végétarien comme tout le monde.

Tout au long de ces mois, Kulfi, de plus en plus énorme, parut devoir mobiliser toute la force de la terre à son seul profit, comme résolue à en épuiser la sève pour la laisser flétrie, racornie et jaunie. Quand ils la croisaient dans la rue, les gens s'arrêtaient, interdits. Qu'est-ce qu'elle était grosse ! Ils en oubliaient leurs marchandages sur la place du marché presque déserte. Ils en tombaient presque de leur vélo lorsqu'ils se retournaient, incapables de détacher les yeux de ce ventre incroyable qui saillait hors d'elle comme une monstrueuse excroissance sur un arbre élancé. Mais tous ces curieux détournaient bien vite le regard, troublés qu'ils étaient par le sien, si sombre, si ardent, si sulfureux. Elle passait à côté d'eux sans les voir et poursuivait son chemin comme s'ils n'existaient pas. Tout son visage, la bouche surtout et le menton, exprimait une détermination farouche qui ne semblait pas de ce monde, comme si toutes ses pensées étaient concentrées sur un point qu'elle était seule à voir. Et c'est ainsi qu'elle parcourait la ville, avec son air étrange et quelque peu égaré.

« À votre avis, s'exclamait Ammaji en guise d'excuse quand des voisines trop curieuses l'interrogeaient sur sa belle-fille, à votre avis, que peut-on attendre d'une femme qui a dans le ventre un bébé pareil à un petit poisson ? »

Kulfi, elle, ne voyait pas du tout son bébé comme un poisson. C'était à de vrais poissons qu'elle songeait. De toutes espèces. Des poissons assez gros, assez gras, assez bons pour apaiser la faim dévorante qui s'était emparée d'elle ces derniers mois. Elle ne rêvait que de currys et de brochettes. De brames, de perches géantes et de *ruhi*. De bouquets de crevettes barbues et de moules fermes sous la dent. Elle avait la tête farcie de nourritures terrestres en tout genre : ignames et maïs, fenugrec et lait de chamelle ; mangues, noix de coco et corossols ; champignons fleurissant comme parapluies en période de mousson ; amandes à la peau brune et à la chair laiteuse, toutes fripées dans leurs coquilles.

La maison était trop petite pour contenir ses envies. Elle allait et venait de la minuscule chambre bleue à la cuisine remplie d'une forte odeur de pétrole, faisait le tour de la table et des chaises, montait sur le balcon, en redescendait, passait devant les fenêtres des voisins qui hochaient la tête en la voyant, pour finir au pied du tamarinier qui poussait au milieu de la cour.

« Mon Dieu, mais comment va-t-elle finir ? » demandaient Lakshmiji, les Raipur, le professeur bengali et tous les autres quand ils la regardaient par leurs fenêtres, qu'ils cancanaient autour du kiosque à thé ou qu'ils se retrouvaient les uns chez les autres pour manger en chœur leurs cacahuètes. « Elle a toujours été un peu bizarre, commentaient-ils. On l'a bien vu dès qu'elle est arrivée à Shahkot. »

Ce n'était pas avec des repas uniformément composés de riz et de lentilles que Kulfi pouvait espérer assouvir la faim qui la tenaillait. Elle soudoya les marchands de légumes, les marchands de fruits, le boucher, à l'aide de ce qui restait de sa dot et n'avait pas encore été mis en gage : carrés de soie, pièces de broderie, un jupon en satin, une boucle d'oreille montée sur or, un casse-noix en argent. Mais cela ne dura qu'un temps ; ils n'eurent bientôt plus rien à lui donner. Et la faim, tel un animal féroce, lui dévora les entrailles de plus belle. Son esprit était peuplé de grosses aubergines violettes et fermes qui, une fois dans la poêle, devenaient tendres et fondantes, de gombos relevés de tamarin et de coriandre, de poulet en daube assaisonné de clous de girofle et de cardamome. Elle ne pensait qu'émincage, ébullition, râpage, friture, découpage.

« Mais, bon sang, qu'est-ce qu'il lui arrive ? » s'écriait M. Chawla quand il voyait son épouse sortir sans arrêt pour aller au marché, qu'il faisait le tour des placards qui se vidaient ou dénombrait les denrées manquantes sur les rayons. « Quel genre de femme m'as-tu donc donné, Amma ? » se plaignit-il un jour à sa mère. Celle-ci n'était pas non plus sans s'inquiéter de la tournure prise par les événements, mais comme c'était elle qui était à l'origine du mariage, elle affectait de prendre les choses à la légère. Elle se contenta donc de claquer plusieurs fois la langue avant de dire d'un ton rassurant : « Elle vit des jours difficiles, comprends-tu ? Patiente un peu et elle s'en sortira peut-être très bien.

– Elle ? S'en sortir ? ronchonna-t-il. Je te dis, moi, qu'elle ne s'en sortira jamais. Et si le bébé tient d'elle, alors là, on est dans de beaux draps. »

Tout ce qui sortait de l'ordinaire était une source d'inconfort permanent pour M. Chawla ; douleurs physiques, tourments de l'âme, crises de larmes, accès de léthargie le mettaient mal à l'aise, et il redoutait ces manifestations incontrôlées qui risquaient de l'enliser dans le bourbier d'une condition trop humaine. Il avait bien l'intention de s'en préserver de son mieux pour progresser avec assurance sur la voie de l'ordre et de la probité. Il se rendit à la bibliothèque municipale, à la recherche d'ouvrages de puériculture, fit la queue devant l'école de la Mission pour y inscrire le bébé bien avant l'heure, car il n'ignorait pas que la liste d'attente était longue, et alla quérir vitamines et fortifiants au dispensaire.

« Il faut que tu prennes l'habitude de faire bouillir ton eau pendant vingt minutes. » Il se mit à poursuivre dans toute la maison une Kulfi qui ne lui prêtait aucune attention, en lui lisant des passages du livre qu'il avait emprunté. Il gardait un doigt en l'air, car, en dépit de son jeune âge et de sa frêle carrure, il se sentait investi d'une grande autorité. Voici quelques-unes de ses recommandations : « Il faut t'asseoir et te reposer chaque fois que tu as pris de l'exercice. Mais il faut aussi te lever et prendre de l'exercice régulièrement. Ne mange plus de fruits crus. Ne chante pas à haute voix, tu risques de te fatiguer. Ne bois pas de thé tant que tu as l'estomac vide. Observe une hygiène parfaite. Lave-toi les cheveux, fais la sieste, fais des mouvements de pédalage les jambes en l'air. » Tout en s'épongeant le front avec un mouchoir, il continuait de suivre sa femme, bien qu'à l'évidence elle ne manifestât pas le moindre intérêt pour ce qu'il avait à lui dire.

De son côté, Amma n'était pas sans idées sur la façon dont devait se mener une grossesse. Mais c'étaient des idées bien à elle. Elle s'affairait au milieu des oreillers, des herbes médicinales, des brosses à cheveux et des fioles d'onguents fortement parfumés. Voici un échantillon de ses conseils à elle : « Chante pour mettre le bébé de bonne humeur. Va au temple réciter les bonnes prières. Fais en sorte que le bébé se porte bien. Assure-toi que la configuration astrale est favorable et que tu n'as pas de poux. Veille à toujours sentir bon, et le bébé sentira bon lui aussi. »

On avait l'impression d'un immense souffle retenu qui ne se libérerait qu'avec l'arrivée du bébé ; alors seulement, on pourrait respirer à nouveau. Dans un grand soupir de bonheur et de soulagement si c'était un garçon, de déception et de découragement dans le cas contraire.

Dans le ventre de Kulfi, Sampath s'était montré d'abord très calme, ne se manifestant que rarement, voire pas du tout. Puis, peu à peu enhardi, comme sous l'effet d'un aiguillon, il s'était mis à s'agiter, à gigoter au point de faire bientôt de véritables cabrioles. Kulfi arpentait la maison de long en large, de large en long, les mains pressées sur son ventre, persuadée qu'elle n'allait pas pouvoir se retenir encore bien longtemps de hurler et que, si elle commençait, elle risquait de continuer jusqu'à l'accouchement, et peut-être même au-delà. Elle était de plus en plus énorme, ses envies de nourriture de plus en plus extravagantes. La maison lui donnait l'impression de s'être rétrécie. Autour d'elle, l'été interminable étendait sa fournaise à perte de vue. Et puis un jour, elle trouva une boîte de vieux crayons de couleur au fond d'un placard et, avide de nouveaux horizons, se mit, en désespoir de cause, à dessiner sur les murs sales et tachés. Elle couvrit tout l'espace laissé libre par les images de bébé épinglées là par Ammaji – bébés en train de manger du porridge, bébés étreignant des poupées et des peluches jaunes ou s'essayant à des cabrioles ; jolis bébés grassouillets... tous des petits mâles, comme si Ammaji espérait les voir influer, par quelque mystérieux phénomène d'osmose, sur le sexe de l'enfant à venir. Kulfi crayonnait tout autour de ces images, et parfois par-dessus. C'est ainsi qu'elle fit un étang à l'eau sombre peuplé de poissons colorés, un champ d'ananas rutilants et de courges blafardes, un jaquier plein de gros fruits disproportionnés, avec à son pied des poules grattant la terre. Tandis que mari et belle-mère se retiraient, effarés, sans oser la contrarier, ce qui aurait risqué de contrarier le bébé, elle dessina une procession de cuisiniers occupés à décapiter des chèvres, d'autres se précipitant vers un marché regorgeant de denrées; d'autres encore surveillant des marmites fumantes une louche à la main ou pilant des épices sur une grande pierre plate. Elle esquissa des plantes grimpantes ou rampantes, qui montaient à l'assaut de la fenêtre et couvraient les murs sous un fouillis de feuilles. Elle se mit bientôt à représenter des fruits qu'elle n'avait jamais vus, des épices nichées au creux de cosses mystérieuses ou dans le cœur de fleurs inconnues. Et des plats auxquels elle n'avait jamais goûté : une antilope suspendue au-dessus d'un feu avec une guirlande d'ingrédients pour en faire un festin; un paon gambadant au milieu de gousses d'ail; un sanglier empêtré dans une jungle de papayers. Des lianes crevaient le plancher; sous ses pas poussaient des oignons; sous les portes filaient des poissons.

Dans la pièce voisine retentissait le pas lourd de M. Chawla, incapable de rester en place et s'exclamant : « On s'est fourrés dans un beau guêpier! » Puis venait le chuchotement d'Ammaji : « Attends un peu, mon fils, encore un peu de patience. » Dehors, dans le ciel stérile, résonnait le bourdonnement des avions de la Croix-Rouge.

C'est lorsqu'il n'y eut pratiquement plus de place pour de nouveaux dessins, que murs, sol et plafond furent pleins à craquer, que naquit Sampath. Il vint au monde dans des conditions si étranges que les habitants de Shahkot ne sont pas prêts de les oublier.

Un beau jour, alors que Kulfi était à la fenêtre de sa chambre, se résignant déjà à une attente interminable avant de voir Ammaji lui apporter son dîner, une ombre tout à coup voila le soleil, et comme par magie, aussi vite qu'un jour d'hiver bascule dans le crépuscule et la nuit, le ciel s'obscurcit, et l'après-midi aveuglant prit une couleur de vieux parchemin. Les rideaux se gonflèrent à toutes les fenêtres. Les bouts de papier et les vieux sacs en plastique virevoltèrent dans les rues violettes. L'air se fit plus léger et la brise courant sur ses bras donna à Kulfi la chair de poule. « Regardez ! s'écria-t-elle. C'est la pluie qui arrive ! »

Elle entendait des cris de joie monter du bazar, regardait les enfants, incapables de contrôler leur excitation, sauter comme des carpes dans les rues. « Brrr ! Il fait froid, criaient-ils en faisant semblant de trembler de tous leurs membres. Il va pleuvoir. » Ils se bousculaient, se bagarraient sous l'effet de l'exaltation, tandis que les adultes s'affairaient dans la lumière changeante et vitreuse, faisant des aller et retour rapides au marché, rentrant la lessive et les hamacs. Ils se saluaient de la main et se lançaient : « C'est la mousson ! Enfin ! » À quoi la devaient-ils ? Au ventilateur géant, au mariage de grenouilles, au joueur de flûte ? À des pouvoirs occultes ou au miracle d'un magicien ? Personne ne le savait, et, à vrai dire, tout le monde s'en moquait éperdument. La pluie s'était enfin décidée à tomber sur Shahkot ; la mousson était là. Kulfi était toujours à sa fenêtre, osant à peine y croire, enivrée par l'odeur de la pluie qui corsait l'air comme un parfum de fleur et la vue des nuages qui, venus de l'est, atteignaient les arbres des faubourgs et entraient dans la ville.

Chez les Chawla, les préparatifs allaient bon train. Le maître de maison déambulait, des rouleaux de toile plastique à la main, tandis qu'Ammaji sortait des seaux destinés à recueillir l'eau de pluie et rassemblait bougies et lampes à pétrole en prévision des inévitables coupures de courant. Ils s'arrêtaient de temps à autre pour exposer leur visage au vent et s'assurer que celui-ci fraîchissait bien ou pour lever les yeux au ciel et observer la marche des nuages. Une fois ces préparatifs terminés, ils s'installèrent aux fenêtres, comme Kulfi, comme tous les habitants de Shahkot, qui tendaient le cou sur leurs balcons et leurs vérandas ou passaient la tête sous la toile des pousse-pousse à moteur. La ville entière n'était plus qu'un regard anxieux fixé sur le ciel. Soudain, une violente rafale fit s'envoler les feuilles comme des oiseaux sous la mitraille, et les premières gouttes s'écrasèrent avec un bruit sourd sur la terre assoiffée.

Kulfi regardait la pluie. Elle tombait dru et de plus en plus fort. Elle emplissait le ciel dans ses moindres recoins. Faisait un bruit presque surnaturel qui n'avait rien à voir avec celui des petits filets d'eau qui sortaient des robinets. Au début, elle arriva au sol noire de la poussière du ciel et des arbres, puis elle s'éclaircit, mais sans rien perdre de sa violence. Kulfi tendit les mains pour sentir sur ses paumes l'impact des gouttes ; bientôt, elle tendit aussi le cou pour exposer son visage, tache pâle et lumineuse dans cette ville engloutie au plus profond de la sombre mousson.

C'est alors qu'elle sentit Sampath s'agiter. Son cœur se mit à battre au rythme des coups de plus en plus violents qui lui martelaient le ventre. Le tamarinier dans la cour se tordait et craquait sous les rafales. La pluie inondait les cheveux de Kulfi, ruisselait sur son visage. « Ne reste pas devant cette fenêtre ouverte ! » lui cria son mari. Elle ne bougea pas. Il s'approcha pour l'envelopper d'un grand morceau de plastique, mais elle se dégagea. La pluie continuait à balayer le sol de ses longs rideaux.

Alors que les voisins se hâtaient de déserter leurs balcons, de reclaquer leurs fenêtres et de barricader leurs portes, Kulfi, elle, se penchait aussi loin que possible à l'extérieur, s'étirait au maximum pour finalement se livrer corps et âme au déluge. La pluie s'empara de son cerveau, le pétrit, l'amalgama au vacarme ambiant au point qu'elle se sentit bientôt prête à se fondre dans l'orage, à disparaître d'un battement d'aile au milieu des éclairs, emportée par la tourmente. Si seulement elle acceptait de lâcher le cadre de la fenêtre, elle pourrait d'un seul coup anéantir toutes ces longues journées d'été, les écraser au sol, où elles ne seraient plus qu'air et eau.

Un coup de tonnerre la secoua tout entière et elle sentit ses muscles se contracter. Au coup suivant, elle ouvrit la bouche toute grande et répondit par un long hurlement. Au-dessous d'elle, le sol avait disparu. Des mares s'étaient formées, qui se réunissaient pour faire de petits lacs qui devenaient rivières se déversant dans les rues, recouvrant les routes.

À peine deux heures plus tard, tandis que M. Chawla et Ammaji couraient dans tous les sens en transportant serviettes et eau chaude, que la tempête continuait à faire rage et que la pluie passait sous les portes, entrait à flots par les fenêtres qui refusaient de rester fermées, Sampath venait au monde. Au moment où son visage, marqué d'une tache brune à la joue, apparut au milieu des cris de joie de la famille, on entendit au-dehors un rugissement à vous déchirer les tympans, suivi d'un grand bruit de chute.

« Qu'est-ce qui se passe ? » demanda M. Chawla d'une voix blanche, alors que le sol tremblait encore. Se pouvait-il que la naissance de son fils ait coïncidé avec la fin du monde ? Abandonnant Kulfi et le nouveau-né, il se précipita à la fenêtre avec Ammaji pour voir de quoi il retournait et découvrit que bien loin d'être une fin, l'événement s'apparentait plutôt à un commencement.

Ils aperçurent, accrochée dans les branches de leur vieux tamarinier, une caisse de ravitaillement de la Croix-Rouge qu'avait larguée un avion suédois trompé par la tempête, dans une manœuvre où il était impossible de ne pas voir une intervention divine. L'avion reprit immédiatement de la hauteur avant de disparaître au milieu des tourbillons des nuages, sans apparemment se soucier des gens qui, là en bas, dansaient et gesticulaient tout en courant sous le déluge pour aller recevoir cette manne inespérée. Ils découvrirent, pris dans le feuillage de l'arbre ravagé, des containers remplis de boîtes de sucre et de thé, de produits lyophilisés, de lait en poudre, de biscuits et de raisins secs. Il y avait aussi des poudres non identifiées dans des emballages couverts d'Occidentales au large sourire. Et puis des noix, des friandises, et des aliments pour bébés en abondance. Les bras sitôt chargés de leur part du butin, les gens repartaient en courant.

Installés tout en haut de l'arbre, les gamins des rues délogeaient ce qui restait accroché dans les branches cassées. M. Chawla courait dans un sens puis dans l'autre comme une poule affolée, avec à la main un sac en plastique pour les précieuses denrées, tandis qu'Ammaji, postée à la fenêtre près du lit de Kulfi, avertissait les voisins à grands cris de la naissance de Sampath. Bientôt, la maison fut pleine de gens qui, venus pour présenter leurs félicitations, ne savaient plus dans leur excitation s'ils devaient parler du bébé, de la pluie ou de la nourriture tombée du ciel. « Magnifique, s'exclamaient-ils sans arrêt, tandis que l'eau qui gouttait de leurs habits formait de petites flaques à leurs pieds. Quel beau bébé... Et la mousson qui est enfin là ! Oh, et puis toute cette nourriture !... Quand même, quel beau bébé ! »

Seule Kulfi avait gardé son calme. Elle regardait la petite créature qu'elle tenait dans les mains et qui avait l'air de venir d'une autre planète, ou alors d'avoir été trouvée dans les bois, curieux spécimen d'une race bizarre. Les yeux étaient fermés, les poings serrés, le visage tout rouge et le crâne en pain de sucre. Cet étrange spectacle l'emplit d'un sentiment de paix et de réconfort. La tempête allait bientôt s'apaiser, le monde devenir silencieux et odorant, l'air se charger de la douceur du sommeil. Puis apparaîtraient les fourmis volantes ; on verrait pulluler les insectes et les lézards gourmands. L'eau serait boueuse et gluante. Les portes allaient gonfler, et une fois ouvertes, refuseraient de se fermer. Les moisissures allaient proliférer à l'envi et des colonies de champignons élire domicile dans le placard sous l'évier.

Désireux de faire partager leur enthousiasme à Kulfi, les voisins lui assurèrent que son fils était promis à un destin exceptionnel, que le vaste monde qui, plein de mystères, s'étendait au-delà de Shahkot, l'avait déjà remarqué. « La preuve, même les Suédois ont pensé à envoyer un cadeau de naissance. » Ou encore : « Et si on l'appelait Sampath ? "Heureux hasard", il mérite bien ce nom. » De fait, même si le bébé n'était ni très dodu ni très beau, c'était, indiscutablement et triomphalement, un petit mâle.

C'est donc dans la liesse générale et le bruit des mandibules s'affairant sur les retombées de l'aide humanitaire qu'on fêta l'événement. À la lueur aussi d'une armée de bougies, car, bien évidemment, il n'y avait plus de courant.

2

Vingt ans plus tard, exactement dans cette même pièce, dans cette même maison, le jeune Sampath Chawla, maigre, les membres grêles, l'air soucieux, était étendu sous un ventilateur, incapable de trouver le sommeil. L'appareil se balançait au-dessus de lui et avait beau vrombir comme un ouragan, ahaner comme un forcené, c'est à peine si Sampath sentait un léger courant d'air lui éventer les orteils.

Autour de lui, ce n'étaient que ronflements. *Rrrr, Rrrr, Furrr, Fui, Rrrr.* Quel vacarme ! Toute la famille s'en donnait à cœur joie : son père, sa mère, sa grand-mère et Pinky, sa sœur cadette, noyée sous des flots d'organdi imprimé. Sampath ne pouvait s'empêcher d'identifier le ronfleur à chaque inspiration. Même dans le sommeil, songeait-il amèrement, ils se montraient incapables de la moindre attention. N'écoutant que leur plaisir, comme d'habitude, ils avançaient dans leurs rêves à grand bruit, le condamnant à l'insomnie et à l'agitation. Jusqu'à sa mère, qu'il adorait pourtant par-dessus tout et qui l'avait oublié en s'endormant.

Il lança en l'air un pied rageur en faisant tout fort « Chhhut », mais ce petit bruit de rien du tout resta sans effet aucun. *Rrrr, Rrrr, Fui, Fui.* Si seulement ils étaient assez riches pour avoir chacun leur chambre et leur ventilateur. Essayant de se raisonner, il se dit qu'il ferait bien de dominer son irritation. Sa famille pouvait bien violer le silence sacré qui doit présider au sommeil, il n'allait pas perdre son sang-froid pour si peu.

Plein de cette bonne résolution, il se contorsionna pour s'allonger dans l'autre sens, la tête à la place des pieds. La brise molle agita une mèche de cheveux qui vint lui chatouiller le front comme une mouche importune. Il la saisit, l'arracha, se gratta la joue et reprit sa position.

Le ventilateur grinçait. Il eut peur qu'il ne lui tombe sur la tête, lui aplatissant le visage comme une crêpe. Ses craintes tournèrent bientôt à l'obsession. L'électricien ne venait-il pas de nettoyer l'appareil ? Or, tout le monde savait à Shahkot qu'il n'y avait pas pire artisan que ce Bunty Chopra.

Sampath se leva pour se soustraire à la menace et s'étendit à même le sol, prenant soin d'écarter au maximum jambes, bras et doigts de façon à éviter tout contact entre deux parties quelconques de son corps inondé de sueur. Il resta ainsi bien à plat, ouvrant la bouche toute grande pour faciliter la circulation de l'air et hâter, du moins l'espérait-il, l'arrivée des rêves. Mais à peine avait-il terminé ses préparatifs qu'il y eut une coupure de courant. Le ventilateur ralentit sa course avant de s'immobiliser. Sampath, qui comptait voir son attention se dissoudre au sein du nébuleux royaume des songes, la sentit au contraire se tendre comme un ressort et l'éveiller à nouveau à la sensation de ses os en contact avec le plancher. Malgré lui, il redevint conscient des ronflements de ceux qui l'entouraient et dont les corps, maintenant qu'il était par terre, profilaient leur menace au-dessus de lui, hanches énormes et bien trop hautes pour être accessibles.

Comment prendre un peu de repos au milieu de ces

rugissements et de ces soubresauts de géants ? De ces ronflements qui se répercutaient jusqu'au plafond ? Qui allaient et venaient en un grondement sourd où chacun mêlait sa note individuelle et qui pesaient sur lui comme une meule de pierre ? Dans cette pièce étouffante, il se sentait lourd et engourdi. Il eut l'intuition soudaine qu'il n'allait bientôt plus pouvoir remuer, l'horrible impression qu'au bord de la noyade il allait sombrer comme une pierre dans un abîme aussi sombre que le fond de l'océan. Au prix d'un effort surhumain et en proie à une terreur panique, il rassembla toutes les forces de sa volonté et, pour preuve de sa détermination, il se leva dans le plus total incognito, se précipita dans le salon avant de s'engouffrer dans l'escalier qui menait sur la terrasse.

Il n'y faisait pourtant pas plus frais que dans la chambre. La lune était comme éteinte et piquée de moisissure, simple bavure sur le ciel nocturne. Pas un seul des lampadaires ne fonctionnait, et il en serait ainsi, c'était couru d'avance, jusqu'aux prochaines élections municipales. Il y aurait alors une grande agitation, des projets en cinq et dix points pour améliorer l'alimentation en électricité et des promesses d'innovations technologiques qui ne manqueraient pas de catapulter Shahkot et sa population dans le XXIe siècle. Sampath marchait de long en large dans son *kurta* blanc qui luisait faiblement, seul point mobile dans cette nuit si calme ; le pyjama épousait si parfaitement son corps qu'il avait l'impression qu'il ne pourrait plus jamais s'en débarrasser, que le vêtement resterait en place, lui collant à la peau.

De long en large, dans un sens puis dans l'autre, Sampath continuait à marcher, pour se calmer, comme on calme en le promenant un bébé qui pleure depuis des heures parce qu'il n'arrive pas à s'endormir. Aucune étoile au firmament ; de temps à autre, la lumière clignotante d'un avion en route pour quelque destination inconnue. Calcutta, Madras, Madurai ? L'Angleterre, l'Amérique ? Quelle horrible impression que celle d'être éveillé alors que le monde continuait à tourner là-haut au-dessus de sa tête et que certains l'empêchaient d'en jouir en dormant. Pourtant, il aimait sentir sous ses pieds le contact rugueux et crissant des briques inégales, les stries des lignes entrecroisées. Ainsi que, de temps en temps, la fraîcheur lisse d'une feuille tombée au sol. Chaque fois, il la ramassait et la portait à ses lèvres pour imiter le *cri-cri* du grillon ; la roulait sur sa joue ou dans ses doigts poisseux jusqu'à ce qu'elle aussi soit chaude et moite. Il goûta le gingembre qui macérait dans un bocal sur la terrasse en compagnie d'autres bocaux de mangue, de citron vert et de citrouille. Au fil des heures, il finit par goûter à tout, comme s'il avait à décider du produit qu'il préférait. Finalement, entre deux bouchées et sans même s'en apercevoir, il se mit à chantonner doucement : « Un jour viendra, tôt ou tard, où je verrai une princesse du royaume de Cooch Behar. »

Une voiture passa, faisant glisser le pinceau lumineux et dansant de ses phares sur les façades et les arbres, révélant non pas les couleurs des objets, leur substance diurne, mais un monde de vides sombres creusés dans une lumière sans profondeur.

« Quand j'ouvrirai la bouche, je ne trouverai rien à dire, et la belle dame passera son chemin sans un sourire. Adieu, princesse de Cooch Behar, ou peut-être au revoir... »

Sampath trouva quelque réconfort dans cette petite voix qui chantait si vaillamment.

Quand le veilleur de nuit, rentrant chez lui après son travail dans les quartiers chics, passa dans la rue sur son vélo, Sampath ne tenait plus debout tellement il avait sommeil. Tut... tut... tut – le sifflet du veilleur résonna trois fois, comme si, dans sa malveillance, il avait voulu réveiller tous ceux qui dormaient encore.

Sampath regarda la pénombre se dissiper et Shahkot émerger à nouveau, intacte, entière, avec son dédale de rues et ses tas d'immondices croulants. Petit à petit, il vit se dévider l'entrelacs de fils au sommet du poteau électrique et apparaître les murs sales et tachés des maisons qui se dressaient tout autour de lui, dessinant un labyrinthe de toitures et de vérandas. Il distingua bientôt un enchevêtrement d'antennes de télévision, de cordes à linge, et plongea dans des cours où s'entassaient des vélos, des plantes malingres et tout le bric-à-brac de familles nombreuses. On rouvrit les vannes de l'eau de la ville. De toutes les cuisines et de toutes les salles de bains parvint le bruit des pompes à eau, tandis que de minces filets commençaient à s'égoutter dans les rangées de seaux, de gamelles et de marmites en attente de remplissage. Le père de Sampath apparut en bas, son tapis de yoga à la main. Des femmes sortirent des maisons pour converger vers le comptoir de produits laitiers, et les prêtres du temple situé au bout de la rue commencèrent à psalmodier, lançant leurs cantiques d'une voix nettement plus riche et plus forte que celle de Sampath au-dessus des toits, où ils flottaient un moment avant de se dissoudre dans l'éther.

Sampath se demanda si une bonne tasse de thé bien fort et un énergique brossage de dents parviendraient à dissiper les brumes qui lui obscurcissaient l'esprit et s'il pourrait jamais remplir le grand vide qu'il avait à la place de l'estomac. Au bas des marches qui l'avaient ramené à l'intérieur, il rencontra Ammaji qui sortait, son seau à lait à la main, son sari blanc en bataille. Elle lui fit l'impression d'une créature marine rejetée sur le rivage, décolorée, froissée et fripée par les marées.

Ammaji remarqua les yeux battus de son petit-fils. « Tu n'as encore pas dormi, toi ? demanda-t-elle. Tu ne tiendras jamais jusqu'à ce soir. » Et elle lui pinça la joue en signe d'affectueuse réprimande.

3

En bas, dans la cour, M. Chawla procédait à sa mise en forme quotidienne. Bien décidé à commencer la journée d'un bon pied, il se débarrassa, selon une méthode éprouvée, des derniers résidus de sommeil et de torpeur en aspergeant les alentours de plusieurs jets de salive irisés et parfaitement ajustés. Il se tenait dans un coin de soleil, hors d'atteinte de l'ombre du tamarinier, dont les proportions par ailleurs élégantes étaient gâtées par une large trouée, là où avait atterri la caisse de la Croix-Rouge la fameuse nuit où son fils était né. M. Chawla se pencha en avant pour toucher ses orteils, puis en arrière pour former un arc parfait et si bien tendu qu'il aurait pu se propulser tout seul dans le ciel.

« Ommmm, ommmm. » Son incantation triomphale s'envola par-dessus les toits. « Ommmm, ommmm », entonna-t-il, tandis que ses dents blanches étincelaient dans le soleil du matin. C'était sa façon à lui de faire savoir au monde que M. R. K. Chawla (licencié ès lettres, mais sans mention), premier commis à la Reserve Bank de Shahkot, était prêt pour une nouvelle journée, dans cet air vibrant qu'on aurait dit percé de flèches. Il avait quarante ans et se portait comme un charme. Et s'il commençait à se dégarnir et à prendre de l'estomac, il trouvait ces symptômes plutôt seyants :

ses paroles n'en avaient que plus de poids, et le respect qu'on lui manifestait n'en était que plus grand. Comme chaque matin, il entra dans le monde d'un pas ferme et assuré, vivant reproche à tous les jeunes fainéants de la ville qui lézardaient au mépris de toute responsabilité. Coudes au corps, poings serrés, il entama son footing autour de la cour.

Plus tard, alors qu'il était dans la salle de bains en train de s'enduire le corps d'huile de noix de coco, on l'entendit crier à travers la porte : « Il n'y a presque plus de dentifrice. Il faudrait en acheter. » La teneur des remarques changeait au fil des jours : « Qu'est-ce que tu attends pour aller voir si Lakshmiji est remise de sa grippe ? » Ou encore : « Il faut déboucher ce tuyau. Si les cafards nous envahissent, vous ne viendrez pas vous plaindre. »

Il espérait ainsi éveiller chez les siens le désir d'une journée aussi réussie et bien remplie que le serait la sienne. Quand il prenait un bain, il entrechoquait les seaux métalliques à grand bruit et déversait l'eau à grands gestes énergiques, inondant toute la pièce au point que de petites vagues venaient mourir en clapotant contre le bas de la porte. Quand il finit par apparaître, frais et dispos, fleurant bon le savon Lifebuoy, ce fut pour semer un tel effroi dans la maison que tous craignirent de n'avoir pas assez de leur journée pour s'en remettre.

Sa chemise avait besoin d'un coup de fer. Ses chaussures, sales et poussiéreuses, d'un coup de cirage. Ses chaussettes faisaient son désespoir : elles tirebouchonnaient sur les chevilles au lieu de se tendre jusqu'à mi-mollet et de claquer sur la peau avec un joli petit bruit d'élastique. Ammaji et Pinky s'activèrent de leur mieux pour tenter de satisfaire à ses exigences.

Tout en coordonnant les diverses opérations nécessaires à la bonne marche de l'entreprise, M. Chawla commentait, comme à son habitude, les titres de son journal. « Tiens, qu'est-ce que je vous disais ! s'exclama-t-il, ravi. Encore un homme politique corrompu ! On n'est pas sitôt sortis d'un scandale financier qu'on tombe dans un autre. Nos gouvernants sont décidément bien négligents. Leurs comptes en Suisse sont maintenant plus nombreux que les vessies qu'ils veulent nous faire prendre pour des lanternes. Il n'y a pas un seul homme politique intègre dans tout le pays. Croyez-moi, notre Parlement n'est qu'un ramassis d'escrocs qui n'ont de comptes à rendre qu'au Premier ministre, lui-même passé maître "ès croquerie". Regardez-moi ça comme il a l'air prospère. Il n'a jamais été si gras. »

Assise dans son coin, près de la fenêtre, Kulfi se désintéressait totalement de la situation. Elle rêvait à un monde odorant et secret où se mêlaient les baies de poivrier, la cannelle, les clous de girofle, les gousses de cassier et les stigmates safran de crocus. Sur les murs autour d'elle, on distinguait encore les traces de ses dessins d'antan sous la mince couche de badigeon qui les recouvrait. Depuis déjà un certain temps, on s'accordait à reconnaître qu'elle était un peu bizarre, pour ne pas dire plus. La faim qui l'avait tenaillée durant une première, puis une seconde grossesse, avait dégénéré en une fixation sur la nourriture. Au fil des ans, elle était devenue de plus en plus fantasque. Insensible au tohu-bohu généré par son mari, elle continuait à regarder par la fenêtre, tandis que sa fille se plaignait d'entendre commenter toujours les mêmes nouvelles.

« Oh lala, s'exclama Pinky, s'arrêtant sur le chemin de la salle de bains et faisant claquer sa serviette d'exaspération. Il n'y a vraiment pas de quoi en faire tout un plat. C'est tout le temps les mêmes histoires, les mêmes scandales. Trouve-nous donc quelque chose de nouveau, pour changer. Qui nous touche de près.

Le singe du cinéma, par exemple. Y a rien là-dessus, dans ton journal ?

– Le singe ? Quel singe ? demanda son père, abasourdi.

– Tu vois, t'es même pas au courant des nouvelles locales ! Tu sais pas que depuis plus d'un mois, y a un singe qui sème la panique devant le cinéma ? Qu'il harcèle les femmes, s'accroche à leurs saris jusqu'à ce qu'elles en lâchent leurs cornets de cacahuètes ? Tous les étudiants vont là-bas, pas pour voir les films, juste pour rester dehors à regarder les filles se faire arracher leurs vêtements ! Moi, j'y vais plus, j'ai bien trop peur. »

Son père répondit par un grognement dubitatif.

« Pourquoi tu n'emmènes pas Sampath avec toi ? suggéra Ammaji, qui essayait de trouver une paire de chaussettes au goût de M. Chawla tout en buvant son thé à même la soucoupe. Il te protégerait.

– Sampath ! s'exclama Pinky. À quoi veux-tu qu'il me serve ? Il suffirait qu'il soit avec moi pour que justement le singe me tombe dessus.

– Tu as sans doute raison, dit Ammaji en avalant une autre gorgée de thé. Il n'a pas l'air bien dangereux, notre pauvre Sampath. Regardez-le, assis là comme à son habitude, sans plus d'espoir d'augmentation que de promotion. »

M. Chawla porta les yeux sur son fils avachi sur la table, devant les miettes éparpillées de son petit déjeuner. Sous le nez de Sampath, une grosse mouche décrivait des cercles en bourdonnant comme un moteur pour se rapprocher d'une coupe de fruits achetés au marché par Kulfi après mûre réflexion. Avec la précision d'un pilote expérimenté, elle finit par se poser sur la plus belle prune du lot. Imaginez sa joie d'avoir trouvé un tel trésor à l'intérieur d'une maison. Elle se promena un instant sur le fruit, histoire d'en évaluer la taille, ne s'arrêtant de temps en temps que pour frotter ses petites pattes noires l'une contre l'autre à la manière d'un affairiste goulu se frottant les mains. Sampath, qui s'apprêtait à soulever le petit fruit rouge pour mieux voir la tête si curieuse de l'insecte, sentit comme un courant d'air lui balayer le visage : irrité par la passivité de son fils, M. Chawla avait abattu sur la mouche la matraque de son journal – Boum ! –, pour ne laisser qu'un magma gluant où luisait l'éclat vitreux d'une aile et d'où sortaient quelques pattes s'agitant encore faiblement.

« Mais enfin, à quoi tu penses ? demanda le père. Dieu sait sur quels tas de fumier et d'ordures ont traîné ces mouches. Allez, finis de manger, ajouta-t-il, en s'installant à la table en face de son fils après avoir écarté le journal. Et ton travail, ça marche ?

– Ça va, ça va, bredouilla Sampath.

– Ah vraiment ? explosa M. Chawla, les sourcils en accents circonflexes. C'est tout ce que tu trouves à dire ? Si ça allait si bien que ça, tu n'en serais pas à gagner le salaire que tu gagnais déjà l'année dernière... et l'année d'avant, tu ne crois pas ? »

Les camarades de classe de Sampath avaient tous, sans exception, trouvé du travail. Même ceux dont les bulletins étaient aussi mauvais que les siens et où foisonnait en toute liberté la lettre F, cerclée de rouge, comme encouragée dans sa prolifération par une totale absence de concurrence de la part des autres lettres de l'alphabet. Seul Sampath n'avait rien trouvé ; il avait passé maintes heures agréables à rêvasser dans les débits de thé et à chantonner dans les jardins publics, jusqu'au jour où son père avait fini par lui dénicher un emploi convenable.

Tout ce que Shahkot comptait de curieux et d'indiscrets voulut savoir de quel emploi il s'agissait. À leurs questions, M. Chawla répondit que son fils travaillait dans l'administration.

L'administration ! Le mot évoquait aussitôt des images de siestes postprandiales, de gamins parcourant des couloirs du matin au soir chargés de verres de thé au lait bien chaud, de médicaments gratuits dans les dispensaires, de cartes de rationnement et de pensions confortables. Sans compter les lignes téléphoniques et les branchements au gaz, si faciles à obtenir. Ni toutes ces vacances et ces jours fériés où les bureaux étaient fermés. Les gens vous imaginaient un monde où, même si le chef n'était pas commode, il y avait toujours des tas de subordonnés que l'on pouvait houspiller à loisir. Le balayeur ou le coursier, par exemple, à qui on pouvait dire : « Ma parole, tu as oublié ta tête ce matin en venant au bureau ! » ou « Fais bien attention, sinon je vais te botter le derrière et t'expédier dans la baie du Bengale. » Quel plaisir d'avoir un pareil emploi ! Quelle chance d'avoir un fils dans l'administration ! Les gens pensaient au ministère des Finances, de l'Industrie et du commerce, de la Condition féminine ; à celui de l'Agriculture et de la pêche, des Arts et de la culture, des Transports.

Cloué derrière son bureau au fond de la poste de Shahkot, Sampath, lui, ne s'estimait pas spécialement verni.

M. Chawla, qui croyait aux vertus de l'ail pour nettoyer le sang, en avala une gousse entière qu'il accompagna d'une grande gorgée d'eau et d'un grand va-et-vient de pomme d'Adam. Son fils était vraiment exaspérant. Il se souvenait de l'efficacité et de l'entrain dont lui-même faisait preuve à son âge. Il était vif, alerte, éveillé, tout le contraire de Sampath, lequel, maintenant que la mouche avait trépassé, restait là, le regard fixe et le visage désespérément vide, à contempler les nuages de lait brouiller son thé.

« Dans tout travail, dit-il, en s'embarquant dans un de ces sermons dont il avait le secret, dans tout travail, il y a deux impératifs. Et qu'on soit Premier ministre ou balayeur ne change rien à l'affaire. D'abord, le travail lui-même. Il faut toujours se montrer sous son meilleur jour. Accepter sans broncher les tâches supplémentaires, comme s'occuper des réservations de train pour son chef. Après tout, ce n'est pas la mer à boire. »

Ammaji émergea de la cuisine où elle était occupée à préparer les sandwichs pour le déjeuner de ses hommes. Kulfi ne s'occupait des repas que lorsqu'elle était inspirée ; la cuisine de tous les jours, elle en laissait la charge à sa belle-mère.

« Qu'est-ce que vous préférez pour votre repas de midi ? Des *parathas* nature ou avec des radis ? demanda Ammaji.

– Moi, je voudrais des paons et des grenades, dit Kulfi dans un murmure que personne n'entendit.

– Des radis, grogna M. Chawla, répondant pour Sampath aussi bien que pour lui-même, incapable de réprimer un geste d'impatience en direction de sa mère qu'il congédia de la main. Quand ton chef t'adresse la parole, n'oublie pas de te lever – le respect, ça n'a jamais tué personne – avant de répondre : “Bien, monsieur, je m'en occupe tout de suite”. Ce qui nous amène au second impératif.

– Je peux vous faire de l'*aloo bhaji*, si vous pensez que vous n'aurez pas assez avec les parathas, l'interrompit sa mère, qui venait de réapparaître.

– Paons, faisans, grenades, psalmodia Kulfi sans provoquer la moindre réaction.

– Enfin, voyons ! explosa M. Chawla à l'adresse de sa mère. On est en plein dans une conversation de la plus haute importance et toi, tu ne trouves rien de mieux que de venir nous ennuyer avec des histoires de sandwichs ! Un coup les radis, un coup l'aloo bhaji... C'est de la carrière de Sampath qu'on est en train de parler !

– Et de quoi crois-tu que je parle, moi, protesta-t-elle, sinon de son avenir professionnel ? S'il n'était pas convenablement nourri, il n'arriverait même pas jusqu'au bureau. Il tomberait d'inanition dans le caniveau. Et puis, comment rester assis toute une journée à additionner des chiffres sur un ventre vide ?

– Oh, mets donc ce que tu veux dans la gamelle, s'écria-t-il, au comble de l'énervement. De toute façon, qu'est-ce que ça change ? Tu ne pourrais pas penser à autre chose, par hasard ? Manger, c'est tout ce qui t'intéresse ! Pourvu que ton petit-fils ait la bouche pleine, le ciel pourrait bien lui tomber sur la tête que ça te serait égal. Pas étonnant qu'il ait tourné comme ça et qu'il se contente d'attendre en bas de l'échelle que la vie passe. »

Sampath était assis entre eux, apparemment sur le point de tomber à la renverse.

« Il est comme ça, voilà tout, dit Pinky, qui, assise au soleil, se passait du vernis à ongles et inspectait ses mains d'un air satisfait. C'est dans sa nature d'être comme ça. À mon avis, il devrait quand même s'acheter une paire de chaussures Bata. Avec celles qu'il a, il ira pas bien loin.

– Mais laissez-le donc tranquille, intervint Ammaji. Il est né sous une bonne étoile. Il ne fait que traverser une période un peu difficile. S'il se masse bien consciencieusement le cuir chevelu tous les matins, il est sûr de faire des progrès.

– Des progrès, tu veux rire ! persifla M. Chawla. Du jour où il est né, ce garçon n'a pas cessé de progresser à l'envers. Au lieu de chercher à s'élever, il a entamé une dégringolade qui l'a amené aujourd'hui quasiment plus bas que terre.

– Mais la terre est ronde, dit Ammaji, toute fière de sa repartie. Un peu de patience. Même s'il donne l'impression de descendre la pente, il finira toujours bien par la remonter. Et tu verras, un jour ou l'autre, il dominera le monde. Il prend le chemin le plus long, c'est tout.

– Et moi, je dis qu'il n'en prend pas du tout, de chemin. Son chemin, il l'a manqué. Il se contente de rester assis au bord à s'amuser avec les mouches ! »

M. Chawla se tourna vers Sampath, lequel, les yeux clos, rêvait d'une longue sieste paisible dans une fraîche pénombre.

« Allez, dit le père, dépêche-toi d'aller te préparer. Il est déjà neuf heures, et tu es là à végéter comme un légume. Mais qu'est-ce que j'ai fait pour avoir une famille pareille ? continua-t-il, au comble de l'exaspération. Il n'y a que moi ici qui aie le sens des responsabilités, qui aie la moindre idée des réalités de ce monde. Si je n'étais pas là, Sampath se retrouverait dans un muséum, dans la galerie réservée aux hybrides d'humains et de légumes. Mesdames et messieurs, commença-t-il sur le ton du guide professionnel, approchez et observez les mœurs très particulières de ce spécimen. »

Histoire de montrer ce qu'il pensait personnellement des mœurs de son spécimen de fils, il s'empara de sa gamelle et d'un pas ferme et sonore descendit l'escalier, en route pour son travail.

« Faisans, grenades, paons, pommes de terre... et pauvre Sampath », murmura à nouveau Kulfi.

4

La poste, comme tant de bâtiments administratifs, était peinte en jaune. Avec les années, elle s'était patinée au point de se fondre dans la brume poussiéreuse qui enveloppait Sampath quand il arrivait à son travail à vélo. Il prenait toujours un raccourci : après avoir emprunté la route du bazar, il coupait à travers le parc de l'hôpital, pour passer enfin sous la clôture de barbelés qui servait d'enceinte à la poste et la signalait comme un lieu consacré à l'ordre et au travail. Il va sans dire que la clôture était loin d'être intacte : les Shahkotiens, qui n'étaient pas du genre à respecter des efforts aussi ridicules et mesquins, s'étaient employés à démanteler au plus vite le malencontreux obstacle. Ils découvrirent sans tarder que partout dans leurs maisons, leurs cours et leurs jardins, ils avaient un besoin pressant de fil de fer ; et tout au long de la journée, alors qu'ils essayaient d'extraire un bout de noix de bétel coincé entre les dents ou qu'ils posaient les pieds sur des genoux accueillants pour une séance de massage, mille et une idées leur venaient qui nécessitaient un morceau de fil de fer. Cet arbre où ils avaient toujours voulu graver leur nom. Ce monument dont le dôme attendait leurs initiales. Ce rideau qui avait besoin de crochets. Cette grille qui ne fermait pas. Et puis cette plante qui avait besoin d'être tuteurée, cette chèvre qui essayait de brouter la plante, ce chien qui voulait mordre la chèvre. Sans compter qu'on a toujours besoin d'un bout de clôture autour de son chez-soi. Il y eut bientôt d'innombrables brèches dans les barbelés autour de la poste, et là où il n'y en avait pas, il se trouva quelqu'un pour surélever les fils de fer sur des piquets ou les écraser au sol, de façon à permettre, ce qui était quand même la moindre des choses, la libre circulation des citadins dans leur ville.

Si bien que la poste se trouvait au cœur de l'animation et de l'agitation de la cité. Écoliers, mendiants, potiers et peintres d'enseignes. Vaches, cochons et buffles. Professeurs d'ikebana de l'institut de technologie et répétiteurs de mathématiques. Employés de la clinique pour asthmatiques et cuisiniers. Directeur de l'asile de fous et infirmières. Comptables. Vendeurs de bonneterie. Réparateurs de parapluies. Un marchand d'œufs. Une poissonnière, et ses mouches. Un laveur de linge disparaissant sous les draps et les serviettes. Un *sadhu* à la robe orange, souriant et s'inclinant en dépit de la chaleur. (Tout le monde sait que l'Inde est une terre de miracles.) Scooters et pousse-pousse, camions et automobiles. Et puis, pêle-mêle, la mère, le père, l'oncle, la belle-sœur, le quatrième et le cinquième cousin au deuxième et au troisième degrés de tout un chacun. Au milieu de tout ce monde pédalait Sampath, avec Pinky sur son porte-bagages : il zigzaguait sur la chaussée, à la recherche de la fraîcheur que dispensaient les murs, les arbres et les auvents, car le soleil était déjà chaud. Passant d'une flaque d'ombre bleutée à une autre, il virevoltait, imprévisible, à travers la foule, lui arrachant cris et protestations, concerts de klaxons et imprécations.

« Arrête ! cria Pinky en lui tapant dans le dos. Vingt fois, j'ai failli tomber du porte-bagages. Tu peux pas pédaler droit ? Laisse-moi descendre, reprit-elle au bout d'un moment en lui martelant les côtes. Cette fois, j'en peux plus. Ça me donne mal au cœur. Je préfère prendre le bus. »

Sampath s'arrêta, et, tout en lui jetant un regard noir, Pinky rajusta sa magnifique tenue en polyester orange, digne d'un coucher de soleil, avant de se diriger vers l'arrêt de bus. Il la suivit des yeux, s'accordant une minute pour boire un verre d'eau glacée acheté au porteur d'eau.

Voyant le bus (plein à craquer, comme d'habitude) apparaître au tournant, Pinky détacha une épingle de ses cheveux pour disposer d'une arme susceptible de décourager ceux qui, à proximité d'une fille aussi jolie, seraient tentés de se montrer trop entreprenants. Elle se précipita sur les marches déjà très encombrées, s'agrippa comme elle put, les pieds dans le vide, et embrocha un passager qui non seulement prenait, à son avis, trop de place, mais qui, pauvre inconscient, avait commis l'erreur de lui faire un clin d'œil. L'homme poussa des hurlements d'effroi que Sampath, comme toute la rue, eut le loisir d'entendre.

Dans le bus, chacun avait son mot à dire et prenait parti. Certains s'efforçaient de ramener le calme : « Oh la, la, quelle histoire pour un clin d'œil. » D'autres approuvaient chaudement : « Très bien. T'as bien fait. Ça lui apprendra. » D'autres encore se montraient franchement hostiles et ne mâchaient pas leurs mots : « Il y a des femmes à qui on devrait interdire le bus pour aller travailler. » Le véhicule finit par disparaître dans un nuage rageur de gaz d'échappement.

Quand il eut fini de tousser, Sampath remonta sur son vélo, prit son raccourci habituel à travers le parc de l'hôpital, mais, comme souvent, oublia de se baisser suffisamment pour passer sous les barbelés de la clôture à son endroit favori où il laissa une grosse poignée de cheveux. Qui sait si les corbeaux n'allaient pas récupérer ce matériau de premier choix pour construire leurs nids ? Peut-être allait-il ainsi contribuer à son insu à l'amélioration de la race des corvidés déjà si bien implantée à Shahkot ? Serait-il chauve avant l'heure ? Ou bien ses cheveux, stimulés par les vides ainsi créés, allaient-ils forcir et pousser plus dru que jamais ?

Il adressa ses questions à une vache qui passait par là. Elle le regarda de ses yeux tristes, au bord, lui sembla-t-il, d'une sérieuse crise de larmes. Histoire de ne pas avoir à supporter le silence de l'animal, il s'empressa de répondre à sa place : « Qui sait ? » Puis, après avoir appuyé son vélo contre un pilier, il leva les bras en signe d'ignorance et entra dans la salle du courrier.

Le bureau de poste était sombre et crasseux. Bizarrement, le bâtiment n'avait qu'une fenêtre, la petite ouverture par laquelle on vendait les timbres, et à cette heure-ci, elle était encore fermée. Trombones, formulaires et chemises jonchaient le sol sale et grisâtre, tandis que des piles branlantes de lettres et de vieux registres, noirs de poussière, montaient à l'assaut des murs pour se perdre dans la pénombre glauque et marbrée.

Sampath s'arrêta un instant sur le pas de la porte, fermant les yeux pour se faciliter le passage de la grande lumière à l'obscurité. Après tout, il n'avait pas dormi du tout la nuit précédente, et il lui fallait être extrêmement prudent. Il ouvrit lentement les paupières, laissant ses pupilles s'accoutumer à la pénombre, à cette atmosphère lourde et ténébreuse comme une eau stagnante. C'était le plein été et dehors, le monde écrasé de soleil n'offrait que des couleurs ternes, ne sollicitant les sens que par le violent contraste de l'ombre et de la lumière.

Sampath pénétra dans la pièce. « Ah, Sampath ! » s'exclamèrent à l'unisson deux personnes, visiblement soulagées de voir que c'était lui et non le receveur. Elles reprirent aussitôt la conversation interrompue. Au bout d'un instant, Sampath parvint à distinguer ses collègues de bureau assis dans l'obscurité, chacun les pieds sur la chaise de l'autre, et occupés à débattre des agissements du singe dont Pinky s'était plainte le matin même.

« C'est que c'était très embarrassant, disait Mlle Jyotsna. En moins de temps qu'il n'en faut pour le dire, ce singe de malheur m'avait déchiré mon *salwar* et s'était enfui avec mon cornet de cacahuètes. Maintenant je n'ai plus qu'à m'en faire faire un autre, et vous voyez d'ici les problèmes avec le tailleur. "De deux choses l'une, je lui ai dit. Ou vous ne savez pas vous servir d'un mètre-ruban, ou j'ai rétréci de moitié du jour au lendemain. Vous croyez que je vais me promener dans cette montgolfière ? De quoi je vais avoir l'air ?" Et lui qui me répond : "T'auras l'air d'une princesse, tantine, tellement le *salwar kameez* te va bien. – Ne m'appelez pas tantine, que je lui dis. Je ne suis pas assez vieille pour ça." Et regardez ce qu'il a fait de mon jupon... » Sur quoi, elle remonta son sari pour exhiber un volant froncé cousu en dépit du bon sens.

Sampath resta cloué sur place devant les jambes dénudées de Mlle Jyotsna. (Qu'ils étaient rouges, ces ongles de pieds ! Rouges et beaux comme des bijoux, luisants comme des scarabées !) Ses oreilles le picotaient comme si on les lui avait saupoudrées de paprika.

Contrairement à Sampath, M. Gupta n'était pas du genre à se contenter du rôle de simple observateur et il profita de l'occasion qui lui était offerte pour passer à l'action. « Ah non ! fit-il en agitant l'index sous le nez de sa collègue. Moi, je dis non. Vous ne devriez à aucun prix porter ce vert. Il ne vous va pas du tout au teint, mais alors pas du tout.

– Mon Dieu, mon Dieu, monsieur Gupta, mais qu'est-ce que vous me dites là ! » s'exclama Mlle Jyotsna d'un air faussement horrifié qui le fit éclater de rire. (Il montra ce faisant des dents d'un blanc étincelant, de ce blanc qui, dans un pays constamment enveloppé d'une poussière jaunâtre, ne se rencontre guère que dans quelques endroits bien abrités, une bouche par exemple.)

« Vous ne vous regardez donc jamais dans la glace ? taquina-t-il. Essayez un peu et vous verrez que j'ai raison. Comme toujours. (Avec un clin d'œil.)

– À ce train-là, c'est vous qui allez vous occuper de ma toilette pour le mariage, dit-elle en riant elle aussi. Visiblement, vous vous y entendez bien mieux que moi. Pas vrai, Sampath ? »

Primesautière en diable, elle lui asticota les côtes à l'aide d'une règle, ce qui le fit rire de plus belle. « Alors, qu'est-ce que vous en dites ? Vous me direz comment m'habiller pour le mariage ? »

Le receveur des postes devait marier sa fille dans les jardins de Badshah, contigus à sa demeure, les premiers jours de la saison des épousailles. À l'heure qu'il était, ils auraient dû être occupés tous les trois à réserver les musiciens, les cuisiniers et les pousse-pousse et à accomplir les mille et une tâches que suppose un pareil événement. Car qui dit mariage dans la famille d'un chef de service dit aussi foin des coutumières activités officielles : le personnel est mis à contribution et collabore aux préparatifs. Ainsi le veut le protocole. Les employés de la poste s'étaient donc vu assigner des tâches bien précises.

Quand le chef – en l'occurrence, le directeur des P et T de Shahkot – fit son entrée, ils se dressèrent comme un seul homme, en proie à la plus vive inquiétude.

« Bonjour, monsieur, dit Jyotsna en se dépêchant de rajuster son sari.

– Je vous serais obligé de bien vouloir commencer le travail de la journée, dit M. le D.P.T. La poste restera fermée. Occupez-vous des guirlandes de fleurs. Contactez le confiseur et les cuisiniers chargés du *biryani.* Veillez à ce que les ouvriers dressent la tente. Prévoyez des chaises en nombre suffisant. Veuillez également faire les réservations nécessaires à la gare. Les reçus seront déposés sur mon bureau. Je vous serais obligé de bien vouloir vous acquitter de votre mission. »

On aurait dit qu'il avait pris ses premiers mots, et tous ceux qui avaient suivi, dans un livret d'instructions.

« Je vous serais obligé de bien vouloir retrousser vos manches et de vous mettre au travail », conclut-il d'un ton sec.

Dans la tête de Sampath, c'était un tourbillon de jupons, de doigts de pied rouges et de singes. Il se sentit envahi d'une grande torpeur. Mais à la pensée soudaine de la recommandation qui lui avait été faite le matin même, il se jeta à l'eau pour dire, en imitant les intonations de son père : « Bien, monsieur. Je m'en occupe tout de suite, monsieur. » Las, à peine avait-il ouvert la bouche que la fin de sa phrase – le « tout de suite, monsieur » –, comme déconcertée et rebutée par les premiers mots, se désagrégea et s'évapora dans les hauteurs de la pièce pour y être réduite en bouillie par les pales au pouls irrégulier d'un ventilateur prisonnier des toiles d'araignée. Ils se retournèrent tous vers lui, ébahis. C'était la première fois qu'ils l'entendaient s'aventurer dans une phrase aussi longue. Vraiment, cela ne lui ressemblait pas. Conscient de la bizarrerie de sa tentative, Sampath, le visage en feu, tourna les talons et battit en retraite jusqu'à son bureau dans les profondes ténèbres qui régnaient à l'arrière du bâtiment, accompagné par cette mise en garde de son chef : « Attention, je vous ai à l'œil. De la tenue, je vous prie. »

Pendant un moment, Sampath s'efforça sans enthousiasme de calculer le coût du mariage. Juché en équilibre sur un vieil annuaire pour éviter de passer à travers l'assise percée de sa chaise, il se mit à transcrire dans la colonne du livre de comptes les chiffres figurant sur les factures et les reçus. Mais il y en avait tant, de ces factures et de ces reçus, et ils se ressemblaient tellement, qu'il perdit bientôt le fil et fut obligé de repartir du début, une fois, deux fois, disposant les papiers en tas, puis les répartissant différemment, les classant à l'envers pour finir par en égarer quelques-uns. Il essayait bien de suivre les colonnes de chiffres jusqu'à la case du bas marquée TOTAL, mais en dépit de ses efforts pour affûter sa vigilance et la concentrer sur un point précis, une pointe d'épingle qui lui aurait permis d'embrocher les chiffres, la tête ne tarda pas à lui tourner et il dut se résoudre à tout recommencer une nouvelle fois. De guerre lasse, sentant les signes annonciateurs d'un après-midi gonflé de somnolence, interposant force bâillements entre lui et les pages du registre poussiéreux, il décida de reporter son attention sur le courrier du jour.

M. le D.P.T. était parti chez le bijoutier. Mlle Jyotsna et M. Gupta avaient repris leurs taquineries. Sampath examina les lettres et les cartes que venait d'apporter le car de Delhi et qu'il devait trier et préparer pour la distribution. Il les tourna et les retourna, les renifla, regarda les timbres, déchiffra tous ces noms au plumage exotique : Bombalapetty, Pudukkottai, Aurangabad, Tonk, Coimbatore, Koovappally, Piploo, Thimpu, Kampala, Le Caire, Albuquerque. Il leva les lettres dans la lumière, tout excité par leurs promesses de mondes mystérieux. Il ouvrit les enveloppes à la vapeur au-dessus de verres de thé brûlant, se contentant parfois d'un simple canif, car l'humidité de l'air neutralisait souvent les effets de la colle, et il consacra le reste de sa journée à lire tranquillement le courrier des autres. C'était ainsi qu'il passait le plus clair de son temps depuis qu'il avait commencé à « travailler » à la poste. Querelles de voisinage, vendettas, intrigues amoureuses, mariages arrangés, naissances, décès, apparitions de fantômes, départs et retours au bercail... Dieu sait s'il en avait lu, des choses. Sans compter les catastrophes naturelles, les inondations et les tremblements de terre, qui voisinaient avec des broutilles comme la disparition d'un flacon de shampoing. Et toutes ces grandes métropoles dont il entendait parler, et ces villages, encore bien plus petits que Shahkot ! Il y avait des pays où les gens ne prenaient un bain qu'une fois par semaine et où les femmes, même les plus âgées, portaient des robes qui laissaient voir leurs jambes. Que de choses n'apprenait-il pas, à lire toutes ces lettres ! De temps à autre, il tombait sur des cartes postales expédiées de l'étranger à des familles des quartiers chic de la ville, et il passait alors des heures absorbé dans la contemplation d'un palmier au bord d'une mer qu'on aurait dit peinte en bleu, ou d'une villageoise suisse en costume folklorique, avec son sarrau de dentelle et ses épaisses tresses jaunes qui ne demandaient, semblait-il, qu'à passer à la friture pour être mangées. La Suisse était un pays froid et impeccablement propre. Dans la chaleur étouffante des après-midi de Shahkot, ce froid et cette propreté prenaient des couleurs si vives dans l'imagination de Sampath qu'elles lui en donnaient la chair de poule.

Quand il apparut, le soir venu, qu'il n'avait rempli aucune des tâches qui lui avaient été assignées, on le renvoya chez lui, non sans l'avertir qu'il ne s'en tirerait pas comme ça. Pour commencer, il lui faudrait arriver le lendemain avant tout le monde pour terminer le travail de la veille. Quel plaisir ils prenaient à le tourmenter ! Et dire qu'il s'était tellement amusé dès qu'on l'avait laissé tranquille ! Comment voulait-on qu'il se concentre ? Il n'avait pas fermé l'œil de toute la nuit, la nuit d'avant non plus... et il y avait fort à parier qu'il ne dormirait pas davantage la nuit prochaine.

Étrange, cette envie de dormir qui le prenait dès qu'il lui fallait travailler et qui le quittait, comme par miracle, dès qu'il tombait sur quelque chose d'intéressant. En rentrant chez lui, il repensa au chimpanzé d'une des cartes postales : qu'il était donc inquiétant avec son énorme derrière tout rouge !

5

Quelques mois plus tard, au début de l'hiver, saison des nuits fraîches et des fleurs à Shahkot, M. le D.P.T. mariait sa fille. L'aube du grand jour était à peine levée que tout le personnel de la poste, agissant sur les instructions de son chef, était sur le pied de guerre, s'affairant ici et là pour décorer les porches de soucis et de piments, aller chercher les guirlandes de lumières qu'on accrocherait dans les arbres, sélectionner les chevrettes les plus tendres pour le biryani. Mlle Jyotsna et M. Gupta se montrèrent à la hauteur de l'événement, faisant preuve d'une énergie peu commune pour houspiller les musiciens et les ouvriers chargés de dresser la tente, goûter les *kebabs* pour voir s'ils étaient à point, aller attendre parents et invités à la gare, courir chez les tailleurs et en revenir avec d'énormes ballots. Ce n'était pas le moment de faire faux bond à qui que ce soit.

Sampath, lui, s'était vu confier la tâche de remplir les verres de jus de fruits glacé, de les laver une fois vidés par les invités avant de les remplir à nouveau. On s'était accordé à juger qu'une besogne aussi simple n'excéderait pas ses capacités. Mais, quand on y pense, quoi de plus ennuyeux que de rester assis à remplir et à laver des centaines de verres, surtout quand on a soi-même bu jusqu'à plus soif. Sampath se mit donc à jeter des morceaux de nourriture, et pas n'importe lesquels, aux chiens errants qui s'étaient rassemblés derrière la tente dans l'espoir de récupérer quelques bribes du festin. Puis, devant les menaces répétées des cuisiniers (« Tu arrêtes, sinon on te hache menu avec les oignons »), il décida d'aller voir à quoi ressemblait l'intérieur de la maison. Il ouvrit quelques portes, fourra son nez dans quelques placards, allant jusqu'à examiner le contenu d'un tiroir. Mais tout lui parut vieux et poussiéreux. Il était sur le point de conclure qu'il n'y avait rien de vraiment intéressant dans la demeure du D.P.T. quand, au bout du couloir, il tomba sur une pièce remplie de parures de mariage : c'était là que les jeunes femmes de la noce s'étaient habillées pour la journée, avant de partir précipitamment, laissant toutes leurs affaires dans le plus grand désordre. Oh, bien sûr, il ne s'agissait pas de la dot de la mariée, qu'on avait pris soin, cela va sans dire, de mettre sous clé, ni des bijoux des vieilles douairières, eux aussi retirés en lieu sûr, mais c'était tout de même alléchant. Éparpillés sur le sol, les lits et les chaises se trouvaient les toilettes nécessaires à plusieurs jours de réjouissances.

Il y avait là des jabots de soie gorge de paon et des plissés de satin rose pâle; des rouleaux de tissu et des saris de toutes les couleurs possibles et imaginables; des étoffes striées de fils d'or, parsemées de paillettes et de cabochons de verre, rebrodées au fil d'argent de perroquets et de fleurs de lotus; des robes chatoyantes aux motifs de mangue dans des tons de prune et d'ambre. Sampath vit aussi des velours aux reflets sombres, des pastels blancs comme lait que rehaussait à peine une légère touche de rose ou de vert pistache. À ses pieds ondulaient les vagues mousseuses de frais jupons blancs.

Il déboucha un flacon d'eau de rose dont le parfum alla se mêler aux riches effluves de mouton s'élevant des chaudrons où se préparait le biryani. Friand des curiosités olfactives qu'avait à offrir le monde, Sampath avait au fil des ans acquis un odorat hors du commun, qui lui permettait maintenant de déceler dans l'air alentour des odeurs de musc, de naphtaline, de talc, où flottait aussi le parfum des soucis et de l'huile de santal. Ah, que le monde était donc odorant ! Il se sentit soudain le cœur léger. Il pressa les étoffes contre sa joue, les soupesa d'une main, puis de l'autre, avant de les laisser glisser sur ses bras. Il se drapa dans des pièces de tissu rose, vert et safran, et finit par ressembler à une de ces boîtes de bonbons que l'on offre à l'occasion de la fête du Diwali. Ayant ouvert un coffret à bijoux, il découvrit d'étranges reflets : perles montées sur des tiges d'argent, une pierre qui avait le brillant d'un œil, coquillages d'une finesse extrême. Il pensa au soleil irisant le cœur d'une fleur. Il prit une pierre bleue, se la mit dans la bouche, la retira, puis la fit rouler, toute ronde et fraîche, le long de ses bras. Il se passa dans le nez un anneau décoré comme un lustre de petites pendeloques miroitantes et se demanda s'il avait belle allure.

Il faisait sombre dans la pièce, car il avait fermé porte et fenêtre de façon à pouvoir conduire ses explorations sans crainte d'être dérangé. Il alluma une bougie placée près du miroir pour juger de sa parure, et s'absorba dans la contemplation de l'oiseau bigarré, du magnifique insecte en lesquels il s'était métamorphosé. Le miroir était vieux, piqué et légèrement terni. Son reflet lui parut lointain, comme un fantôme venu d'un autre monde. Enfermé dans ce cadre, il avait l'air d'une photographie, ou d'un tableau, ou d'un personnage sorti d'un conte. À se voir ainsi transmué, auréolé de tant de mystère romanesque, il fut soudain envahi d'une nostalgie poignante, du désir d'un monde imaginaire, de ce quelque chose qu'il n'avait jamais connu mais dont il sentait la présence au plus profond de lui-même. Comme un papillon de nuit, son doigt fut attiré par la bougie, et il le passa plusieurs fois dans la flamme jaune et bleue.

Il se rappela alors les sombres soirées, somme toute pas si lointaines, qu'il avait passées seul sur ses livres tandis que le reste de la famille dormait. Il y avait toujours un examen à réviser, un test à préparer, un long devoir à rédiger. Il s'enveloppait la tête d'une serviette mouillée, dans l'espoir d'un peu de fraîcheur, mais la sueur lui dégoulinait le long du dos, à la vitesse d'un cafard qui détale, son stylo lui glissait des mains, maculant la page de monstrueuses traînées d'encre bleues et noires. Parfois, son doigt, incapable de suivre plus longtemps les lignes imprimées qu'il essayait de graver dans sa mémoire, s'égarait, comme aujourd'hui, en direction de la bougie posée sur la table ; et il lui arrivait, à la manière des phalènes qui lui tenaient compagnie, de se brûler à la flamme.

Il savait que le lendemain, il serait incapable de répondre aux questions inscrites au tableau : citer les dix principales réformes politiques du règne d'Aśoka, décrire les avantages et les inconvénients du système de castes. Les réponses se seraient évaporées dans l'atmosphère irréelle qui l'entourait, au même titre que les conditions de sol et d'altitude les plus favorables à la culture du blé, les différents stades de la reproduction de la paramécie, ou la façon de démontrer que, dans un triangle isocèle, tout angle extérieur est égal à la somme des angles intérieurs opposés.

Il avait regardé un morceau de papier s'enflammer dans l'obscurité puis se recroqueviller dans la flamme. Avec les gouttes de cire, il avait fait une dizaine de boulettes de différentes grosseurs, qu'il avait découpées avec les instruments de sa trousse de géométrie ; observé le globe de lumière qu'on peut voir trembloter dans l'arrondi d'un verre vide; passé et repassé les doigts sur le bois voilé de la table. Il n'avait jamais retenu que des bribes des pages qu'il était censé apprendre, que des fragments de phrases. L'image d'un fleuve plus foncé au milieu d'un pays tout pâle, la sensation fraîche sur la langue des sonorités liquides du nom « Colombie ». Il avait tracé les contours d'une carte représentant les zones de savane du globe terrestre, suivi du doigt dans son atlas les épines dorsales des montagnes, les veines bleues des fleuves, oubliant régulièrement qu'il lui fallait terminer son travail, que, le lendemain, il avait un examen important.

Il éloignait la bougie pour ne pas en sentir la chaleur, mais la tenait suffisamment près pour ne pas en perdre la clarté. Souvent, il la rapprochait de la glace, et alors, il s'en souvenait très bien, la flamme, qui lui envoyait son souffle chaud et insistant au visage, éclairait d'une lumière insolite un menton et une joue, ou bien une main, un nez, une bouche. Il regardait ses lèvres former des mots, n'importe lesquels, « Bonjour » ou simplement « mummummu », mots qui restaient un instant suspendus dans l'air, avant de s'évanouir dans le silence de la pièce en ondes de plus en plus faibles, à la manière des rides provoquées par un petit caillou à la surface d'une mare. Mais il lui arrivait aussi de ne produire aucun son et de se contenter de remuer les lèvres comme un poisson dans cette lumière noyée au plus profond des ténèbres.

Revenant à lui, il se passa les doigts sur le visage et s'assura que c'était bien lui, là, dans le miroir, vêtu de cet extraordinaire costume. Il sourit à son reflet qu'il gratifia d'une courbette comme s'il était son invité d'honneur. Sur le mur, les lézards l'observaient d'un œil critique. Il leur tira la langue, heureux tout à coup, mais sans savoir pourquoi. Peut-être était-il fait pour une existence au milieu des brocarts, une vie ciselée dans l'éclat des bijoux. Peut-être était-il fait pour porter des mules de soie et, d'un geste, commander l'attention de tout un peuple. Prenant une attitude impériale, le nez en l'air dans cette atmosphère ensorcelée, la main levée pour plus de solennité, il se mit à broder un texte de son cru sur un air populaire, tout en exécutant une danse du ventre endiablée : « Mon costume est japonais, tra-la-la, mon repas est cantonais, tra-la-la, mais si je vagabonde en toute saison, tra-la-la, ne vous inquiétez pas, papa, maman, j'ai laissé mon cœur à la maison. Zon, zon, zon, j'ai laissé mon cœur à la maison. »

S'étant risqué hors de la pièce pour gagner le lieu où la fête venait de commencer, il se trouva enhardi par l'odeur des kebabs et du biryani, stimulé par le chatoiement des parures et des bijoux, le tintement des couverts et des rince-doigts, les rires des invités pénétrant dans la tente, et par les gâteaux qui rissolaient dans la margarine juste à côté. Il y avait un long tapis rouge qui conduisait de l'entrée jusqu'à une fontaine située au centre de la tente. Sampath se mit à gambader d'un bout à l'autre du tapis, jetant les jambes en l'air et faisant bouger l'anneau fixé dans ses narines. M. le D.P.T. et son épouse, occupés à nourrir et abreuver la famille de leur futur gendre, accueillirent l'approche de cet énergumène dans un silence stupéfait. Sampath, quant à lui, avait l'impression de ne plus toucher terre, de ne plus sentir le poids de sa tête, de son estomac et de ses entrailles. « Demain, il sera trop tard », entonna-t-il, accompagné par le tintement des pendeloques accrochées à son nez. Il entra dans la fontaine, s'ébroua sous les jets d'eau, aspergeant les nobles douairières qui s'enfuirent avec force glapissements. « Retrouve-moi sous le bananier du paradis, gazouilla-t-il, et c'en sera fini de tes peines de cœur. »

C'est alors que, lentement, avec délices, et parce qu'il sentait que la chose s'imposait, Sampath commença à se dévêtir. De l'assistance s'élevèrent des cris d'horreur, que, dans son exaltation, il prit pour des cris d'admiration. Dans un style inimitable, il déroula les étoffes dans lesquelles il s'était drapé, laissant tomber un à un saris et *dupattas*. Arrivé au dernier morceau de tissu, il sut qu'il n'en était pas encore au clou de son numéro, à cet ultime aboutissement vers lequel tendait tout son être. Il n'allait pas flancher maintenant, et il commença à déboutonner sa chemise. Il la lança en l'air, tel un paladin se débarrassant de l'étoffe qui lui a servi à essuyer l'arme avec laquelle il s'apprête à tuer son ennemi. Sans se soucier des cris de plus en plus perçants qui fusaient autour de lui, il abaissa la main vers son pantalon. « Mais faites quelque chose ! » s'écria M. le D.P.T. Plusieurs personnes se précipitèrent, mais Sampath grimpa prestement sur la vasque la plus haute et, rapide comme l'éclair, baissa tout à la fois caleçon et pantalon. Tournant le dos à l'assistance, il leva bien haut son derrière brun et, au comble de l'extase, le remua en une danse frénétique comme pour montrer combien il appréciait le divertissement dont il était l'auteur.

« Aïe, aïe, aïe, mais qu'est-ce que tu nous as fait là ? » s'écria la famille quand Sampath rentra à la maison sans travail, dégrisé et trempé jusqu'aux os.

« Je vous prierais de disparaître de ma vue », lui avait dit le D.P.T. d'un ton si glacial que le cœur de Sampath s'en était racorni sur place. « Inutile de vous présenter au travail à l'avenir. »

Mais son travail, de toute façon, il ne le supportait pas. Son travail, il n'en voulait plus. Non, il n'en voulait plus. Et non seulement il refusait celui-là, mais qui plus est, il n'en voulait pas d'autre. Il se sentait d'humeur rebelle. Seulement voilà...

« Qu'est-ce que j'entends ? Tu as perdu ton travail ?

– Aïe, aïe, aïe, ce garçon ne nous attire qu'ennuis et catastrophes.

– Mais enfin, à quoi tu penses ?

– Tu ne m'as pas attrapé un rhume de cerveau, au moins ?

– Mais qu'est-ce qu'on va faire ?

– Tu as vraiment enlevé ton caleçon ?

– Tu es tout bleu, c'est sûrement la teinture de ces vêtements mouillés. Dépêche-toi d'aller te savonner.

– Tu as intérêt à te mettre en chasse dès demain pour trouver un nouvel emploi.

– Les cheveux mouillés, c'est à coup sûr un rhume de cerveau. Un bon massage du cuir chevelu à l'huile de sésame, ça vous garde le cerveau au chaud.

– Va donc au bureau des Transports en commun demain matin et demande-leur s'ils ne peuvent pas te trouver quelque chose.

– Est-ce que tu as ouvert la bouche dans la fontaine ? Parce que cette eau, c'est rien que de l'eau des égouts recyclée. Tu as peut-être avalé des petits vers, va savoir.

– Tu peux commencer à te préparer pour les entretiens.

– Si on entre pieds nus dans de l'eau sale, y a toutes sortes de cochonneries qui t'entrent dans le corps par les doigts de pied. Va donc mettre des chaussettes et des chaussures.

– Tu es vraiment un bon à rien. Va au bureau des Statistiques demain après-midi et demande-leur s'ils ont des postes à pourvoir. Va voir aussi à l'hôpital, au couvent, à l'Institut d'agriculture, à la compagnie d'électricité... À la laiterie Anu, à l'usine Au Bon Beurre Baratté. »

M. Gupta et Mlle Jyotsna vinrent présenter leurs condoléances.

« Mon pauvre Sampathji, mais qu'est-ce qui t'a pris de faire une chose pareille ?

– Te voilà en vacances pour le restant de tes jours... »

Impossible de les arrêter ! Et que je te cause et que je te crie !

Sampath avait l'impression que, entre leurs cris et leurs jérémiades, ils s'étaient concertés pour le mettre en cage, pour l'enfermer et le ligoter à tout jamais. Leurs questions finissaient par le ronger. Il avait mal à la tête, mais son cœur aussi lui faisait mal. Il s'affligeait sur son sort. « Ce que j'ai fait ? explosa-t-il. Mais rien, je n'ai rien fait. Arrêtez de me crier après. De parler. Taisez-vous. Mais taisez-vous donc ! » Il sortit sur le balcon en faisant claquer la porte derrière lui. Ce qui ne les empêcha pas de continuer. Il les entendait, même à travers la porte. Il monta sur la terrasse.

Il haïssait ce flot ininterrompu de malheurs qu'était sa vie. Il était né dans une prison. Pour une fois qu'il avait voulu s'amuser, voilà qu'on le privait de ce plaisir et qu'on le punissait. Il était né sous une mauvaise étoile, un point c'est tout. Autour de lui, les maisons se dressaient comme un immense piège prêt à se refermer, un dédale d'escaliers et de murs percés de fenêtres qui ne faisaient qu'ouvrir les unes sur les autres.

Il était plein d'amertume. Il se dit que son environnement était certainement préjudiciable à son équilibre mental. Le ciel n'était qu'une suite de carrés et de rectangles, entre les cordes à linge, les antennes de télévision, les balcons, les pots de fleurs et les réservoirs d'eau. On aurait dit les morceaux d'un gigantesque puzzle.

Quelle démarche adopteriez-vous pour résoudre ce problème ?

Curieusement, sans trop savoir pourquoi, lui revenait, de très très loin, la voix railleuse du père Matthieu Mathématiques, debout devant son tableau à l'école de la mission.

Pour obtenir la note maximale, détaillez toutes les étapes du raisonnement.

Tout tourbillonnait dans sa tête, les jours, son travail,

sa vie, jusqu'à ses pensées. Toujours le même endroit, le même chemin... heure après heure, jour après jour.

Et au bout du voyage, la poste.

Il ne voulait pas d'un autre travail.

Ce qu'il voulait, c'étaient les grands espaces.

Et il en voulait des pans entiers, il voulait des jours qui se déploieraient à l'infini et qu'il remplirait aussi peu qu'il l'entendrait. Ici, la connaissance qu'on pouvait avoir du silence et de l'espace était réduite à des expériences furtives, clandestines, et malheureusement trop rares, comme lors des quelques répits qu'il s'accordait dans son travail, des moments privilégiés où il mesurait l'espace entre l'œil et la page imprimée d'un journal, tenu par quelqu'un qui n'en tournait jamais les pages, où il surprenait le regard d'une femme fixé sur l'horizon, bien au-delà de ses aiguilles à tricoter soudain devenues floues, où il devinait les rêves derrière des prières marmonnées ou, plus rarement, dans des yeux plongés dans un ailleurs, en quête de grands espaces. Mais non, il était dit que Sampath ne connaîtrait pas la paix. On le chassait de tous les refuges qu'il pouvait trouver.

« Aïe, aïe, aïe, mais qu'est-ce qu'il va devenir, ce garçon ?

– Et dire qu'il avait fallu un an pour dénicher cet emploi à la poste... »

Autour de lui, des familles nombreuses de pigeons roucoulaient et s'agitaient dans les pots de fleurs afin, semblait-il, de se créer un monde douillet, protégé et confortable. Sampath, soudain hors de lui, tapa du pied pour les effrayer. Ils s'envolèrent pour se reposer aussitôt. *Cou-ou, cou-ou*, et que je m'agite, *cou-ou, cou-ou*, et que je m'agite.

La tête de sa mère apparut, penchée à la fenêtre à l'étage en dessous. Elle avait elle aussi, apparemment, grand besoin d'un peu de calme après le tohu-bohu qui avait perturbé la maison. Il la regarda se pencher et tendre le cou pour voir ce qu'il y avait dans le panier d'un passant qui rentrait du bazar. « Des jaques », l'entendit-il murmurer tout excitée. Et puis à nouveau, mais tellement agitée qu'elle en prononça mal le mot. « Tes *yacks*... Mais toute la famille risque d'avoir des palpitations ! »

Il apercevait également le vieux professeur bengali, assis sur son hamac à côté du portail avec sa machine à écrire. Il enfonçait les touches avec bruit, et quand la petite sonnette se faisait entendre à la fin de chaque ligne, il s'arrêtait pour relire ce qu'il venait de taper.

M. et Mme Raipur, qui habitaient une petite pièce, juste en bordure du grand domaine en ruine des Raipur, sortirent pour promener leur bébé dans leur jardin au milieu des cannas.

« Il est tellement beau, dit M. Raipur. Quel beau bébé. Regarde, il me ressemble trait pour trait.

– Mais pas du tout, rétorqua Mme Raipur, qui se mit à chanter : « Petit nez retroussé, jolie rose éclose, mon petit haricot, tout frais, tout beau. »

Au loin, un générateur se mit à vrombir.

Si $xy = 0$ et que $x \neq 0$, alors $y = 0$. Soit x et y, et le résultat zéro. Si x est différent de zéro, $y = 0$.

Sampath se rappela soudain qu'il n'avait jamais réussi à résoudre un seul des problèmes du père Matthieu Mathématiques, n'avait jamais réussi à éclaircir et à émonder ces forêts de chiffres et de lettres inscrits sur le tableau pour les distribuer en rangées bien nettes, suivant une progression ordonnée de flèches menant à la solution correspondant à l'une des réponses proposées à la fin du manuel.

Manger des jaques en été peut déclencher des crises d'angoisse, et, chez certains sujets, la mauvaise humeur.

« Petite étoile, chantait Mme Raipur, ma jolie fleur. Rose, jasmin et marguerite.

– Et pommes de terre frites, intervint M. Raipur.

– Radis. Ce sont des radis ? Non, des pommes de terre. Des pommes de terre ? Non, des radis. »

Quelque part, une Cocotte-Minute se mit à siffler.

Kulfi Chawla grimpa les marches qui, du balcon, menaient au toit en terrasse, une goyave à la main. Désireuse de consoler son fils, elle se glissa subrepticement derrière lui. « Tu veux une goyave ? » lui demanda-t-elle. Elle avait été incapable de résister et l'avait donc achetée, sachant pourtant que c'était la première de la saison et qu'elle était encore un peu dure. Elle lui tira l'oreille affectueusement.

Il pensa à la poste.

« Non, avait-il envie de crier. Non, je n'en veux pas, de ta goyave. » Mais comme son estomac gargouillait, il prit le fruit dans ses mains. Il était d'humeur maussade et querelleuse. La goyave était fraîche, verte et placide.

La poste. Toujours la poste. Cette seule idée lui donnait envie de vomir. Il décida de ne plus y penser.

Les goyaves sont rafraîchissantes et goûteuses et doivent être consommées aussi souvent que possible.

Il regarda fixement la goyave. Il aurait voulu pouvoir faire passer en lui toute sa fraîcheur, son calme et sa placidité.

« Mais qu'est-ce que je dois faire ? s'exclama-t-il tout à coup, à voix haute. Qu'est-ce que je dois faire ? » Il posa sur la goyave un regard intense, féroce et fiévreux tout en la secouant. Et la sentit se dilater, s'épanouir sous ses doigts.

« Qu'est-ce que je dois faire ? s'interrogea-t-il, la secouant encore une fois avec désespoir. Je n'ai pas envie de travailler. Je ne veux plus de cette vie », geignit-il... Et soudain, sous ses yeux ébahis, la goyave s'enfla encore un peu... et plof ! finit par éclater. Des fragments de chair crémeuse volèrent dans les airs, très haut dans le ciel, une pluie de pépins s'abattit sur les gens qui se trouvaient sur les balcons et les terrasses ou qui passaient dans la rue.

« Hé ! cria Lakshmiji, qui venait d'être atteinte à l'œil. Qu'est-ce que c'est que ça ? Décidément, il se passe toujours des choses bizarres dans cette maison. »

Mais elle ne reçut pas de réponse. Là-haut sur son toit, Sampath sentit son corps s'emplir de fraîcheur verte, son cœur se gonfler d'une douceur mystérieuse et sauvage. Une sève vive et claire, qui ne ressemblait en rien à du sang humain, coulait en lui. Comment de telles choses peuvent-elles se produire ? Il aurait pu jurer qu'il était désormais habité d'une force étrange, que quelque chose d'entièrement nouveau circulait en lui. Il eut un frisson bizarre, puis se mit à sourire.

« Mon Dieu, dit Kulfi, je me plaindrai à l'épicier. Sampath, mon fils, veux-tu un œuf à la place ? »

Les pieds nus de Sampath qui reposaient à même le sol étaient glacés. Un souffle de vent balaya ses cheveux de son front. Il avait la chair de poule. Il pensa aux Transports publics, au bureau des Statistiques, aux massages du cuir chevelu, aux chaussettes et aux chaussures, aux stratégies d'entretien. Au fait de ne jamais, jamais avoir la paix, de ne jamais pouvoir dormir, à son père qui palabrait et pérorait dans la pièce en dessous.

« Non, répondit Sampath, qui se sentait un cœur énorme. Non, je ne veux pas d'œuf. Ce que je veux, c'est ma liberté. »

6

Le lendemain après-midi, la famille partit assister à un autre mariage (souvenez-vous, la saison des épousailles battait son plein), en laissant Sampath à la maison : c'était leur seule chance de ne pas le voir ôter son pantalon lors d'une autre cérémonie. Ils n'avaient pas tourné le coin de la rue que Sampath quittait, lui aussi, la maison. Poussé par une immense exaltation, il se rendit au bazar, où il prit le premier car qui se présenta.

Emplissant l'air des grondements et des fumées de son moteur, le car laissa bientôt Shahkot derrière lui. Sampath songeait aux serpents qui abandonnent les lambeaux fripés de leur vieille peau pour disparaître dans l'herbe, sans aucunement trahir leur présence, ne serait-ce que par un bruissement de feuilles; aux insectes qui font éclater leurs enveloppes ou leurs coquilles pour sortir de la chaleur aveugle de la membrane soyeuse avant de se perdre dans l'immensité des cieux. Il se dit que lui aussi était en train de quitter le monde, un monde dont les interminables révolutions ne débouchaient sur rien. Mais désormais, ça n'avait plus aucune importance. Son cœur, partagé entre bonheur et crainte, battait la chamade. Sans trop savoir ni où ni comment, il avait trouvé une faille. Les arrêts et les passagers défilaient dans une sorte de brouillard.

Il avait pris le car qui ramenait les vendeurs de lait

chez eux, une fois leur marchandise écoulée. Coincé entre des dizaines de bidons vides et froids, il poursuivit son chemin jusqu'aux limites de la ville, là où les maisons se clairsemèrent et où apparaissent les premiers arbres dépenaillés, la première herbe pelée. Il continua jusqu'à ce que toutes les maisons aient disparu, jusqu'à ce qu'ils attaquent les premiers contreforts. Il sentait l'air se raréfier autour de lui et la fraîcheur de la verdure s'épanouir dans son corps fatigué. Ils grimpaient, grimpaient toujours.

Une vieille femme vint s'asseoir à côté de lui. Elle avait tellement de bidons qu'il fut obligé de se pencher par la fenêtre en s'accrochant pour ne pas tomber. Elle était de ces vieilles qui ne supportent pas le silence. Exaspérée par le visage de Sampath, fermé sur lui-même comme dans un cocon, elle se mit à donner de la voix comme d'une aiguille pour percer la carapace. « D'où tu viens et comment tu t'appelles ? Qu'est-ce qu'y fait, ton père ? Combien y gagne, ton oncle ? Vous êtes combien à vivre à la maison, et combien vous avez de placards ? La seule façon de rester en bonne santé, c'est de boire un litre de lait de buffle tous les matins avant le lever du soleil. »

Sampath sentit s'altérer cette merveilleuse émotion qui l'avait d'abord submergé. Le car gémissait en montant à l'assaut de la colline. L'espace d'un bref instant, le moteur hoqueta, et ils s'immobilisèrent. Le temps que le chauffeur change de vitesse et reparte, Sampath avait déjà sauté, excédé par la voix de la vieille. Ahuris, les passagers qui regardaient le paysage tout en poursuivant leur voyage virent Sampath courir comme un fou en direction d'un vieux verger que l'on apercevait, presque en haut de la colline. Il courait avec un sentiment d'urgence, sautant par-dessus les buissons et les herbes folles. Devant lui, il aperçut soudain un arbre, un très vieil arbre, où le silence était retenu par les branches comme une prière. Il arriva au pied et fiévreusement, sans même s'arrêter, entreprit de grimper. Il se fraya un chemin en se hissant de branche en branche et bouscula, ce faisant, feuilles mortes et cadavres d'insectes : tous les débris desséchés qui s'entassent d'ordinaire dans un arbre et qui se mirent à pleuvoir autour de lui tandis qu'il poursuivait son escalade jusqu'au sommet. Quand il s'installa enfin au milieu des feuilles – à la seconde même où il le fit –, l'exaltation qui l'avait conduit si loin et si haut l'abandonna brusquement, comme ces coups de vent, venus d'on ne sait où, qui agitent les branches et, à l'instar des fantômes, retournent au néant aussi vite qu'ils sont apparus.

Les passagers du car qui regardaient encore par la fenêtre auraient pu jurer qu'ils venaient de voir un homme-singe bondir dans le verger et semer l'émoi et la confusion parmi les feuilles. Mais ils avaient passé toute la matinée à vendre leur lait et ils étaient fatigués, et avant qu'ils aient eu le temps de se frotter les yeux pour regarder à nouveau et se convaincre de ce qu'ils avaient vu, l'arbre de Sampath était déjà bien loin derrière eux et tout avait retrouvé son aspect habituel.

L'arbre dans lequel avait grimpé Sampath était un goyavier, plus grand et plus beau que tous ceux qu'il avait vus jusqu'ici. Il poussait dans le verger qui avait appartenu au vieux juge du district de Shahkot, avant que le gouvernement décide que cette terre ferait partie d'une forêt domaniale.

À l'abri au milieu de ses branches, Sampath sentit sa respiration se calmer et la paix et le bien-être l'envahir. Tout autour de lui, les éclats du soleil de novembre piquetaient le verger, les reflets des feuilles qui s'agitaient tissaient une toile changeante, tandis que les jeux compliqués d'ombre et de lumière l'emplissaient d'une fluidité liquide. La chaleur se nicha contre sa joue, comme le museau d'un animal et, au fur et à mesure que ralentissaient les battements de son cœur, il entendait éclater et bruire doucement autour de lui les plantes qui, peu à peu réchauffées par le soleil, exhalaient leurs parfums. Comme tout était beau ici, exactement à la mesure de son attente. Le verger correspondait à quelque chose qu'il avait imaginé toute sa vie : myriades de globes verts aux merveilleuses odeurs douces-amères sur une colline où poussaient assez d'arbres pour contenter l'œil et assez de fruits pour parfumer l'air. Les feuilles étaient à peine plus sombres que les fruits, et l'écorce, une peau superficielle cuivrée recouvrant une pâleur laiteuse si délicate et si satinée, qu'au toucher ses doigts en étaient parcourus de frissons. Et pourtant les arbres n'étaient ni gros, ni feuillus, ni serrés au point d'obscurcir le ciel, qu'on apercevait pur et clair entre les branches. Devant lui tournoyait et virevoltait une nuée de perroquets au plumage vert émeraude éclatant, qui criaient et jacassaient à n'en plus finir. Il avait l'esprit tout entier occupé par cette scène et se demandait s'il arriverait jamais à s'en lasser. La vraie richesse, la vie rêvée, c'était ça... et il n'aspirait qu'à tout gober, en une seule bouchée, afin de se l'approprier à tout jamais. Si seulement il pouvait troquer sa vie contre cet univers de silence et de paix. Oh, pouvoir rester ainsi, le visage tourné vers l'après-midi comme un tournesol, et apprendre tout ce qu'il y avait à savoir du verger : le moindre petit insecte rampant sous ses yeux, l'odeur de la terre si grasse sous l'herbe, le bruissement des feuilles, le labyrinthe des frondaisons, tous ces noms auxquels habituer sa langue. Et puis, quand viendrait le temps des après-midi plus courts et embrumés, des fruits mûrs et mordorés, il cueillerait une goyave... Il la presserait contre sa joue, la ferait rouler entre ses doigts afin d'en sentir la surface grumeleuse, l'étoile qui en soulignait la base, les cicatrices, rugueuses et brunes, qu'y avaient laissées le vent, la pluie ou le coup de bec acéré d'un oiseau négligent. Et quand il finirait par le porter à sa bouche, le fruit serait à la hauteur de son attente ; ce serait la plus extraordinaire, la plus délectable de toutes les goyaves jamais dégustées.

Assurément, il avait enfin trouvé l'endroit idéal. La fatigue soudain le submergea comme une vague, et, fermant les yeux, il s'enfonça dans le sommeil, coincé dans une fourche du goyavier.

7

Le jour où Sampath déménagea dans son arbre, la famille Chawla, soucieuse et désemparée, vint faire le siège du poste de police du quartier. Elle s'installa sur le banc que surplombait le rosier grimpant jaune, attendant qu'on le retrouve. Plus exactement, les trois femmes s'installèrent et restèrent assises, tandis que M. Chawla faisait inlassablement le tour du bâtiment, donnant le tournis aux policiers à force de crier devant toutes les fenêtres qu'il rencontrait au cours de ses rondes. S'il avait été commissaire, lui, Sampath serait déjà de retour à végéter, égal à lui-même, parmi eux.

La ville ne manqua pas de tirer le meilleur parti de l'événement. Les voisins venaient régulièrement aux nouvelles et chacun prodiguait ses encouragements depuis la rue, en allant au marché ou en en revenant. Il est des endroits habités par des gens de peu de mots et d'humeur tranquille, mais Shahkot n'était pas de ceux-là. Les habitants passaient une partie de leur temps à rendre visite à leurs amis et tout leur temps, une fois installés, à bavarder. De cette manière, les informations se diffusaient rapidement, même en provenance des endroits les plus éloignés et les plus isolés.

Pendant une longue et terrible journée, on put croire que Sampath avait disparu pour toujours et pour de bon, mais le lendemain après-midi, le garde de la forêt de l'université prit sa bicyclette pour apporter de la crème au citron à sa sœur qui résidait en ville avec son mari. La crème était accompagnée d'une nouvelle : dans le vieux verger, à quelques kilomètres de Shahkot, quelqu'un avait grimpé dans un arbre et, à l'heure qu'il était, n'en était toujours pas redescendu. Impossible de savoir pourquoi. À en croire le garde, l'homme refusait obstinément de répondre aux questions.

« S'il y a quelqu'un d'assez fou dans ce pays pour grimper dans un arbre, c'est Sampath, déclara M. Chawla. Il n'y a aucun doute là-dessus. Dieu merci, le domaine n'appartient plus à ce juge, sinon il aurait déjà fait boucler Sampath pour les dégâts causés à ses arbres. Il ne nous reste plus qu'à le faire descendre de là, et ce dans les plus brefs délais. »

Main dans la main, les membres de la famille coururent jusqu'à l'arrêt de car, la semelle caoutchoutée de leurs tongues claquant contre leurs talons. Ils prirent le même car que celui qu'avait attrapé Sampath pour sortir de Shahkot et descendirent non loin de l'endroit où il avait sauté par la fenêtre pour s'élancer vers la colline ; puis, bien au-delà donc des limites de la ville, ils entreprirent de se frayer un chemin dans le dédale des sentiers qui menaient au vieux verger où, à une époque, il y avait eu assez de fruits pour qu'on prenne la peine de les ramasser et de les expédier jusqu'à New Delhi. Le verger était à l'abandon depuis des années, les fruits avaient retrouvé l'acidité de l'état sauvage, les branches s'enchevêtraient les unes dans les autres, et seul un chevrier s'y aventurait parfois pour faire paître son troupeau. Les arbres montaient presque jusqu'au sommet de la colline, servant de limite à la forêt de l'université.

La famille Chawla battit le verger avec une obstination méthodique, claquant des semelles et donnant de la voix. C'est tout au bout de la plantation de goyaviers la plus éloignée, juste à côté du mur en ruine qui bordait la forêt, qu'ils finirent par découvrir Sampath : assis dans son arbre, il mangeait une goyave, les jambes dans le vide. Il les avait repérés depuis un certain temps et suivait avec effroi leur progression.

Que diable allait-il bien pouvoir dire ? Il s'imagina en train de déclarer : « Je suis très heureux ici » ; ou de demander, l'air surpris : « Mais pourquoi donc venir me rendre visite ? » ; ou de répondre à leurs accusations par une bravade : « Certains considèrent comme très normal de s'installer dans un arbre » ; ou de dire, avec cette sérénité que lui conférait sa dignité toute neuve : « J'ai décidé d'adopter un mode de vie très simple. À partir de maintenant, je n'ai plus de famille. » Pourtant, il se refusait à leur faire de la peine. Il pouvait peut-être renoncer aux derniers mots et dire à la place que sa famille, désormais, c'était le monde entier. Il pouvait aussi s'agripper aux branches et crier : « Essayez de vous accrocher à moi et de tirer si vous voulez, mais je vous avertis que je préfère me faire casser les bras plutôt que de lâcher prise. » Il pouvait aussi crier : « Autant essayer de faire bouger une montagne ! »

Mais tout compte fait, il ne dit rien.

« Qu'est-ce que tu fabriques là-haut ? cria M. Chawla. Descends immédiatement ! »

Sans broncher, Sampath laissa son regard se perdre dans le monde touffu qui l'entourait, essayant d'apaiser les battements affolés de son cœur. Il se concentra sur le feuillage agité par la brise, comme par une main qui caresse à rebrousse-poil la fourrure sombre d'un animal pour en découvrir la racine argentée.

Pinky se sentit tout à coup terriblement gênée pour son frère : « Descends de là, dit-elle avec amertume, tu nous fais honte à tous.

– Descends, mon petit, je t'en prie, cria la grand-mère. Tu vas nous tomber malade à rester là-haut. Regarde-moi ça, ton visage tout maigre est jaune comme un citron. Faut qu'on t'emmène au docteur de suite. »

Pour autant, Sampath restait muet.

En regardant son fils, Kulfi sentit le passé remonter à la surface et les souvenirs la submerger : souvenirs de l'époque où elle était jeune, où son esprit était plein de sombres recoins, ses pensées si confuses et si secrètes qu'elle avait du mal à les exprimer à haute et intelligible voix. Elle se rappelait l'éclat d'une étoile lointaine dans ses yeux, l'étrange allure qu'elle avait parfois et qui l'empêchait de se reconnaître quand elle se regardait dans la glace, le désespoir qui avait été le sien et l'avait emmurée comme une prisonnière dans le silence. Elle regarda son fils assis dans son arbre et sentit en elle un grand bouleversement, semblable aux révolutions des sphères célestes. Et c'est alors qu'elle dit : « Laissez-le tranquille.

– Qu'on le laisse tranquille ! reprit en écho M. Chawla. Est-ce qu'on a jamais vu une famille permettre à son fils de passer sa vie dans les arbres ? Vraiment, des mères comme toi, on doit pouvoir les compter sur les doigts d'une main. Ton fils quitte la demeure familiale, s'en va grimper dans un arbre, et tout ce que tu trouves à dire, c'est : "Laissez-le tranquille". Pas étonnant qu'il en soit là, avec une mère pareille. Mais qu'est-ce que je pourrais bien faire pour ramener le bon sens dans cette famille ? J'ai beau y passer le plus clair de mon temps, je n'avance pas d'un pouce. Il va pourtant bien falloir trouver une solution. Il n'y a que les singes pour grimper dans les arbres. »

Sampath empoigna la branche sur laquelle il était assis et s'agrippa ferme.

Les arbres, c'est fait pour les singes qui grimpent dedans. Pour les scarabées qui y vivent. Pour les fourmis qui font des allées et venues le long des troncs, et les oiseaux qui y font leur nid. Pour ceux à qui ils donnent fruits et bois de chauffe ; pour les jeunes mariés qui profitent de leur ombre pour faire connaissance pendant les quelques mois qui précèdent l'arrivée des nouveau-nés. Mais que quelqu'un s'avise de faire un long voyage simplement pour venir s'asseoir dans un arbre, et on dira que c'est absurde. Encore plus absurde si, quelques jours plus tard, ce quelqu'un n'a toujours pas bougé.

En désespoir de cause, la famille fit appel au docteur Banerjee, qui exerçait au dispensaire du bazar. En homme énergique qu'il était, il fit de son mieux pour venir voir son malade au plus vite. Il avait une moustache, des petites lunettes rondes et un diplôme de la faculté de médecine de Ranchi. « Allez, descends, cria-t-il d'un ton enjoué. Comment veux-tu que je t'examine si tu restes perché là-haut ? »

Pas question : Sampath n'était pas prêt à courir le moindre risque. Pas si bête. Il n'allait pas descendre pour se faire attraper et – qui sait ? – se faire mettre en cage et conduire à l'asile d'Alipur Road, comme ce pauvre fou qui, après avoir interrompu le cours d'économie domestique des filles à l'université, s'était fait piéger à cause d'un simple bonbon qu'on lui offrait. C'est pourquoi, sur les instances de la famille, le docteur Banerjee, qui se flattait d'être un brave type, dut se hisser dans l'arbre, stéthoscope et tensiomètre au cou. Il grimpa tout en haut pour pouvoir ausculter les yeux et les oreilles de Sampath, vérifier l'état de sa langue, écouter son cœur, lui prendre sa tension et lui asséner sur le genou d'une main experte un coup digne du meilleur karatéka. Puis il redescendit et remonta dans le pousse-pousse à moteur qui l'avait amené. « Il est fou, dit-il, souriant aux anges, tant il était pénétré du cocasse de la situation. Je ne vois aucun remède en dehors de la Providence. » Et il reprit le chemin de la ville.

La famille décida alors, sur les recommandations de leur voisine, Lakshmi, d'aller consulter le docteur en médecine tibétaine. Lequel leur dit : « On peut prescrire toute une série de traitements. Par exemple, tous les médicaments dérivés du scorpion, le scorpion de mer, le dragon de mer et la souris de mer.

– Quelle souris de mer ? s'exclama M. Chawla. Jamais entendu parler de souris de mer », et il fit sortir à grand bruit toute la famille du petit cabinet, au mépris de la curiosité qu'avait éveillée en elle la souris de mer. Ils enchaînèrent avec une visite chez l'homéopathe, puis une autre chez le docteur ayurvedic, tenant de la médecine hindoue traditionnelle, pour finir chez le phytopathe, qui habitait au diable-vauvert, à Kajuwala.

« À moins qu'il soit sur le point de périr d'inanition, ce n'est pas un régime de millet et de racines qui fera descendre Sampath de son arbre », dit Kulfi d'un ton catégorique. Ils décidèrent donc de ne pas mettre en pratique les recommandations du phytopathe. Après tout, ils n'avaient aucunement l'intention de faire mourir Sampath de faim. Ce qui ne les empêcha pas, avec beaucoup de conscience et de persévérance, de réduire des boulettes en poudre, de faire infuser des tas de décoctions et de compter une fois, deux fois, voire jusqu'à dix fois par jour, les granules homéopathiques qui, en dépit de leur odeur et de leur aspect prometteurs, n'accomplirent aucun des miracles qu'on en escomptait. Pour finir, ils s'en allèrent consulter le saint homme qui vivait devant la boutique du vendeur de thé, près de l'enclos des daims.

« Désolés de vous déranger, mais notre fils est tourmenté.

– De quel tourment souffre-t-il ?

– De folie.

– Et comment se manifeste son tourment ? Est-ce qu'il crie ?

– Non.

– Est-ce qu'il a des crises ?

– Non.

– Est-ce qu'il s'arrache les cheveux ?

– Non.

– Est-ce qu'il mord ses voisins ? Ou se mord lui-même ? Est-ce qu'il est somnambule ? Est-ce qu'il a la langue pendante et les yeux exorbités ? Est-ce qu'il est grossier avec les étrangers ?

– Non, rien de tout cela. Il mange et dort normalement et prend bien soin de ses cheveux. Il ne crie pas. Il n'essaie pas de se mordre. Et il n'a jamais été grossier avec les étrangers.

– Alors, c'est qu'il n'a aucun des symptômes de la vraie folie.

– Mais il passe son temps assis dans un arbre !

– Il faut le marier. C'est le seul moyen pour vous d'avoir la paix et d'être débarrassés de vos problèmes. »

Toute famille dotée d'un fils se doit, à un moment ou à un autre, de se mettre en quête d'une belle-fille. La jeune fille qui va épouser le fils de la maison doit être de bonne famille. Elle doit être d'un tempérament agréable. Se montrer discrète, et non provocante et effrontée. Garder les yeux baissés et, parce qu'elle est humble et timide, la tête aussi. Personne ne voudrait d'une fille qui dévisage les gens avec de grands yeux ronds. Elle doit avoir le teint clair ; si elle est foncée, la dot inclura alors au moins l'un des articles suivants : un téléviseur, un réfrigérateur, une armoire métallique Godrej, peut-être même un scooter. La jeune fille doit être prête à apprendre et prouver ses compétences dans un certain nombre de domaines. Quand elle chante, sa voix, aussi douce que le miel, doit pouvoir faire pleurer ses auditeurs. Quand elle danse, les gens doivent avoir envie de s'écrier d'un air à la fois ravi et ébahi. Ceci étant, il va sans dire qu'il ne sera plus question pour elle de chanter ni de danser une fois mariée, à moins de vouloir couvrir la famille de honte. La jeune fille aura dû réussir tous ses examens avec mention, mais n'en écoutera pas moins avec respect ses beaux-parents putatifs lorsqu'ils choisiront de lui parler de matières dans lesquelles ils ne brillaient pas particulièrement quand ils étaient eux-mêmes au lycée.

Il ne faut pas qu'elle boîte. Elle doit marcher à petits pas, délicatement, découvrant à peine ses pieds sous son sari. Elle ne doit ni faire de grandes enjambées ni lever les jambes à la manière d'un cheval. Elle doit savoir rester assise discrètement, genoux serrés. Parler un peu pour prouver qu'elle en est capable, mais pas trop. Dire un mot, peut-être deux quand on l'aura dûment amadouée et suppliée. « Simplement quelques phrases. Voire une seule. » Sa mère doit pouvoir dire : « Vous prendrez bien quelque chose. Goûtez les *laddoos.* C'est ma fille qui les a confectionnés de ses propres mains. » Et pas question, bien entendu, que lesdits laddoos aient quoi que ce soit en commun avec ceux de la pâtisserie du coin. Elle aura également fait elle-même les broderies des coussins sur lesquels s'appuie la future belle-famille ainsi que les peintures accrochées aux murs. Les couleurs en seront coordonnées, et les uns comme les autres auront pour motifs des fruits et des fleurs.

Il ne faut pas non plus qu'elle soit grosse. Dodue, mais avec juste ce qu'il faut : des hanches larges, des seins un peu lourds, mais une taille fine. Généreuse et d'humeur toujours égale, elle se doit d'être frugale, afin de ne pas dilapider la fortune familiale. Discrète en somme, mais capable malgré tout de se faire entendre haut et fort pour faire baisser le prix des légumes et des fruits, pour marchander et démasquer toutes les combines des boutiquiers. Que l'on parle mari et enfants devant elle, et immédiatement son visage frais comme un bouton de rose, ira, rose lui-même de timidité et de confusion, se cacher dans les plis de son sari.

Si toutes ces conditions sont remplies, si elle a fait la preuve de son honnêteté, a manifesté des talents impressionnants, si par ailleurs ses parents se sont engagés à faire face à toutes les dépenses jugées indispensables, si enfin les diseurs de bonne aventure ont décidé que les augures étaient bons et l'aspect des planètes favorable, alors, et alors seulement, tout le monde pourra rire de bon cœur en lui prenant le visage par le menton et en l'assurant qu'elle correspond exactement à la belle-fille dont ils rêvaient, qu'elle est donc digne d'être la nouvelle fille de la maison. Somme toute, c'est bien de la famille du garçon qu'il s'agit. Et, légitimement, elle a droit à sa petite fierté.

En l'occurrence, la famille ne put trouver qu'une seule belle-fille en puissance. Maigre et très foncée. « Une vraie corneille, commentèrent Kulfi et Ammaji, indignées, quand Lakshmiji, qui jouait le rôle d'entremetteuse, leur montra sa photo. Tu veux donc marier ce pauvre Sampath à une corneille !

– Il aura de la chance s'il arrive seulement à se marier », dit M. Chawla, qui avait renoncé à tout espoir de scooter et de réception au *Hans Raj Hotel*.

La jeune fille arriva par le car, accompagnée de sa famille. Les autres passagers étaient des dames et des messieurs d'humeur chantante : ils revenaient d'un pèlerinage au temple de Krishna dans une ville voisine. Les Chawla regardèrent le car quitter brusquement la route comme un scarabée ivre et s'avancer vers eux dans un nuage de poussière.

Le chauffeur avait obligeamment proposé à la belle-famille de la déposer juste devant le verger de Sampath. Une future jeune mariée ne doit pas avoir à marcher dans la poussière, avait-il dit, compréhensif, si elle ne veut pas risquer de se montrer à son désavantage. Lui-même avait une fille à marier. « Mais oui, bien sûr, emmenons-les jusqu'au garçon », avaient crié en chœur les passagers, qui s'étaient donné une seconde de réflexion avant de reprendre leurs chants. Ils tapaient dans leurs mains histoire d'accompagner leurs mélopées ; leurs cheveux dansaient ; eux-mêmes se balançaient, en partie pour garder le rythme, en partie à cause des bosses et des nids-de-poule sur lesquels le car rebondissait en tremblant sur ses bases. Leurs voix parvinrent jusqu'aux oreilles des Chawla, qui attendaient sous l'arbre de Sampath. « Dix façons de faire cuire le riz, chantaient-ils, les yeux fermés, dix-sept arbustes en fleurs dans la forêt, et vingt ermites à ma table. Mais ceux qui savent ne s'arrêtent pas au nombre et vont à la substance. Ô Seigneur, montre-moi le chemin de l'émerveillement éternel. »

L'air s'engouffrait dans le car, par les fentes du plancher, aérant agréablement les jambes sous les saris et les pantalons. Les pèlerins avaient tous l'air exalté, comme si quelque force invisible cherchait à se libérer de leur corps.

En dépit de la prévenance du chauffeur et des attentions qu'elle avait reçues (à l'aide d'un mouchoir, d'un peu de salive, et d'une bonne dose de talc), la jeune fille, à sa descente du car, avait l'air passablement poussiéreux. Les pèlerins, curieux de voir ce que pouvait donner une rencontre aussi inhabituelle entre futurs mariés, se précipitèrent hors du véhicule dans une bousculade indescriptible. Ils avaient de toute façon besoin d'une pause pour déjeuner et d'un peu d'intimité derrière un buisson. Poussant la presque promise devant lui comme une offrande, le groupe s'avança vers le goyavier. Sampath avait toujours eu un faible pour la dame qui trônait sur l'étiquette de la bouteille de lotion à l'huile de noix de coco pour les cheveux. Il avait passé pas mal de temps dans la salle de bains à rêver devant son sourire énigmatique. Accroupi sur le caillebotis moisi, il avait imaginé, tout en se renversant ses seaux sur la tête, toute une série de rencontres avec la dame de ses pensées, rencontres dûment accompagnées de conversations, de disputes et de réconciliations tout aussi imaginaires. Elle venait à sa rencontre, enveloppée des effluves parfumés de l'huile et arborant un sourire d'une blancheur aussi éclatante que celle de la chair d'une noix de coco. Une mèche de cheveux, qui partait du sommet de sa tête, suivait les ondulations de la bouteille. Sampath regarda la femme voilée qui se tenait sous son arbre et se sentit inondé de sueur et submergé d'horreur.

« Veux-tu descendre, s'il te plaît, pour que je puisse te présenter, dit M. Chawla. Tu es resté suffisamment longtemps dans cet arbre. »

Sampath crut défaillir.

« Vas-y, ma fille, grimpe donc un peu, pressa le père de la jeune fille. Allez, juste sur la première branche. »

Les fidèles propulsèrent le corps raide et peu coopératif de la jeune fille dans l'arbre. « Allez ! » l'encouragèrent-ils. Et, tout doucement, elle entreprit son escalade. Elle disparaissait sous d'innombrables couches de tissu brillant, comme un gros caramel de luxe sous des épaisseurs de papier. L'étoffe se gonflait autour d'elle, lui donnant des allures de montgolfière, et ses sandales dorées n'arrêtaient pas de glisser. Elle tenait le bord de son sari, ramené sur sa tête, entre ses dents, de manière à cacher son visage le plus possible. Une éternité sembla s'écouler avant qu'elle arrive à la hauteur de Sampath. De toute évidence, cette fille aurait du mal à se faire à une vie arboricole. Elle s'arrêta et regarda en bas, dans l'attente de nouvelles instructions. Personne ne savait au juste que lui dire pour éclairer sa lanterne. Même M. Chawla était à court d'inspiration quant aux suites à donner à l'entreprise.

« Touche-lui les pieds, cria quelqu'un, soudain inspiré.

– C'est ça, touche-lui les pieds », hurla en chœur le reste des pèlerins. Elle tendit alors un doigt timide, comme un escargot sortant les cornes de sa coquille, et l'appliqua avec circonspection sur l'orteil de Sampath. Le doigt était moite et glacé, et Sampath, horrifié, fit un bond en arrière. La fille, frappée d'un égal désarroi, poussa un petit cri. Perdant à la fois équilibre et sandales, elle entama une chute qui manquait de la dignité la plus élémentaire. Les pèlerins et la famille eurent beau se précipiter, bras tendus, à sa rencontre, ils ne réussirent pas à lui éviter le choc brutal et assourdi de l'atterrissage.

Le mariage ne se présentait pas sous les meilleurs auspices.

Les fidèles l'adossèrent à un arbre et entreprirent de l'éventer avec le feuillage d'une branche.

« Mais qu'est-ce que je vais faire de ce garçon? dit M. Chawla en levant les bras au ciel. Dites-moi ce que je dois faire. La meilleure éducation. Un emploi. Une épouse. Le monde entier servi sur un plateau, et rien n'est assez bon pour lui. Monsieur ne trouve rien de mieux que d'aller s'installer dans un arbre. Et il se moque bien de tous les sacrifices qu'on a faits pour lui. »

La fille se mit à éternuer et à couiner comme une souris.

« Arrêtez de l'éventer avec cette branche toute sale, cria quelqu'un. Vous lui faites entrer toute la poussière dans le nez.

– Poussière ou non, voilà encore un signe qui ne laisse rien présager de bon », dit un autre spectateur.

Pinky n'avait que mépris pour cette femme de rien qui, face à un événement d'une telle importance, n'avait su qu'éternuer et pleurnicher. Elle la pinça un bon coup par-derrière, espérant la faire réagir, mais l'autre continua à couiner et à renifler de plus belle. Ammaji accourut avec un bidon rempli d'eau qu'elle s'empressa de lui déverser sur la tête pour lui éviter une éventuelle insolation. Le talc se mit à dégouliner le long de son visage en rigoles laiteuses.

« Mais qu'est-ce que je vais faire ? répéta M. Chawla. Qu'est-ce que je vais bien pouvoir faire de ce garçon ? » Il transpirait abondamment en dépit de la brise qui les enveloppait, chargée de l'odeur de la terre et de la végétation bourgeonnante.

Lui-même s'était marié à l'âge qu'avait son fils aujourd'hui. Kulfi avait à peu près le même âge, et sa famille, qu'alarmaient ses manières bizarres, craignait, au cas où le mariage tarderait, de la voir condamnée à l'état de vieille fille égrenant, comme une gousse de pavot, les quelques grains de bon sens qui lui restaient encore. Ils avaient passé d'interminables nuits sans sommeil, rassemblés à la fenêtre, à la regarder déambuler dans le jardin : juste après son vingtième anniversaire, elle était devenue somnambule.

Son père, en pyjama, l'observait, pâle et défait, tandis que ses tantes tremblaient dans leurs jupons. Les mois avaient passé, mais le somnambulisme, lui, avait persisté. La lune avait crû, décru, jusqu'à n'être plus qu'une fine mèche de cheveux dans le ciel nocturne, pour se retrouver pleine à nouveau. Kulfi, toujours aussi sereine, marchait pieds nus, telle une reine, au milieu des callistémons; endormie, mais avalant de bon appétit ses tranches de melon dont elle recrachait les pépins sur les buissons. Le matin, ils retrouvaient des trognons de pomme et des coquilles d'amande sous son lit, suivaient à la trace les longues traînées collantes qui, partant des bocaux de la cuisine, menaient directement à sa chambre. Dans ses poches s'accumulaient des morceaux de cannelle et de férule, et dans ses cheveux, des brindilles et souvent un scarabée de nuit écrasé. Mais le matin, au réveil, elle était fraîche et ragaillardie, ayant tout oublié de ses errances et de ses festins nocturnes, prétendant qu'elle avait dormi d'une traite quand sa famille, les traits tirés, la tête lourde de toutes ces insomnies, la questionnait au petit déjeuner. Dans le jardin, ils n'arrivaient plus à venir à bout du fouillis des pastèques.

De toute évidence, elle devenait folle. Aucun doute là-dessus : voilà que l'excentricité dont la famille était affligée côté maternel refaisait soudain surface, juste au moment où l'on pensait que les gènes coupables étaient allés se terrer une bonne fois pour toutes dans quelque cul-de-sac insondable. Ce mal, il n'avait cessé de les prendre par surprise, frappant au hasard les oncles les plus équilibrés et les bébés les plus jeunes. On se souvenait d'un grand-père qui aimait tant ses poulets qu'il refusait de les quitter le soir venu et passait la nuit avec eux dans le poulailler, d'une tante qui un jour avait déclaré tout de go être le dernier maharadjah d'Oudh, juste au moment où l'on décrétait que la famille semblait enfin avoir recouvré son équilibre mental; d'un enfant qui, pour tout langage, ne disposait que d'une suite de borborygmes compréhensibles de lui seul...

Quand il devint évident que Kulfi avait elle aussi

hérité de la tare familiale, son père vit aussitôt qu'il n'était plus temps de tergiverser. Et avant que le blanchisseur, le vendeur de pots ou un quelconque visiteur susceptible d'être témoin de ses extravagances n'aient eu le temps de répandre le bruit de ses débordements dans le bazar, il avait pris contact avec la veuve Ammaji qui, dans la lointaine ville de Shahkot, cherchait à marier son fils. Certes, la famille d'Ammaji était de bien meilleure extraction que la sienne, mais il offrit une dot que personne n'aurait pu refuser.

Tout de même, il y a des limites !

« Cette famille de fous ! s'était exclamé M. Chawla. Ah ça, non. Certainement pas. Il n'est pas question que j'épouse leur fille. J'ai bien l'intention de me tenir à l'écart de ce genre de chose, merci. »

Mais Ammaji avait fait la sourde oreille. Pour quelque obscure raison, elle s'était prise d'affection pour la jeune fille, et puis qui donc aurait songé à refuser une somme d'argent pareille ? Elle allait leur permettre de régler les dettes de toute une génération et, qui plus est, de faire l'acquisition d'un réfrigérateur. « Montre-toi raisonnable, dit-elle. Elle a l'air tout à fait normal, même si elle est un tantinet timide.

– Dans ce domaine, il est bien difficile de savoir à quoi s'en tenir. Tout le monde sait qu'il n'y a pas pire eau que l'eau qui dort. On ne se méfie jamais assez des apparences. »

Mais bien qu'il refusât de l'admettre tout haut, force lui était de reconnaître qu'il avait eu le coup de foudre pour la beauté et la grâce de Kulfi, pour sa fragilité, son incroyable délicatesse, si différentes de la robustesse des jeunes filles du voisinage, affublées de rires gras, de hanches rondes et toujours prêtes à vous lancer œillades et coups de coude entendus. Quelques mois plus tard, Kulfi avait quitté la demeure ancestrale qui, malgré les fuites dans les toitures et les peintures qui s'écaillaient, était vaste, pleine de coins et de recoins, pour venir vivre dans les pièces minuscules des Chawla, au milieu des rues délabrées de Shahkot. Avec le temps, M. Chawla avait fini par éprouver pour sa femme une affection teintée d'exaspération, même quand il devint évident qu'elle n'était pas, comme avait voulu le croire Ammaji, l'enfant normale d'une famille de fous, mais bien, comme lui-même l'avait subodoré, une folle de plus dans une famille de détraqués. Il avait d'ailleurs presque toujours raison. Avec une épouse pareille et deux enfants à élever, M. Chawla ne pouvait que se convaincre de son rôle de chef de famille, et, dans la mesure où ce rôle correspondait au mode de vie qu'il estimait devoir être le sien, il en éprouvait, en dépit de toutes ses récriminations, une secrète satisfaction.

Le chef de famille, c'était lui, et il était ravi qu'il en fût ainsi.

D'un autre côté, quel plaisir y a-t-il à être chef de famille quand on est affublé d'un fils fugueur qui a élu domicile dans un arbre ? Qui vous a glissé entre les doigts et vous a couvert de honte ?

« Mais qu'est-ce que je vais faire ? » continuait-il à demander aux fidèles qui restaient là à tourner en rond, pour bien leur montrer que Sampath ne se retrouvait pas dans une pareille impasse faute d'efforts et d'attention de sa part. Il se frappait le front du plat de la main, car la tragédie a une manière bien à elle de passer outre l'embarras d'une situation qui n'aurait dû être vécue que dans l'intimité la plus stricte.

Les dames et les messieurs du car n'étaient d'ailleurs pas sans éprouver quelque compassion à son égard. « C'est bien vrai. Quelle honte, un fils pareil ! Et dans une famille si convenable, en plus ! Il faut que le garçon ait déraillé. »

Ils reportèrent leur attention sur Sampath, attendant de voir comment il allait réagir devant la détresse de son père. Tout fils, fût-il dénaturé, ne pouvait qu'être affecté par une pareille démonstration d'émotion.

Sensible à l'atmosphère d'attente qui régnait en dessous de lui, Sampath plongea les yeux dans ceux des pèlerins levés sur lui. Il repensa à son ancienne école, à la poste, à ces pièces pleines de gens dans l'expectative d'une réponse à des questions auxquelles il n'avait souvent même pas prêté l'oreille. Comment se faisait-il qu'il n'ait jamais réussi à se sentir à l'aise avec les autres ? Ici au moins, il était seul, pris dans les rites énigmatiques d'une autre espèce. « Allez donc vivre vos vies, avait-il envie de crier. Et laissez-moi vivre la mienne en paix. »

Mais, comment dire une chose pareille ? En désespoir de cause, il regarda alentour. Dans la foule de visages levés vers lui, il reconnut celui de M. Singh, le beau-frère d'un voisin de Shahkot, dont il lui était arrivé de lire les lettres à ses moments perdus, quand il travaillait encore à la poste. « Monsieur Singh ! » cria-t-il, dans un appel à l'aide éperdu.

Il se souvenait en particulier d'une lettre que M. Singh avait expédiée à son père.

« Est-ce que vos bijoux sont toujours enterrés bien à l'abri sous le basilic ?

– Comment est-ce que tu es au courant ? » s'exclama M. Singh, soudain tout pâle.

Ayant aperçu Mme Chopra, Sampath lui demanda : « Où en est cette boule qui monte et descend dans votre gorge, qui vous nargue et menace de vous sortir de la poitrine ?

– Mon Dieu, dit-elle, mais qui a bien pu te parler de ça ? »

Encouragé par ses succès, Sampath se sentit tout ragaillardi, et son visage s'illumina. Il pointa le doigt en direction d'un homme chauve perdu dans la foule et lui dit : « Et vous, monsieur, cette lotion que vous vous êtes procurée en grand secret chez un médecin de Side Gully, il semblerait bien qu'elle soit restée sans effet. Essayez donc un bon massage à l'huile de moutarde, et vos cheveux se mettront à pousser, aussi drus et épais que l'herbe sous la pluie de Cherrapunjee. »

Ébahis par la scène dont ils venaient d'être témoins, tout gonflés d'importance par les nouvelles dont ils étaient porteurs, les fidèles s'en revinrent à Shahkot.

Il y avait un homme dans le goyavier, un homme des plus remarquables. Qui savait toutes sortes de choses. Les dacoïts, en brigands qu'ils étaient, faisaient chanter le pauvre M. Singh. Le mauvais esprit s'était emparé de l'estomac de Mme Chopra. Ratan Sinha avait utilisé, sans aucun succès, une lotion spéciale pour les cheveux.

Manifestement, ce petit employé des postes n'était pas un simple mortel. Ils avaient bien cru déceler dans ses yeux une lueur des plus inhabituelles.

« Un employé des postes perché dans un arbre », tel est le titre que lut M. Chawla à sa famille ahurie un peu plus tard dans la semaine, quand la gazette locale, dûment avertie, eut jugé l'événement digne de figurer dans ses pages. « Délaissant ses responsabilités à la poste de Shahkot, un employé est allé s'installer dans un grand goyavier. Selon la rumeur, il ferait montre d'une spiritualité hors du commun, alliant l'innocente simplicité d'un enfant à une profonde sagesse. »

Et voilà – Sampath faisait son entrée dans le monde

grâce à un modeste entrefilet voisinant avec d'autres nouvelles d'intérêt inégal : pénurie d'arachides, prolifération de rainettes, sans parler du bruit selon lequel Coca-Cola pourrait bien prochainement envahir le marché indien.

8

C'est à ce moment précis de l'histoire que M. Chawla eut une inspiration, une fulgurance, une illumination si soudaine et si inattendue que son cœur s'emballa sans plus pouvoir s'arrêter. Sampath serait peut-être l'artisan de leur fortune. Ils pouvaient tous devenir riches ! Il ne manquait pas d'ermites riches en secret. Tous les saints hommes n'étaient pas les mendiants qu'ils prétendaient être. Et ils n'étaient pas rares les hommes respectés pour leur grande sagesse qui disposaient de respectables comptes en banque ? Voilà une occasion en or qui leur tombait du ciel. Déjà, les gens commençaient à regarder Sampath d'un autre œil : ils avaient cessé de railler et d'ironiser ou d'accompagner leurs discours de petits claquements de langue apitoyés. Il lui appartenait à lui, M. Chawla, de prendre des dispositions dans les plus brefs délais afin d'exploiter pour le bien des siens toutes les possibilités qu'il entrevoyait et dont il était sûr qu'elles s'étendaient bien au-delà de tout ce qu'il était capable d'imaginer. Il abandonna incontinent ses plans de retour précipité à Shahkot avec Sampath en remorque, et se mit à envisager de transformer en résidence permanente la vieille cabane du gardien où campait actuellement la famille. Il garda toutes ces pensées pour lui, sans rien en dire à personne, mais à la grande surprise et au grand soulagement de sa femme et de sa mère, lesquelles s'installaient déjà dans le verger comme si elles avaient retrouvé là une demeure ancestrale depuis longtemps oubliée, il changea brutalement de tactique et, reportant son attention sur d'autres sujets, cessa de houspiller son fils pour avoir grimpé dans l'arbre.

En conséquence, il entreprit d'installer Sampath plus confortablement, de manière à ce que celui-ci puisse accueillir ses visiteurs dans un style qui répondrait aux visions de grandeur de son père, et recruta, pour ce faire, l'aide de Pinky, d'Ammaji et de Kulfi. Elles accordèrent au problème toute la considération qu'il méritait et passèrent des heures à discuter des détails pratiques tout en sirotant d'innombrables verres de thé au lait. Quel serait l'effet d'un hamac dans le décor ? Ou d'un simple morceau d'étoffe attaché aux branches ? Non, l'idée manquait de classe. Par ailleurs, Sampath se retrouverait perpétuellement à l'horizontale ; or, à son âge et avec la santé qu'il avait, il n'était pas question de lui permettre de telles fantaisies. Une petite plate-forme alors ? « Plus tard, peut-être, dit M. Chawla, quand nous serons en mesure de nous offrir le bois et les services d'un menuisier. La construction d'une plateforme, pour l'instant, dépasse nos possibilités. » Tout aussi impossible se révéla être pour eux la construction d'une cabane dans les arbres. « Rien à faire, intervint Sampath à ce moment-là de la discussion. Je n'ai pas l'intention de vivre dans une maison alors que j'ai eu tant de mal à m'échapper de la vôtre ». Ils finirent par s'entendre pour l'instant sur une sorte de lit de camp en filet où Sampath pourrait au moins se reposer. Ils montèrent le lit jusqu'à l'endroit où Sampath était assis, Ammaji et Kulfi le faisant passer à M. Chawla et à Pinky qui avaient grimpé aussi haut que possible.

Bien moins exigeant qu'eux quant à la disposition

du lit et pressé de les voir quitter son domaine au plus vite, Sampath attendit avec impatience que le corps du délit fût mis en place et solidement attaché avec des cordes. Il put enfin s'y installer avec un soupir d'aise, car dormir sur un tronc d'arbre en guise de matelas n'est pas des plus confortables. Il en était tout endolori, avait la peau couverte d'ecchymoses et les muscles tiraillés dans tous les sens. Ses bras, ses jambes et d'autres parties de son corps insensibles un moment le faisaient terriblement souffrir l'instant d'après dès qu'il essayait de remuer. Il ne cessait de changer de position pendant la nuit, et il lui était même arrivé, à sa grande honte, de descendre de l'arbre pour aller dormir dans l'herbe, arrivant tout juste à regagner son abri avant que sa famille n'émerge des couvertures sous lesquelles ils étaient douillettement enfouis dans la cabane du gardien.

Un jour, lors d'une visite au bazar, M. Chawla repéra un grand parasol à rayures que le Club des membres honoraires du tribunal avait mis au rebut. Le réparateur de parapluies l'avait récupéré et s'apprêtait à en utiliser les pièces quand M. Chawla réussit à le convaincre de le nettoyer et d'en réparer les déchirures et les baleines. Ainsi rénové, le parasol fut à son tour hissé dans le goyavier. Il avait l'air un peu minable, mais était suffisamment grand pour protéger Sampath et sa couche du soleil et des intempéries. Et bien qu'un peu passé, il avait encore fière allure avec ses rayures jaunes et vertes et sa bordure festonnée.

Sampath fut ainsi peu à peu pourvu de diverses commodités, et son bonheur grandit au fur et à mesure des améliorations apportées à son ordinaire. Il offrait au monde un spectacle plaisant, assis au milieu de sa verdure, nonchalamment accoudé sur son lit et calé contre de nombreux coussins ; ou, lorsque les soirées étaient fraîches, enfoncé sous une couverture en satin brillant à motifs léopard qu'Ammaji était allée spécialement choisir au bazar. Sur la tête, il arborait une espèce de couvre-chef en laine rouge ressemblant assez à un couvre-théière, autre cadeau d'Ammaji qui le lui avait tricoté et présenté au bout d'une perche. Il avait un faible pour ce bonnet qui, lorsque la brise nocturne était froide, lui permettait d'avoir chaud à la tête tout en le protégeant des bruits de la nuit et des fourmis, des phalènes ou des petits scarabées noirs qui cherchaient à lui entrer dans les oreilles.

« Je suis bien », annonça-t-il à sa famille, accompagnant ses mots d'un grand geste de la main comme s'il cherchait, maintenant que tout était à son goût, à les renvoyer. Ce qui les laissa sans voix un bon moment, car ils ne s'étaient pas encore faits à ce retournement de situation qui avait affecté leurs relations. Eux qui, par le passé, au moindre écart de sa part, l'avaient tant bousculé, voilà qu'ils se voyaient maintenant congédiés d'un geste, comme s'ils avaient eu affaire à un Rajah exprimant le désir de rester seul. Dès qu'il avait à nouveau besoin d'eux, il les appelait à grands renforts de cris, et ce dès l'aube, quand il réclamait sa première tasse de thé, puis à nouveau, un peu plus tard, quand il était prêt pour son bain. Cette dernière cérémonie exigeait la mise en place d'un dispositif compliqué, mais la famille, qui s'était toujours targuée d'être très propre, ne rechignait pas devant ce surcroît de travail. Quels que fussent leurs défauts par ailleurs, personne n'aurait pu leur reprocher d'être sales, et ils étaient bien décidés à ne point prêter le flanc à la critique sur ce point, dussent-ils procéder aux rituelles ablutions dans un goyavier.

Il fallait compter une bonne heure pour achever les préparatifs du bain. Vêtu de son caleçon à rayures, Sampath s'asseyait sur son lit de corde, tandis que coussins et couvertures s'aéraient dans les branches alentour et qu'Ammaji faisait chauffer un énorme chaudron d'eau sur le feu. Des seaux étaient ensuite hissés jusqu'à Sampath grâce à un système de poulies spécialement conçu à cet effet par son père. La famille courait dans tous les sens, et M. Chawla hurlait des ordres auxquels personne ne prêtait attention. « Ne laissez pas le feu s'éteindre. Frotte-toi avec de l'huile avant de te savonner. Savonne-toi bien, Sampath. » Les seaux basculaient quand on tirait sur la corde d'en bas, et l'eau se déversait, cataracte fumante qui accrochait les premiers rayons du matin et coulait comme lave en fusion. Puis, prenant tout son temps, Sampath restait assis, enveloppé d'une couverture, à faire sécher ses cheveux au soleil désormais plus chaud, tandis qu'on s'affairait à lui préparer son petit déjeuner.

En matière de repas, les efforts de Pinky pour monter les bols et les plats s'étaient vus plus souvent couronnés d'accidents que de succès, le dîner finissant dans l'herbe ou, pire, éclaboussant et ébouillantant la malheureuse pourvoyeuse. « Oh, non », s'exclamait tristement Sampath, tandis que les gargouillis de son estomac affamé faisaient écho à sa détresse. Il fallut plusieurs essais manqués avant qu'il arrive à prendre un semblant de nourriture. C'est avec angoisse que la famille au grand complet regardait Pinky se hisser de branche en branche, une casserole de lentilles tenue à bout de bras, un morceau de *naan* coincé entre les dents. « Attention, ma fille, va doucement », mais quand elle arrivait à la hauteur de Sampath, c'est à peine s'il restait une petite flaque au fond de la casserole, et la galette était dure et toute froide. Sans compter qu'il en manquait quelques bouchées : après tout, il fallait bien que Pinky se sustente un tant soit peu au cours de son escalade.

« C'est absurde, dit un beau jour M. Chawla. Ça ne marche pas du tout. » Il décida donc de faire le voyage lui-même. « Cochonnerie de naan », jura-t-il quand ce dernier lui tomba de la bouche. « Cochonnerie de *dal* », dit-il en se faisant éclabousser les doigts, mais quand la casserole se renversa purement et simplement, lui ébouillantant la peau tendre du pied, il explosa. Le lendemain, il articula une vieille caisse en bois sur le même système de poulie rudimentaire qui servait à livrer l'eau du bain et, à partir de ce jour-là, il n'y eut plus qu'à tirer sur une corde pour faire monter dans les hauteurs le colis réparateur. Comme les *chapattis* et les naans croustillants étaient confectionnés à terre, on les lui présentait embrochés sur une pique de bambou, comme on lui présentait aussi les tranches de légumes macérés dans le vinaigre, les morceaux de fruits et autres friandises.

De temps à autre, on attachait une autre caisse à la poulie, contenant, celle-là, des pots en terre, dans lesquels Sampath procédait à ses besoins naturels d'une manière aussi commode et hygiénique que possible, sans avoir à rendre visite au cabanon qu'avait construit M. Chawla. Le système marchait bien, car les pots étaient, bien entendu, jetables, et Sampath avait le loisir de baisser son parasol pour se protéger des regards et officier en paix. Pour un prix dérisoire, le potier accepta bientôt de livrer des fournées entières de nouveaux pots à intervalles réguliers.

Ainsi niché dans sa tonnelle ombragée, encore incrédule devant le tour heureux qu'avaient pris les événements, Sampath se mit un jour à jouer les oracles au cours de ce qui ne tarda pas à être connu sous le nom de Sermon du Goyavier. Il y fit preuve d'un tel esprit et d'un tel pouvoir de séduction en répondant aux questions des personnes présentes que ces qualités devaient à jamais rester attachées à son nom. Ce charme, cet esprit avaient, bien sûr, quelque chose de mystérieux, mais frappèrent d'emblée tous ceux – qui, par la suite, se firent de plus en plus nombreux – qui empruntèrent l'étroit sentier pour venir le voir et s'ébahir de cette apparition efflanquée, toute en jambes, au milieu des feuilles.

Les premiers ou presque à faire le voyage furent Mlle Jyotsna et M. Gupta.

« Il a dû subir une complète transformation, dit Mlle Jyotsna. Regardez à quel point son visage a changé. »

Et à n'en pas douter, le visage de Sampath était plus calme et plus détendu. « Namasteji », leur dit-il joyeusement en signe de bienvenue depuis sa couche aérienne, emblème de son pouvoir tout neuf. Il se dit qu'en fait, il les aimait bien. Ils s'étaient toujours montrés bienveillants à son égard, contrairement à beaucoup d'autres qu'il aurait pu nommer.

« Bonjour, Sampath, dit M. Gupta. Pourquoi est-ce que tu ne m'as pas emmené avec toi ? Du même coup, celle-ci, poursuivit-il sur le ton de la plaisanterie en désignant Mlle Jyotsna, m'aurait laissé un peu en paix.

– Si vous voulez avoir la paix avec elle, il faut l'expédier à la boutique de saris, répondit Sampath en riant. Vous savez à quel point cette dame aime s'habiller... Mais, j'y pense, ce n'est peut-être pas une très bonne idée, étant donné qu'elle doit déjà cent cinquante-deux roupies et quatre-vingts *paisas* au magasin Au Chic de Delhi. »

Le jour où Mlle Jyotsna avait été convoquée dans le bureau de M. le D. P. T., Sampath avait eu le loisir d'examiner le contenu de son sac : le rouge à lèvres et le peigne, le mouchoir brodé, les factures et les épingles à nourrice, les caramels et les petits tubes de médicaments homéopathiques...

Mlle Jyotsna porta une main tremblante à la bouche.

Le sang lui afflua au visage. Elle avait toujours gardé secrètes ses dettes à la boutique de saris. Que pouvait bien encore savoir Sampath à son sujet ? Elle avait entendu dire que ses dons de divination avaient laissé pantois les fidèles du temple de Krishna ; et voilà que c'était elle qu'il choisissait maintenant pour exercer ses pouvoirs.

Elle donna un coup de coude à M. Gupta. « Faites montre d'un peu de respect », dit-elle, faisant elle-même preuve d'une déférence toute nouvelle qui ne laissa pas d'étonner son compagnon. La vue de Sampath la remplissait apparemment d'une crainte quasi religieuse. Si bien que même le vendeur de feuilles de bétel, qui lui aussi était venu voir, espérant peut-être vendre sa marchandise tout en satisfaisant sa curiosité, lança un regard mauvais à M. Gupta avant de lui lancer : « Il semblerait que vous ne soyez pas très versé dans la spiritualité.

– Mais ce n'est que Sampath », se défendit M. Gupta.

De toute évidence, ce n'était pas que Sampath. C'était Sampath le Sage, trônant dans sa demeure arboricole.

Le marchand de friandises les rejoignit après son travail, ainsi que deux étudiants qui faisaient sauter un cours, le blanchisseur qui arriva à vélo et une femme enceinte qui voulait savoir si elle accoucherait d'un garçon ou d'une fille. « Ah, dit-elle avec satisfaction, s'adressant à ceux qui l'entouraient, le nez en l'air, il a exactement l'expression du sage de Tajewala en pleine transe mystique. Vous avez peut-être vu les photos ?

– Mon fils n'a que des mauvaises fréquentations, l'interrompit une parente de Lakshmiji en sari jaune canari, qui malgré son désarroi ne manquait pas d'énergie. Qu'est-ce que je peux faire ?

– Si vous mettez du citron dans le lait, celui-ci deviendra aigre, répondit Sampath, d'humeur particulièrement gaie et sociable, imitant les vieux de Shahkot, qui, les après-midi d'hiver, aimaient à prendre le soleil devant chez eux, en chaussettes et en chapeaux, tout en sermonnant les passants. Mais ajoutez-y un peu de sucre, madame, et vous verrez à quel point il sera bon. Ce sont là des choses que je n'ai pas besoin de vous dire. Vous-même, quand vous étiez jeune, n'avez pas fait mieux que votre fils, et vous le savez bien. »

Il s'étonnait du nombre de détails qu'il avait engrangés au cours de ses lectures à la poste. Il n'avait qu'à les faire sortir d'un compartiment secret de son cerveau, à la manière d'un magicien qui fait sortir des lapins de son chapeau. Et que d'admiration dans les regards des gens qui se trouvaient là en bas ! Il avait toujours ignoré jusqu'ici la douceur si spéciale du plaisir qu'il éprouvait à donner des conseils et qui maintenant se répandait dans tout son être et lui éclairait le visage.

« Est-ce que tu veux dire par là que je dois le soustraire à la compagnie de ces indésirables ? demanda la parente de Lakshmiji.

– Si tu mets un poulet au feu et que tu l'y oublies, il ne lui faudra pas longtemps pour être réduit en cendres. Si tu mets une bouilloire sur les flammes, l'eau va d'abord chauffer, mais si personne ne la retire du feu, elle va bouillir et s'évaporer jusqu'à ce qu'il n'en reste plus une goutte. Si ton enfant s'amuse avec une souris morte qui commence à sentir, tu ne te poses pas la question de savoir si tu dois le laisser faire, d'accord ? Bien au contraire, tu jettes la souris et tu emmènes l'enfant dans la maison pour lui laver les mains. »

M. Chawla et Pinky, qui rentraient tout juste du marché, n'entendirent que les dernières phrases et échangèrent un regard incrédule en constatant combien les gens buvaient les paroles de Sampath.

« Tu as entendu ça ? demanda M. Chawla.

– Une souris morte qui commence à sentir ? renchérit sa fille, perplexe.

– Si tu ne désherbes pas, poursuivait Sampath, ton plant de tomates ne produira rien. »

Ammaji et Kulfi, rougissant de fierté, étaient déjà dans la foule. Elles ne perdaient pas un mot de ce qui se disait, et se penchèrent pour mieux entendre un homme au visage de pleine lune demander : « Je suis en train de me laisser accaparer par des considérations d'ordre spirituel. Que puis-je faire pour garder mes devoirs présents à l'esprit ?

– Parler à une jeune fille qui s'admire devant son miroir, c'est parler à un sourd. Est-ce en lui enjoignant de penser à ses enfants que tu empêcheras le papillon de nuit de venir se brûler à la lanterne ?

– Est-ce que tu veux dire par là que je dois me soustraire à mes devoirs envers mon épouse et mes enfants ?

– Mon oncle avait un coq ; un jour, un insecte choisit d'aller pondre ses œufs dans la partie charnue de cet animal. L'insecte savait pertinemment que ses petits seraient au chaud et qu'ils auraient à manger en suffisance jusqu'à ce qu'ils soient assez grands pour s'en aller.

– Quelle est la meilleure façon d'atteindre Dieu ? La dévotion ou le savoir ? »

Les questions se suivaient à un rythme accéléré.

« Certains ne peuvent digérer le poisson que s'il est préparé avec une sauce au curry peu épicée. D'autres, qui sont d'un tempérament acariâtre, ne devraient pas manger de poisson au vinaigre. Dans le sud, on aime le poisson cuit au lait de coco. Personnellement, j'ai un faible pour le brame nappé d'une sauce au piment et au tamarin, épaissie à la farine de pois chiche.

– Par où dois-je commencer ma quête ? Quel est le point de départ ? »

Sampath sourit, puis bâilla et rabattit son couvre-chef

sur ses yeux. Il était fatigué, et sans plus d'efforts qu'un jeune enfant, il s'endormit séance tenante.

Un silence recueilli tomba sur les visiteurs. Kulfi se leva sans bruit pour aller préparer le dîner de Sampath. Quand elle était encore à Shahkot, elle ne cuisinait que de loin en loin, uniquement quand l'inspiration, montant des profondeurs de son inconscient, la balayait pour l'engloutir comme un raz de marée.

Mais comment aurait-elle pu concilier ses rêves grandioses et la vie terne qu'elle menait à Shahkot : la cuisine minuscule, les repas qu'ils prenaient sur la table couverte d'une nappe en plastique ? Les plats qu'elle confectionnait n'étaient jamais à la hauteur de ses visions ; elle était incapable de se satisfaire des ingrédients qui arrivaient déjà conditionnés dans les magasins, en boîte ou en bouteille, ou qui se desséchaient dans les paniers au bazar ; la cuisine était trop petite pour le champ d'opération qu'elle souhaitait ; ses préparatifs étaient constamment interrompus par les voisins qui venaient s'enquérir des odeurs qui flottaient jusque chez eux. « Ne mélange pas le poisson et le poulet, conseillaient-ils. Fais d'abord frire les oignons avant d'ajouter l'ail. Ne mets le lait qu'au tout dernier moment. » La frustration montait en elle jusqu'à devenir un énorme nuage qui obscurcissait tout le reste, sa vue et son ouïe se brouillaient progressivement. Sampath goûtait toujours ce qu'elle faisait, et souriait ou hochait la tête pour signifier son admiration, mais elle restait inconsolable. Tout allait de travers. Il lui fallait des semaines pour retrouver son calme, assise avec Sampath sur le toit en terrasse, dans un silence total. Des mois plus tard, quand une nouvelle vague d'inspiration l'emportait, le même processus se répétait.

M. Chawla se contentait de hausser les épaules devant de tels agissements. Tous les efforts qu'il avait déployés dans les premiers temps pour que sa femme apprenne à réagir normalement au monde avaient glissé sur elle comme la pluie sur un toit étanche, si bien que dès que Sampath avait été en âge de comprendre, il avait concentré sur lui toute son attention, convaincu qu'il lui incombait de faire en sorte que son fils puisse s'intégrer dans la société. Il reste qu'à une ou deux reprises, il s'était fait beaucoup de souci, comme la fois où Kulfi avait tenté de voler des plants expérimentaux lors de l'exposition annuelle du centre agricole, ou bien encore lorsqu'elle avait essayé de s'introduire dans une cage de faisans fort rares, au zoo de Shahkot, pour en attraper un et le faire cuire en cocotte. Chaque fois, elle avait été arrêtée par les gardiens qui l'avaient prise pour une visiteuse égarée, somme toute pas plus gênante que les autres. Fort heureusement, de tels incidents étaient restés l'exception.

Ammaji, elle aussi, laissait Kulfi tranquille, se contentant de marmonner quelques commentaires ou lamentations qu'elle estimait être de son devoir de belle-mère. Secrètement, elle se félicitait de ce que l'arrivée de Kulfi n'avait en rien modifié sa position ni dans la maison ni dans la vie de M. Chawla. Il y avait tant de pauvres femmes qui devaient souffrir l'iniquité de voir leur fils, une fois marié, leur tourner le dos comme si elles n'existaient plus.

Ici, dans le verger, l'emprise des autres sur Kulfi et la conscience qu'elle en avait ne faisaient que s'estomper davantage et, à l'instar de Sampath, l'espace dont elle jouissait lui permettait de respirer librement. Inspirée par la forêt qui l'entourait, elle s'était embarquée dans une série d'expériences, sorte de croisade fervente destinée à donner corps à ses fantasmes les plus fous. Elle cuisinait dehors, au soleil, sous l'immensité du ciel. Elle sentait qu'elle était au bord de quelque incroyable révélation. Le paysage alentour, elle le saisissait tout entier, capable qu'elle était de l'assimiler sans avoir à réfléchir ni à spéculer. Elle le comprenait comme elle comprenait son fils, sans avoir à parler ni à établir un contact et à le maintenir. Pinky lui restait étrangère, la mettait mal à l'aise, parfois même l'effrayait ; par chance, elle était très indépendante. Sampath, en revanche, elle le connaissait d'instinct. Elle savait pourquoi il s'était installé dans un arbre. C'était sa vraie place ; c'était là qu'il pouvait être lui-même.

Chaque fois qu'elle le voyait sur son lit aérien, qu'elle apercevait son visage à travers les feuilles, elle se souvenait du jour où il était né, sa naissance restant, dans son souvenir, indissociable de la tempête la plus violente qu'elle eût jamais connue, de l'arrivée des secours humanitaires, du miracle argenté de la pluie. Là, au beau milieu du chaos, le visage de son fils, absorbé dans la contemplation d'un monde autre que celui qui l'avait vu naître, s'était révélé plein d'une exquise sérénité.

Elle cuisinait pour le seul bénéfice de Sampath, laissant à Ammaji le soin de s'occuper du reste de la famille, car le jugement de son fils était le seul auquel elle se fiât totalement.

Elle travaillait presque toute la journée, essayant de ceci ou de cela, confectionnant, même à ce stade précoce de son apprentissage, des repas si goûteux et si recherchés que les autres ne pouvaient que deviner ce qu'ils manquaient aux odeurs qui s'échappaient de ses casseroles et qui leur montaient si bien à la tête qu'en partant, à la fin de la soirée, ils ne gardaient pratiquement aucun souvenir de ce qui s'était passé au cours de leur entrevue avec Sampath. Et pourtant, ils se sentaient envahis d'un bien-être quasi magique. Il suffisait de le regarder pour deviner que Sampath était lui aussi pénétré d'un sentiment semblable, à un degré cependant bien plus élevé. Ses joues se remplissaient de jour en jour ; son expression tendue et soucieuse s'atténuait pour faire place à la joie et à la satisfaction ; la suite doucement rythmée des jours et des nuits qui naissaient et mouraient autour de lui se réfléchissait sur son visage, et ses yeux reflétaient l'harmonie tranquille des lointaines collines.

9

« Et mon cours de dactylographie ? » demanda Pinky à son père un beau matin, peu de temps après le Sermon du Goyavier, quand il devint manifeste que tout le monde se moquait éperdument de ce qui pouvait bien advenir de Pinky Chawla, dont la vie avait pourtant été passablement mise à mal par la brutale migration de Sampath sur la colline. Une semaine ou deux, passe encore, mais elle en était arrivée à la conclusion qu'elle ne pouvait se satisfaire d'un tel arrangement de manière permanente.

Mais M. Chawla avait l'esprit occupé par des choses autrement plus sérieuses. On lui avait accordé, avec une compréhension apitoyée, un congé longue durée, ce qui signifiait qu'il allait avoir le temps de vérifier si ses projets concernant Sampath – et pour tout dire, l'ensemble de la famille – avaient une chance de se réaliser. « À quoi bon ? répondit-il à sa fille d'un air distrait. C'est vraiment ridicule de vouloir suivre un cours pour une chose aussi simple. »

De sa part, semblable déclaration était plutôt mal venue, puisque quelque temps plus tôt, il avait été le premier à la sermonner sur ce chapitre. « Il est important qu'une jeune fille fasse quelque chose d'utile, qu'elle ne reste pas à la maison à attendre le mariage. C'est ça, l'Inde moderne. Tu devrais t'inscrire à un cours de dactylographie. »

Devenir dactylo n'intéressait pas le moins du monde Pinky ; elle n'avait par ailleurs aucunement l'intention de faire quoi que ce soit d'utile ni n'avait cure de l'Inde moderne ; en revanche, elle était convaincue de l'absolue nécessité qu'il y avait à se montrer au bazar tous les jours. Déroger à cette règle, c'était se condamner à voir sa place dans l'ordre du monde remise en question, à accepter de ne plus exister dans la société. Condamnée qu'elle était désormais à une unique expédition hebdomadaire destinée à rapporter des provisions, faire un tour à la banque, à la poste ou dans d'autres endroits pour lesquels le trajet en ville s'imposait, elle comprit qu'elle allait devoir tirer le meilleur parti de ces rares occasions, et, du même coup, ces déplacements devinrent vite les grands moments de son existence dans le verger.

« Qu'est-ce que je vais mettre ? marmonnait-elle à part elle, bien avant l'heure. Ceci ? Non, cela. Oh non, ce n'est pas la bonne couleur. C'est bien trop foncé pour une jeune fille. » La semaine qui précédait l'expédition était tout entière consacrée aux choix vestimentaires à opérer, et elle n'était pas plus tôt rentrée d'une visite qu'elle s'occupait aussitôt de la suivante, s'activant avec son fil et ses aiguilles, son savon et son amidon. Elle n'ignorait pas qu'avec une mère incapable de faire les magasins pour s'habiller, de savoir ce qu'il fallait mettre en telle ou telle occasion, de la conseiller sur l'accessoire le mieux appareillé avec telle ou telle paire de sandales, elle avait un sérieux handicap à surmonter. Quant à Ammaji, elle avait un bon siècle de retard en matière d'atours ; et il n'y avait, bien entendu, rien à attendre de son père ni de Sampath dans ce domaine. Pour ce qui était de garder son rang dans la société du bazar, elle ne devait compter que sur elle-même. Les articles retenus pour chaque sortie étaient lavés et déposés sur les lantaniers, le temps de sécher, puis placés pendant la nuit sous les malles en fer, histoire de les défroisser autant que possible. Quand, après tant d'efforts, elle apparaissait dans toute sa gloire, on aurait dit qu'elle s'apprêtait à participer à un défilé de mode. Ses dupattas s'envolaient derrière elle en vagues diaphanes et d'énormes quantités de bijoux brillaient et scintillaient autour de son visage, poudré de blanc et rose. C'était sans doute la tenue la moins appropriée qui pût se concevoir pour se rendre au marché. Qui plus est, elle s'était bizarrement convaincue au fil des jours qu'elle était suivie. Il suffisait que quelqu'un, dans la rue, la frôle ou la regarde au passage pour qu'elle annonce aussitôt en rentrant : « Un homme avec des yeux complètement exorbités m'a suivie pendant tout le trajet. »

M. Chawla s'inquiétait à la pensée que, à vivre ainsi loin de Shahkot, elle était peut-être, elle aussi, en train de devenir toquée. Quand on déployait autant d'efforts pour soigner sa mise et son apparence, c'est qu'on attendait des réactions à la hauteur de l'entreprise, quitte à les imaginer si elles ne se manifestaient pas spontanément. Voilà qui était très dangereux et méritait d'être étouffé dans l'œuf. « D'abord tu t'habilles comme si tu allais concourir pour Miss Inde, et ensuite tu viens te plaindre que les gens te regardent. Comment veux-tu qu'ils ne te regardent pas si tu te donnes en spectacle ? Quant à être suivie, c'est une autre affaire, c'est dans ta tête que ça se passe. S'habiller de la sorte et venir se plaindre de ne pas passer inaperçue ! Si quelqu'un a le malheur de tousser, on peut être tranquille que tu vas l'accuser de t'avoir suivie toute la matinée. » Il insista pour qu'à l'avenir, quand elle se rendrait au marché, Pinky porte une simple robe de coton, sans toutes ces fanfreluches dorées et ces fleurs criardes, et pour qu'elle ait un visage aussi net et récuré – autrement dit aussi quelconque et moche – que possible.

« Tu exagères », dit Pinky. Il était inconcevable qu'elle se montre en public dans un appareil aussi terne. Comment osait-il contrecarrer ses goûts en matière de mode ? Il y avait de quoi vous rendre hystérique ; elle réussit néanmoins à se contrôler. « Peut-être, dit-elle, battant en retraite dans un dernier effort pour tenter de recouvrer sa dignité, peut-être, après tout, que personne ne m'a suivie. »

Mais décidé à lui inculquer modération et bon sens, son père revint à la charge : il lui faudrait désormais s'habiller le plus simplement possible. Afin de la mettre à l'épreuve, il décréta qu'elle accompagnerait sa grand-mère qui devait aller en ville s'acheter un nouveau dentier, appareil sans lequel, à entendre Ammaji, la vie ne valait pas d'être vécue.

« Regardez la vieille Shantiji, disait-elle. Elle n'a aucune difficulté pour manger. Sa famille prend bien soin d'elle. On lui achète tous les ans un nouveau dentier. Comme je l'ai dit, sa famille prend bien soin d'elle. Vous avez vu un peu comment elle a cassé cet os avec ses dents pour sucer la moelle ? Bien sûr, moi, je n'en ai pas eu une miette... Elle en a de la chance d'avoir une famille qui prend bien soin d'elle. »

À force de multiplier ainsi les allusions, elle se disait qu'elle finirait par avoir gain de cause. Certes, une allusion se doit d'être indirecte, mais il faut aussi qu'elle soit claire, sinon elle risque de passer inaperçue ; or, une allusion est faite pour être saisie.

« Si tu veux un dentier, va pour le dentier », avait dit M. Chawla, histoire de faire taire sa mère. Est-ce qu'on allait le laisser enfin tranquille pour qu'il puisse s'occuper en paix de leur avenir à tous ? Si on les avait écoutés, les ouvertures qu'offrait la toute jeune réputation de Sampath seraient restées à jamais insondées et inexploitées. D'un autre côté, il était vrai qu'il ne souhaitait que du bien à l'ensemble de la famille. « Il n'y a aucune raison pour que les vieux continuent à souffrir », avait-il ajouté, magnanime, comme si c'était lui qui, le premier, avait eu cette idée des dents de secours.

Pinky, qui se sentait si mal fagotée qu'elle en aurait pleuré, traîna les pieds jusqu'à l'arrêt du car, remorquée par sa grand-mère. Contrairement à sa petite-fille, Ammaji était d'excellente humeur. L'air frais et pur de la campagne lui rappelait son enfance. Son petit-fils, comme elle l'avait toujours prédit, était en train de devenir quelqu'un. Et elle allait enfin avoir un dentier.

« Une fois qu'on aura acheté mon dentier, proposa-t-elle obligeamment à Pinky, on pourrait aller voir *Love Story'85.* » La perspective d'un bon film ne pouvait que remonter le moral de Pinky. Le trajet en car en compagnie de quelqu'un qui boudait et refusait de parler s'était révélé des plus désagréables. Elle se dit que Pinky était vraiment butée. Dès qu'on lui refusait quelque chose, elle faisait la tête et culpabilisait tout son entourage. L'ennui avec ces gens-là, c'est que les autres, incapables de supporter longtemps leur mauvaise humeur, finissaient par céder à leurs caprices et les gratifiaient de toutes sortes de cadeaux et de petites faveurs. C'étaient finalement les gens de bonne composition qui souffraient en ce bas monde. Tout le monde les ignorait. Il n'y avait qu'à voir la manière dont on avait toujours refusé de s'occuper de son dentier. Elle avait vécu des mois et des mois, pire, des années, dans l'inconfort et les privations. Cela dit, elle n'était pas du genre à se fâcher ni à se plaindre.

Priant le ciel pour qu'aucune de ses connaissances ni des filles de son école ne l'aperçoive en pareille compagnie, Pinky entraîna Ammaji dans un sombre dédale de ruelles sales afin d'aborder le centre du bazar par l'arrière et d'éviter autant que possible de se faire voir. Les nerfs tendus, les yeux aux aguets, elle redoutait une rencontre avec une gravure de mode, incident qui l'aurait fatalement couverte de ridicule, alors même qu'elle se refusait à donner à quiconque le plaisir de son humiliation.

La vendeuse de dentiers, stationnée dans un coin du bazar entre la poissonnière et la marchande de seaux en plastique, en avait toute une panoplie disposée devant elle sur un petit tapis. Nullement démontée par la forte odeur de poisson, Ammaji s'accroupit à même le sol et les essaya à tour de rôle. L'un était trop grand, les autres trop petits... Elle finit cependant par en trouver un qui semblait aller.

« Si, si, dit la femme aux dentiers, il ira à merveille. Il vaut mieux qu'il soit un peu trop lâche plutôt que trop serré. »

Ammaji ajusta le nouveau gadget, faisant jouer lèvres et mâchoires pour se familiariser avec ce corps étranger en plastique, claquant et reclaquant ses deux rangées de dents l'une contre l'autre avec un plaisir non dissimulé.

Ce n'est qu'un peu plus tard que les ennuis commencèrent.

Elles sortaient tout juste du cinéma, Pinky quelque peu rassérénée par les scènes à suspense vécues par le héros et l'héroïne. Ce *Love Story* était vraiment un film comme on en voyait peu ! Quand il était sorti, la queue avait serpenté depuis le guichet jusqu'aux grilles de l'université, faisant le tour de certains bâtiments, bloquant la circulation, encombrant les rues. Les gens, qui avaient surnommé l'héroïne Cuisses du Tonnerre, allaient en foule voir et revoir la fameuse scène dans laquelle elle gambade sous la cascade. C'est là que, défiant les ordres de ses parents, les différences de revenu, de religion et de caste, elle chante dans les embruns en compagnie de son bien-aimé, auquel elle ne cède en rien côté physique et grand amour. Rien de tel qu'un bon mélodrame pour vous requinquer et vous remettre d'aplomb. À la fin de l'après-midi, Ammaji et Pinky, toutes revigorées, sortirent donc du cinéma et s'arrêtèrent devant la camionnette du Cornet d'Amour pour acheter des glaces.

C'est à cet instant précis que Pinky aperçut le singe du cinéma ! Celui-là même qui, si friand de cacahuètes, harcelait depuis des mois les citoyennes de Shahkot. Il venait droit dans leur direction. Par tous les saints du paradis, comment avaient-elles bien pu faire pour l'oublier, celui-là ? Quelle idée aussi de venir au cinéma sans s'être préalablement munies de chaperons robustes et compétents ! Pourquoi fallait-il que ça tombe justement sur elles ! Le singe se rapprochait, tellement sûr de lui qu'il ne montrait pas le moindre signe d'agitation. N'importe quel voleur aurait été gêné d'agir ainsi en plein jour, mais pas ce maudit singe, dont les yeux froids et cruels, bordés de rouge, les fixaient sans ciller. En proie à la plus grande terreur, Pinky sentit le cœur lui manquer et se mit à hurler : « Sauve-toi, sauve-toi ! Sauve-toi, Ammaji. Jette ta glace et sauve-toi. »

Ammaji, qui venait juste de recevoir du garçon du Cornet d'Amour un joli cône de glace au chocolat, prit ses jambes à son cou, tandis que le singe, l'ignorant superbement, s'en prenait à Pinky, pourtant démunie de toute denrée consommable. Il se saisit de son dupatta et s'y accrocha d'un air décidé, pendant qu'elle courait comme une folle, hurlant à tout va, suivie à la trace par le galant du Cornet d'Amour que leurs cris d'alarme avaient tiré de son habituelle placidité. S'il y en avait un qui savait quoi faire dans ce genre de situation, c'était bien lui, vu qu'il fréquentait assidûment le cinéma.

C'est l'instant que choisit Ammaji, sans raison valable, ou plus exactement pour des raisons connues d'elle seule, pour goûter son cornet au beau milieu de toute cette confusion, de ces tourbillons de poussière et de ces courses échevelées. Mais c'est aussi l'instant que choisit le dentier, dérangé par tant d'agitation, pour larguer les amarres. Collé dans la glace, il la regardait, la dent mauvaise, comme dans ces horribles dessins animés. Véritable insulte à son grand âge, ces dents de squelette la narguaient et la défiaient depuis leur boule chocolatée.

Horrifiée, Ammaji lâcha le cornet, sur le contenu duquel le singe commit une fâcheuse méprise. Le croyant plein de cacahuètes, il reporta incontinent son attention sur la vieille dame, s'empara dudit cornet et de son contenu avant de se précipiter vers un arbre.

« Sale voleur ! hurla Ammaji qui, folle de rage, se retourna et se mit en devoir de poursuivre le singe. Rends-le moi. Qu'est-ce que tu veux faire d'un dattier, espèce de crétin de singe ?

– D'un *dentier*, grand-mère, intervint le gars du Cornet d'Amour, stoppé net dans son élan, sidéré qu'elle ait pu confondre un arbre avec une prothèse. C'est un dentier, pas un dattier.

– Dattier entier, dentier daté, cria Ammaji. Reste pas planté là à rien faire. Cours-lui après. »

Soudain rappelé à ses devoirs, le vendeur de glaces se précipita sur la créature, hurlant et vociférant, agitant deux bâtons de manière si effrayante que l'horrible singe, dégoûté de ne point avoir trouvé de cacahuètes, et quelque peu intimidé par un pareil déploiement de forces, en lâcha le cornet pour sauter sur les toits des boutiques et disparaître. Le garçon récupéra le dentier dans sa flaque de chocolat fondu et le tendit, en équilibre précaire au bout du bâton, à Ammaji.

Pinky n'avait jamais, de sa vie, été aussi mortifiée. Elle était là, habillée comme une balayeuse, humiliée à la pensée que le dentier de sa grand-mère avait été exhibé à la vue de tous, d'abord sur un cornet de glace emporté par un singe, puis au bout d'un bâton d'où il pendait misérablement. Elles s'étaient tout bonnement données en spectacle. Les badauds qui s'étaient rassemblés pour regarder la scène en avaient eu pour leur argent. Mais le garçon du Cornet traita l'affaire avec une désinvolture qui laissa Pinky éperdue de reconnaissance.

« Voilà, dit-il, jovial, en agitant son bâton. Eh bien, on a fait de l'exercice pour les huit jours à venir, non ? ajouta-t-il en leur adressant un sourire étincelant d'une gentillesse extrême avant de se tourner vers la foule pour la saluer. Évidemment, quand il vous a vue, poursuivit-il à l'adresse de Pinky, ce singe ne pouvait que vous suivre. Il a dû croire que vous étiez une parente perdue de vue depuis longtemps. » Il rit de sa propre plaisanterie et fit un clin d'œil à Pinky, histoire de lui signifier que sa remarque n'était pas à prendre au sérieux. Et Pinky – mais comment expliquer ce genre de choses ? –, qui depuis des années voyait le garçon du Cornet d'Amour semaine après semaine, s'arrêtait chaque fois qu'elle venait au marché pour s'acheter une glace sans penser plus loin, sentit le cœur lui manquer pour la seconde fois de la journée, comme s'il plongeait tout à coup dans le vide du haut d'une falaise.

Que ce garçon était donc gentil ! Et pas le moins du monde emprunté. Et après tout, il n'était pas si moche, avec ses cheveux bouclés et son nez si joliment recourbé, comme sa bouche, d'ailleurs. Dire qu'elle avait eu si souvent l'occasion de le voir alors qu'elle était bien habillée, et qu'elle ne l'avait seulement pas remarqué... et voilà qu'aujourd'hui, elle restait là à le dévisager avec un regard neuf, vêtue d'un vieux salwar kameez blanc, mal coupé et tout passé, sans même un anneau dans les narines ou à l'orteil, avec aux pieds des sandales sans aucune fanfreluche, et pas la moindre trace de ce khôl qui donnait à ses yeux un éclat de braise... Elle était tellement consciente du côté loqueteux de son apparence qu'elle ne fut même pas capable de lui rendre son sourire et faillit fondre en larmes devant lui.

À peine était-elle rentrée chez elle qu'elle éclata bel et bien en sanglots. Elle pleura de rage, fort et longtemps, pour s'être montrée si laide en public, et maudit sa famille. Ah, se lamenta-t-elle, quel horrible, horrible père que le mien ! Qui a le culot de m'envoyer faire des courses, habillée comme une pauvresse, alors que les autres pères se décarcassent pour que leurs filles aient l'air d'être bien traitées et soient correctement habillées. Ah, quelle horrible, horrible grand-mère que la mienne ! Qui ne fait qu'ajouter à mon humiliation. Ah, quelle horrible, horrible famille que la mienne. Qui va m'empêcher à jamais de trouver l'amour.

Ah, et elle repensa au jeune homme du Cornet d'Amour qui aurait pu, si elle était apparue sous son meilleur jour, jouer un rôle dans sa vie autrement plus intéressant que celui de pourvoyeur de crèmes glacées.

Elle gémit pendant des heures, poussant des cris si perçants et si désespérés qu'ils montèrent jusqu'à Sampath, assis là-haut dans ses branches, et lui firent dresser les cheveux sur la tête. Tandis qu'en bas, Ammaji, sous le coup de l'émotion, ouvrait la bouche toute grande et laissait à nouveau échapper son dentier – cette fois-ci dans le chaudron.

« Qu'est-ce que tu as à pleurer comme ça ? » s'enquit Ammaji, pleine de sollicitude, tout en allant à la pêche au dentier. Celui-ci dansait dans la sauce comme un bouchon et se retrouva bientôt d'un joli jaune curry aussi indélébile que saisissant. Elle le rattrapa à l'aide d'une cuiller et se le fourra aussitôt dans la bouche. Après tout, la journée avait été plutôt réussie.

« Hou, hou, hou », gémit Pinky pour toute réponse.

Peut-être pleurait-elle sur le triste sort du monde, se dit Ammaji. « Regarde donc mes dents », dit-elle à Pinky, histoire de la remonter, en lui offrant un sourire d'un orangé agressif.

Interdite à la vue de toute cette couleur, l'autre s'arrêta net de pleurer.

« Bah, à mon âge, quelle importance ? dit Ammaji, heureuse de voir que sa petite-fille réagissait ainsi. Jaunes, bleues ou noires, vaut mieux des dents que pas de dents du tout », ajouta-t-elle, philosophe.

Pinky, fort contrariée de constater que sa grand-mère essayait de détourner son attention de ses larmes, y revint de plus belle, l'esprit vengeur. « Hou, hou, hou », se remit-elle à glapir.

10

Au bout d'un mois, M. Chawla avait apporté toutes sortes d'améliorations aux conditions de vie de la famille dans le verger. Après tout, il leur avait fallu se reloger dans un environnement rural, alors qu'ils n'étaient pas habitués à se passer du confort de la vie urbaine (entre parenthèses, personne ne le leur demandait). Avec l'aide de l'électricien, il s'était branché directement sur les lignes de l'hôpital pour s'éclairer, installant un embrouillamini de fils qui partaient directement des poteaux pour arriver dans le verger. Grâce au ravitaillement régulier et soutenu de l'hôpital en électricité, il épargnait à sa famille toutes les coupures et les baisses de tension réservées au reste de la ville. Il avait également embrigadé toute une équipe de fervents habitués du verger dans le but de poser un réseau de conduites qui, à partir d'un branchement judicieusement effectué sur une canalisation principale par une nuit sans lune, amenait l'eau jusqu'à une citerne à usage privé. Un magasin de la ville lui faisait la faveur spéciale, dans la mesure où ils vivaient bien au-delà du périmètre habituel des livraisons, de lui livrer des provisions d'allumettes, d'alcool à brûler, de bougies et de savon. M. Chawla tirait une grande fierté de ces diverses réalisations.

L'eau coulait à flot toute la journée dans le réservoir.

Le soir, des dizaines de lampions décoraient les sentiers du verger, illuminant le feuillage de manière spectaculaire et éclairant d'une douce lumière les membres de la famille qui se reposaient sur leurs lits pliants devant la cabane du gardien, laquelle était désormais pourvue d'un véritable toit en tôle ondulée en lieu et place du chaume qui la recouvrait primitivement. À l'intérieur trônaient un poste de télévision ainsi qu'une malle en fer pleine de couvertures et de châles bien chauds. M. Chawla serait peut-être bientôt en mesure d'agrandir sa résidence en y ajoutant une cuisine et une salle de bains. Et il achèterait un réfrigérateur et un scooter. Certes, Sampath n'avait point fait entrer de dot dans la maison, mais M. Chawla n'était pas du genre à rester sans rien faire à se lamenter.

« Tout le monde peut construire quelque chose à partir de rien, dit-il un jour, assis sous l'arbre, car il aimait à penser que Sampath continuait d'apprécier les enseignements de son vieux père. Il suffit de le vouloir pour arriver à un résultat. Toi-même, tu sais bien que...

– ... le potier fait un pot à partir d'une motte d'argile. Le peintre peint avec de la pisse de chameau. Le mendiant tend sa main vide », l'interrompit Sampath. Quelque peu déconcerté par l'insolence de son fils, M. Chawla n'en finit pas moins d'enfoncer le clou jusqu'au bout : « Le tout, c'est de faire avec ce que l'on a, même si l'on n'a rien. »

En l'occurrence, est-ce qu'ils étaient aussi totalement démunis qu'il voulait bien le laisser entendre ? Il jeta un coup d'œil à Sampath, observa son visage, repensa à ce qu'il venait de dire et se sentit légèrement mal à l'aise...

Au bout d'un certain temps, il cessa d'écouter ou de regarder de trop près. Il loua l'ancienne maison de Shahkot à un secrétaire de la fabrique d'engrais, ouvrit un nouveau compte en banque et prit des contacts avec les entreprises du coin pour savoir si elles seraient prêtes à mettre des panneaux publicitaires dans le verger, sachant que leurs produits bénéficieraient ainsi d'une large diffusion tout en acquérant une nouvelle image de marque, plus propre et plus pure. Il commença aussi à penser à la bourse. L'idée n'était pas mauvaise, car les investissements en bourse sont discrets ; or, M. Chawla n'avait pas tardé à comprendre, en voyant le respect dont témoignaient les visiteurs pour le mode de vie austère de Sampath, qu'il devait à tout prix parvenir à un compromis entre une apparence de frugalité et un confort bien réel.

Peut-être qu'il faudrait finalement se passer du réfrigérateur et du scooter ? Voire de la publicité ? Quand même pas ! Peut-être qu'il aurait intérêt à ouvrir le compte en banque sous le nom d'une association qui s'occuperait de la construction d'un temple ? De cette façon, on pourrait canaliser l'attention du côté de la religion, et les dons afflueraient. Non pas qu'il songeât à des détournements de fonds ou à du vol caractérisé. Non, la construction d'un temple n'était pas remise en question, mais elle ne ferait justement qu'augmenter le nombre des dons. Et c'est ainsi que son esprit sautait d'un projet à un autre, sans jamais arriver à en épuiser les charmes.

Il obtint des réductions des pousse-pousse à moteur et des chauffeurs de cars qui voulaient entrer dans le domaine et s'y garer. Ils n'étaient que trop heureux de l'obliger étant donné qu'eux-mêmes faisaient des affaires mirobolantes en demandant pour l'excursion complète, du bazar au verger et retour, un prix forfaitaire. Même les cars qui empruntaient la grand-route à destination de villes plus lointaines se mirent à faire le détour pour permettre à leurs passagers d'avoir un aperçu du célèbre Baba dans son ermitage arboricole, de la douceur de son sourire, du grand vide paisible de son regard.

Le sentier qui menait au goyavier avait été élargi et soigneusement balayé et arrosé avec de l'eau de rose ; une petite échelle avait été placée contre le tronc pour que ceux qu'intéressait une bénédiction (et, bien entendu, tout le monde était dans ce cas) puissent grimper jusqu'à l'endroit où Sampath laissait pendre ses jambes. La tête sous ses orteils, ils sollicitaient sa bénédiction et redescendaient tout contents et pas peu fiers.

La liste des aménagements ne s'arrêtait pas là. Ammaji avait la haute main sur une baraque à thé installée sous une bâche, et du même coup pouvait passer son temps à bavarder tout son soûl avec ceux qui commandaient un sandwich, un Campa Cola, ou même un repas léger pour finir d'agrémenter leur sortie.

Non loin de la baraque à thé, M. Chawla, lui, s'occupait d'une petite charrette. Tout en gardant constamment un œil sur l'ensemble des autres activités, il vendait des guirlandes de fleurs, des fruits et de l'encens à ceux qui souhaitaient laisser des offrandes à Sampath. Le système fonctionnait à merveille : même s'il devait acheter les matières premières au bazar, il les avait avec un gros rabais (après tout, le père de l'ermite de Shahkot n'était pas un client ordinaire). Il vendait tous ces articles avec un bénéfice énorme, sans compter que, autre avantage matériel, la famille récupérait en fin de journée une bonne partie des noix de coco et des sucreries abandonnées au pied de l'arbre pour les ré-empiler aussitôt sur la charrette et les revendre le lendemain.

Sampath regardait du haut de son arbre ses charmants visiteurs.

« Pourquoi y a-t-il tant d'opinions divergentes concernant la nature divine ? demanda un espion déguisé de la Ligue de la libre pensée (la LLP), de surcroît membre de l'Organisation de dépistage des ermites charlatans (l'ODEC). Pour certains, Dieu a une substance. Pour d'autres, il est insubstantiel. Pourquoi toute cette controverse ?

– L'inspecteur des ponts et chaussées se déplace un jour pour voir un fleuve, répondit Sampath l'Innocent, mais c'est au plus fort de la mousson. Aussi rentre-t-il chez lui en disant que le fleuve n'est qu'une immense nappe d'eau, avec des vagues très hautes. Quelques mois plus tard, sa tantine fait le même voyage et revient en disant : "Il est bien triste de constater que mon neveu n'est pas très malin. Ce fleuve n'est rien d'autre qu'un filet d'eau sale." Au beau milieu de l'été, c'est au tour d'un voisin de se rendre sur les lieux et de déclarer à son retour : "Quelle bande de crétins dans cette famille ! Le fleuve n'est qu'une vaste étendue de boue séchée."

– Est-ce qu'on comprendra jamais tout ce qu'il y a à savoir de Dieu ? demanda quelqu'un d'autre.

– Quand la bouteille est cassée, il n'y a plus moyen de distinguer l'air qu'elle contenait de l'air du dehors.

– Baba, peux-tu nous parler du problème de l'agitation religieuse dans notre pays ?

– Vous n'avez jamais entendu une belle-mère crier à sa belle-fille : "Ce n'est pas comme ça qu'on prépare le dal !" ? Elle pense, bien entendu, que sa manière à elle de le préparer est la seule valable. Il n'empêche qu'au nord, au sud, à l'est comme à l'ouest, tout le monde mange des lentilles sous une forme ou sous une autre et constate leurs effets bénéfiques.

– J'essaie d'intéresser mes enfants aux réalités d'ordre spirituel, mais ils refusent de m'écouter.

– Il n'y a pas trace du fruit sur le plant que vous

achetez. Pas de pastèque en dehors de la saison. Avant d'ouvrir une pastèque, il faut toujours poser l'oreille contre l'écorce tout en la tapotant. C'est la seule manière de savoir si elle est vraiment mûre. »

L'espion prit des notes dans un cahier d'écolier et, dubitatif, se gratta la tête. C'était sa première mission d'importance depuis qu'il avait rejoint la ligue, qui s'enorgueillissait de compter parmi ses membres des gens aussi distingués que l'homme qui avait dévoilé le mécanisme à l'origine du gourou aux électrochocs, ou que la femme qui avait démasqué l'arnaque des W.-C. à explosion, ou bien encore que l'employé qui s'était caché dans une cuve de crème au citron pour écouter la conversation qui avait permis l'arrestation du sage à la BMW pour toute une série de délits, allant du blanchiment d'argent jusqu'au meurtre par empoisonnement, en passant par la fraude fiscale. Pour tout dire, l'employé en question avait eu bien de la chance de ne pas avoir mangé de cette crème.

L'espion était fermement décidé à se distinguer d'aussi belle façon. Il se sentait très isolé à Shahkot ; son village natal était loin, et il n'était pas encore marié. Il avait son métier d'enseignant en horreur, en horreur aussi les gamins qui le caricaturaient dans leurs cahiers et faisaient les pitres derrière son dos. Il leur donnait souvent des exercices à faire de manière à pouvoir se réfugier dans la salle des professeurs, où il restait assis des heures à bayer aux corneilles et à fumer cigarette sur cigarette. Un jour, il leur montrerait à tous : il échapperait enfin à son enfance misérable, au taudis dans lequel il avait grandi en compagnie de onze frères et sœurs, d'un père ivrogne et drogué et d'une mère usée par la vie. Un jour, il finirait bien par devenir quelqu'un. À lui, les acclamations, les récompenses, les articles dans les journaux. Il marcherait la tête haute et, adulé de tous, il se retrouverait devant les caméras de la télévision pour y défendre ses opinions avec l'assurance et le sérieux d'un intellectuel. « La libération, si vous voulez mon avis, ne peut venir que si l'on fait craquer le carcan de la superstition. Vous comprenez bien que le sujet n'est pas simple, car sont aussi en cause l'histoire, le problème de la pauvreté, celui de l'analphabétisme. » Il avait eu une vie difficile. Mais il finirait par triompher.

« Que dois-je faire, monsieur ? s'aventura-t-il encore une fois. Je ne sais quel chemin choisir. Ni quelles questions poser. En fait, je ne sais même pas ce que je veux.

– Un enfant pleure parce qu'il réclame le lait de sa mère, n'est-ce pas ?

– Je ne comprends pas.

– Un bébé oiseau pleure parce qu'il réclame un insecte.

– Mais, monsieur... le lait, les insectes, je ne vois pas.

– Une mère sait ce que veut son enfant et elle le reconnaît aux bruits qu'il fait. En conséquence, cessez de vous poser des questions, attendez donc que votre mère vous rejoigne, et ça ira beaucoup mieux. Soyez patient.

– Mais..., persista l'autre. Mais, monsieur... »

Sampath avait la tête qui commençait à bourdonner. Pourquoi diable cet homme-ci se montrait-il si désagréable ? Il leva les yeux sur les frondaisons qui l'entouraient et fixa l'horizon d'un air morose.

L'espion de la Ligue de la libre pensée avait l'air beaucoup plus content. De toute évidence, Sampath avait du mal à trouver une réponse adéquate à ses questions et faisait de son mieux pour s'y soustraire. Il alla se cacher derrière un arbre, histoire de consigner quelques notes ultra-confidentielles dans son cahier d'écolier. « Élude les questions en faisant semblant de ne plus être de notre monde. Incapable de débattre sérieusement de problèmes philosophiques. »

En dessous de l'arbre, le silence religieux s'amplifia à un point tel qu'Ammaji se sentit mal à l'aise. « Ah, dit-elle, de temps en temps, son esprit délaisse le monde des humains. N'en soyez pas offensés. »

Il n'était venu à l'esprit de personne de s'offusquer.

« Moi-même, j'en ai vu beaucoup, des sages comme lui, dit Lakshmiji. Parfois, ils restent assis, complètement immobiles, comme un oiseau qui couve ses œufs. Rien ne saurait les faire bouger. Parfois aussi, ils sont d'humeur folâtre et se mettent à rire, à sauter et à danser. Oui, oui, ils font penser à des enfants ou à des fous, dans ces moments-là. Mais à d'autres, pour notre plus grand bien, ils reviennent à la conscience pour partager avec nous leur sagesse.

– Oui, c'est le visage d'un *vijnani*, d'un illuminé, ce n'est pas le visage de tout le monde. Regardez, regardez donc son visage. »

Sampath avait tout bonnement son visage de tous les jours ! Pinky n'en revenait pas d'entendre toutes ces sornettes.

« Ah, dit Ammaji, ravie d'apporter son grain de sel tout en roulant une feuille de bétel, la spiritualité, c'est inné chez lui. Il a toujours eu la réputation d'être un peu fou, un peu simplet, mais c'est parce qu'il ne s'est jamais intéressé aux choses de ce monde. Tenez, un jour, je lui ai donné cinq roupies pour payer le laitier, et deux minutes plus tard, voilà que j'entends le laitier qui crie : "Aïe, aïe, aïe, regarde, *ji*, mais regarde ce que ton petit-fils a fait." Il y avait une forte brise ce jour-là, et, pendant que le laitier mesurait son lait, notre Sampath avait fait un bateau avec le billet qu'il faisait flotter dans le bidon. Et avec l'école donc, qu'est-ce qu'on n'a pas eu comme mal ! Des catastrophes à n'en plus finir, en hindi, en sanskrit, en mathématiques, en histoire. Il a jamais pu se concentrer sur ses études.

– Ah, c'est dur pour quelqu'un comme lui de

s'occuper de choses aussi triviales et terre à terre. Il suffit qu'il regarde par la fenêtre, et il voit partout la gloire de Dieu.

– C'est bien vrai, reprit Ammaji. Vous n'imaginez pas le mal qu'on a eu. C'est dur, vous savez, pour la famille, de passer son temps à seriner : "Travaille un peu, juste assez pour ne pas redoubler, on te demande pas des miracles." Mais j't'en fiche, rien à faire, il restait assis des heures à regarder une fleur ou bien les yeux perdus dans le ciel...

– J'ai connu un sadhu originaire de Rishikesh, dit un instituteur qui avait fait le voyage depuis Chittagong. Tous les jours, il sortait de sa cabane pour méditer devant une source chaude. Il ne faisait rien d'autre en guise d'abstinence ou d'étude. La seule vue de la source suffisait à le faire entrer en transe.

– Ah, les ennuis que nous avons eus avec lui à la poste, intervint Mlle Jyotsna, qui était devenue une habituée du verger et tenait à faire savoir qu'elle avait bien connu Sampath au cours de ses années de formation. De temps en temps, il faisait bien un effort, mais on était les premiers à lui dire de laisser tomber. On préférait faire le travail à sa place, sinon on avait les pires embrouilles et on était sûrs de ne pas s'y retrouver.

– Et cette jolie jeune fille qu'on lui avait trouvée, renchérit Ammaji, qui se laissait emporter par le sujet. Mais non, rien à faire, il en a pas voulu...

– Qu'est-ce qu'un ermite pourrait bien avoir à faire d'une femme ? Pour les gens comme eux, c'est une insulte de seulement parler mariage. »

Sur quoi, tout le monde se mit à hocher vigoureusement du chef. À cet instant, ils auraient bien aimé, tous autant les uns que les autres, rester assis là, bien propres, bien purs, dans un environnement bien agréable, sans mari, sans femme, sans leurs ribambelles de parents. Comme ils étaient beaux, les contreforts de l'Himalaya ! Quelle abondance, quelle luxuriance ! Les papillons voletaient dans le paysage, les pies et les gobe-mouches passaient d'un arbre à l'autre, les lézards se chauffaient au soleil sur le toit de tôle de la cabane du gardien, se laissant glisser dans la torpeur de ce tiède après-midi, tandis que la brise agitait mollement les feuilles. Çà et là les fleurs sauvages mouchetaient le sol, des fleurs aux couleurs et aux parfums de fruit, aux lèvres ouvertes, à la langue pendante qui laissaient sur les fidèles de grandes traînées de pollen ; des fleurs qui agitaient leurs anthères et dressaient leurs étamines, répandant de telles senteurs dans l'air qu'on ne pouvait s'empêcher de fourrer son nez dans leurs pétales évasés et parfumés.

Doucement, mais d'une voix assurée et plaisante, Mlle Jyotsna entonna une chanson :

Des empreintes de pas envahissent ma maison,
Et pourtant de visiteurs, je n'ai pas
La musique se fait entendre dans les arbres,
Et pourtant de vent, il n'y a pas.
Des empreintes de doigt couvrent tous mes biens,
Et pourtant, à personne elles n'appartiennent !
Ô Seigneur,
Jouer ainsi à cache-cache,
C'en est trop, même pour le plus patient des hommes.

Qu'elle est donc jolie, se dit Sampath, en la regardant. Il l'avait toujours trouvée jolie. Elle était gentille aussi et avait une voix bien agréable. Les yeux fermés, se balançant doucement d'un côté et d'autre, elle semblait sincèrement s'abandonner aux mots qui jaillissaient de sa petite bouche ronde et rouge comme un rubis. Quelques instants plus tard, il s'était joint à elle, et bientôt tous les fidèles entonnaient la même chanson. Ils passèrent un merveilleux moment à chanter ainsi à l'unisson.

Comment pouvait-il flouer tous ces gens ? se demanda l'espion de la Libre pensée qui, derrière son arbre, épiait la scène. Quelle sorte d'emprise exerçait-il sur eux ? Qu'avait-il donc de si spécial ? Il renifla l'air chargé des effluves de cardamome et de clous de girofle qui s'échappaient d'une marmite quelque part et montaient en volutes dans les feuilles. Cardamome, clous de girofle... et quoi d'autre ? Il renifla à nouveau. L'odeur lui pénétra les narines et se faufila jusqu'à son cerveau. C'était bien ça... nouveau reniflement. Il y avait quelque chose d'autre... Il griffonna quelques notes supplémentaires dans son cahier.

Dans le trou à rats qu'il habitait dans une maison pleine de locataires, l'espion élabora un plan de campagne qui lui permettrait de poursuivre ses recherches et d'aller fouiller dans le passé de Sampath ; il dressa aussi une liste de toutes les données essentielles concernant son suspect : heures de sommeil, nature de ses interlocuteurs, boissons, régime alimentaire.

C'est alors que la mystérieuse odeur qui avait empli le verger ce jour-là lui revint aux narines. Sa peau et ses vêtements en étaient encore imprégnés.

Sampath était-il drogué ?

Qu'est-ce qui pouvait bien cuire dans cette marmite ?

Il fumait du ganja, aucun doute là-dessus – l'herbe poussait à foison sur toute la colline. Mais peut-être qu'il prenait aussi de l'opium ? Et Dieu sait quoi d'autre ?

Perdu dans ses réflexions, l'espion mit du temps à trouver le sommeil.

11

Là-bas, au flanc d'une lointaine colline, s'attardait la dame chargée de nourrir Sampath, silhouette minuscule accrochée à la crête de la forêt de l'université, disparaissant et réapparaissant au milieu des arbres, sortant des bois à l'endroit où ils bordaient les champs afin de vérifier les pièges en bambous qu'elle avait posés pour les faisans et autre gibier à plumes. Les faisans vivaient dans la forêt mais venaient se nourrir des cultures de grain et étaient aussi gras et succulents que peut l'être le gibier sauvage. Quand elle en repérait un dans un piège, elle se précipitait dessus et, sans ciller, lui tordait le cou d'une poigne de fer. Toute cette verdure, tout cet espace la transportaient. Là où ils réduisaient son fils à un état de bienheureuse torpeur, ils l'incitaient à une exploration sans fin qu'elle poursuivait avec frénésie.

Se frayant un chemin dans les profondeurs des bois, perdue au milieu des bambouseraies, des forêts de sals et des arbres immenses couverts de mousse, elle grimpait toujours plus haut, empruntant des sentiers de chèvre qui montaient à l'assaut des pentes les plus raides, à peine assez larges pour ses petits pieds.

« Méfie-toi des chats sauvages, disaient les gardiens de troupeau qu'elle croisait, surpris de voir cette femme délicate aux allures de citadine toute seule dans la forêt. Et fais attention aux serpents, aux scorpions et aux sangsues. » Mais que lui importaient leurs mises en garde ! Elle pataugeait dans les mares boueuses à la recherche de tiges de lotus, pillait les nids d'oiseaux, faisait éclater les cosses scellées, grignotait les herbes et les boutons de fleurs, déterrait les racines, cueillait les fruits des arbres et rentrait chez elle, les cheveux en bataille, ses mains terreuses pleines de fleurs, la bouche bleue et rouge à force d'avoir goûté à ses trouvailles. Elle nouait les coins de son sari pour y mettre des lys poivrés, des champignons des bois, des échantillons de graines et des morceaux d'écorce. Il lui arrivait de rapporter sur l'épaule une perdrix ou une caille sauvage accrochées à un bâton. Elle rentrait par le sentier abrupt qui débouchait derrière la cabane du gardien afin d'éviter les visiteurs et les conversations qui avaient cessé de l'intéresser.

Sous la véranda recouverte de tôle ondulée que M. Chawla avait construite à l'arrière de la maison, elle avait installé sa cuisine en plein air, qui débordait sur un carré d'herbe. Des rangées de bocaux, pareils à une armée en équilibre sur le mur de pierre, vieillissaient au soleil ; des racines, torturées et contorsionnées, séchaient sur une couverture ; et de toutes petites baies sauvages entrouvertes, ignorées de tous sauf des oiseaux, laissaient voir leurs entrailles violacées. Le gingembre était enterré dans le sol de manière à se conserver frais ; citrons et potirons séchaient sur le toit ; toutes sortes de choses fermentaient dans des boîtes en fer bien closes ; des piments rouges et des feuilles de curry pendaient aux branches d'un arbre, ainsi que du lait caillé de buffle qui s'égouttait d'un torchon avant de devenir *paneer*.

Dotée d'une vigueur nouvelle, dure et résistante en dépit de sa gracilité, Kulfi tranchait et découpait, pilait et écrasait, coupait et hachait au milieu d'un amas d'ingrédients et de plats. « Cumin, caille, graines de moutarde, zeste de pamplemousse, grommelait-elle tout en cuisinant. Fenouil, coriandre. Lichen, farine de pandanus, mangue amère. Feuilles de casse aromatique, corossols, melons d'hiver. Coloquintes, écorce de santal, pousses de fenugrec. Courges musquées, fleurs de bananier, racines de lotus... »

Elle produisait des repas très élaborés, préparés avec parfois plus d'une centaine d'ingrédients et fondés sur l'harmonie délicate et précaire d'un grand nombre d'épices – triomphes de l'art subtil et raffiné de l'assaisonnement. Un seul grain d'une chose, une seule pincée d'une autre, un doigt trempé dans un petit flacon, puis plongé dans la gamelle bouillante ; un dé à coudre, une cuiller, une noix de coco remplis tantôt d'un liquide rouge cramoisi ou violet foncé, tantôt d'une poudre d'un jaune poussiéreux, tout cela mijotait parfois pendant un ou deux jours sur des charbons réduits à l'état de braises à peine tièdes ou au contraire transformés en fournaise. Les viandes prenaient un aspect soyeux sous les coups du battoir ; elles étaient si épicées, leurs parfums si forts qu'elles en émoussaient les sens ; les sauces, pleines d'évocations étranges, de sombres sous-entendus, étaient capables d'un instant à l'autre de vous ancrer au sol ou, au contraire, de vous faire sombrer dans les profondeurs du néant. Certains plats avaient un goût qui vous explosait dans la bouche et vous laissait pantelants une demi-heure durant. D'autres étaient délicats, et leur parfum vous hantait comme un souvenir que l'on ne parvient pas à retrouver.

Citrons macérés farcis au cumin et à la cardamome, créatures crépusculaires mijotant sur le bois d'un arbre odoriférant, petite friture préparée dans des noix de coco vertes, riz aux fleurs de capucine cuit à la vapeur dans la pâle cavité d'une tige de bambou, champignons à dessous rouge ou jaune, au chapeau à pois ou strié de rayures. En attendant ces agapes, Sampath salivait de désir. Des nuages aux senteurs épicées montaient jusqu'à lui, et le bruit de cymbales que produisait le remue-ménage des pots et des casseroles annonçait l'arrivée glorieuse du repas, effarouchant les oiseaux qui logeaient dans les arbres alentour. Le regard anxieux, Kulfi servait son fils, observant son visage comme elle l'eût fait d'un baromètre. Tournant des lèvres reconnaissantes et balbutiantes vers le ciel, ou au contraire, l'air souffrant, le visage inondé de larmes, les oreilles prêtes à exploser, tout juste capable encore de respirer, Sampath suppliait : « Encore ! S'il te plaît, encore un peu. » Et triomphante, Kulfi se précipitait pour le resservir.

« Tu finiras par l'empoisonner », disait M. Chawla, sincèrement soucieux de la voir s'embarquer dans ces tentatives de nouvelle cuisine. Elle finirait par les ruiner. « Si la réputation de la famille n'était pas en cause, je t'embarquerais tout droit à l'asile », grommelait-il. Au fil des ans, il découvrait que, contrairement à toute attente, il la comprenait de moins en moins. Qu'est-ce qu'elle avait donc dans la tête ? lui arrivait-il de se demander. Est-ce qu'elle pensait comme un être humain ? Il voyait se peindre sur son visage tour à tour l'angoisse, le bonheur, la sérénité, mais réfléchissait-elle jamais vraiment à ses émotions, était-elle capable d'analyser et de raisonner comme n'importe qui d'autre ?

« J'ai testé la préparation sur un poulet d'abord, pour m'assurer qu'elle n'était pas empoisonnée », lui affirmait-elle.

L'un après l'autre, les poulets accédaient au titre de goûteur officiel de Sampath. Quand l'un d'eux tombait raide et mourait, de causes naturelles ou d'intoxication alimentaire, un autre prenait sa place, au bout d'une ficelle.

Sampath était donc à l'abri de tout danger et faisait en sorte qu'aucun changement ne soit apporté à son régime ; chaque fois qu'il entendait son père parler d'une réforme culinaire, il menaçait aussitôt d'entamer une grève de la faim. Il n'avait jamais de sa vie mangé aussi bien ! Il s'enrobait peu à peu, ce qui disait assez à quel point ses repas lui convenaient. Le rouge aux joues et le ton offensé, comme si on voulait le spolier d'un droit héréditaire, il déclarait, péremptoire : « Tous les fils savent qu'il n'y a pas d'autre cuisine que celle de leur mère. »

Les adorateurs, eux, en observateurs jaloux, commençaient à se dire qu'il existait bel et bien une cuisine différente de celle de leurs mères. Au début, ils s'étaient simplement demandé ce que Sampath recevait en guise de nourriture, mais au fur et à mesure que grandissaient et les ambitions et l'assurance de Kulfi dans ce domaine, la moindre bouffée les transportait. Loin de songer à l'expédier à l'asile, ils l'assiégeaient d'un air avide, essayant de jeter un coup d'œil dans les marmites bouillonnantes, de passer le doigt sur les épices répandues sur la pierre à broyer. Mais elle les chassait avec violence. « C'est pas pour vous, pas pour vous », leur criait-elle, majestueuse ; ils reculaient devant l'autorité de sa voix, la dignité de son attitude, et s'éloignaient en secouant la tête. Qu'est-ce qui avait bien pu leur arriver ? S'en prendre ainsi à la mère de l'ermite ! À quoi pensaient-ils donc ?

« Baba, pourquoi sommes-nous parfois si agressifs et si gourmands, alors que le reste du temps nous sommes heureux de rester assis là sous ton arbre ?

– Les jours de grande chaleur, l'abeille bourdonne plus fort ; les jours de pluie, elle reste tranquillement dans sa ruche », répondait Sampath.

Bien qu'il consignât religieusement tout ce qu'il entendait, l'espion avait depuis longtemps renoncé à comprendre Sampath. Plus il observait, plus il était convaincu que le secret du présumé sage, de ses oracles bizarres et de ses bouffonneries, se trouvait dans le chaudron de Kulfi. Plus décidé que les autres, il s'obstinait à essayer de déjouer la surveillance de celle-ci dans le but de prélever un échantillon de sa cuisine dans la bouteille qu'il s'était procurée à cet effet.

Mais à chaque nouvelle tentative, comme si elle l'avait pressentie, Kulfi surprenait l'espion juste à temps et lui assénait un coup de son balai sur la tête. Comme quoi, on pouvait risquer sa vie au service de l'ODEC, se disait-il tout en la regardant, à l'abri des buissons, continuer à travailler, à émincer les légumes avec vigueur, à trancher la tête des poulets et des oies à coups de hache désinvoltes. Et pourtant, plus il voyait ses efforts contrariés, plus ses soupçons grandissaient. Elle avait à peine le dos tourné qu'il ne pouvait s'empêcher de repartir à l'attaque...

Devant les problèmes posés par l'ordonnancement des ripailles de Sampath, M. Chawla décida de n'autoriser les visites qu'entre les heures des repas, soit entre douze heures trente et vingt heures trente.

Le nouvel horaire ne fit qu'accroître la popularité de Sampath et sa réputation d'ermite. Mais ne réussit pas à endiguer l'invasion des singes.

12

« Regardez, hurla un jour Pinky, peu de temps après la mise en place de la nouvelle réglementation. C'est le singe qui nous a poursuivies dans le bazar.

– Mais c'est qu'il y en a toute une bande, gloussa Sampath depuis son mirador.

– Il me suit, beugla Pinky. Il ne me lâche pas d'une semelle. Veux-tu me dire pourquoi tu es si content de les voir ? » ajouta-t-elle à l'adresse de son frère.

Comment ne pas être content? Tout un groupe de visages noirs frangés d'argent, cachés entre les feuilles de l'arbre voisin, le regardaient d'un air fort intéressé.

« Est-ce que je ne t'ai pas déjà dit et répété, Pinky, que personne ne te suit? » répéta M. Chawla une fois de plus.

Mais savait-il seulement de quoi ces singes étaient capables ?

« Vous verrez ce que je vous dis, dit Ammaji dont la denture envoya des éclairs menaçants d'un jaune effrayant. Ils vont nous attirer des ennuis. Y a pas besoin de les regarder deux fois. »

Kulfi enduit d'argile humide un oiseau transpercé de clous de girofle avant de le jeter à même le feu pour le faire cuire. L'air s'emplit de fumée.

« Vous verrez », répéta Ammaji d'un air sombre.

Il ne fallut guère de temps à la troupe de Shahkot, conduite par le singe du cinéma, pour devenir des habitués des champs et des forêts qui entouraient le verger. Comme ils s'aventuraient rarement hors de la ville, les gens se demandèrent pourquoi ils avaient fait tout le trajet pour venir dans les collines : à croire que même la communauté des singes avait entendu parler de Sampath et s'était organisée pour lui rendre visite.

Lors de leur première visite, les singes regardèrent Sampath, cet étrange membre sédentaire d'une autre espèce qui avait pris possession de leur domaine aérien, avec quelque agitation, et observèrent une distance prudente, découvrant leurs dents décolorées et grotesques, faisant des grimaces, tenant des conciliabules dédaigneux émaillés de sarcasmes méprisants. Nullement démonté par leurs railleries, et plutôt content de cette nouvelle distraction, Sampath leur retourna la pareille et, jouant leur propre jeu, se mit à pousser des cris et des hurlements. « Hou, hou », beugla-t-il, gonflant les joues et roulant des pupilles d'une manière apparemment satisfaisante pour les deux parties, car ces singeries continuèrent, et les représentants de la gent simienne ne tardèrent pas à se rapprocher et à tendre leurs pattes sales et ratatinées pour le pousser, d'abord avec précaution, histoire de voir quelles seraient ses réactions, puis de manière beaucoup plus décidée, quand ils furent convaincus qu'il ne représentait pas une menace. Incroyable la manière dont il arrivait à faire se contorsionner son visage ! Les singes se montrèrent très impressionnés.

Ils le furent encore bien davantage quand ils eurent passé suffisamment de temps dans le verger pour comprendre que Sampath constituait l'unique centre d'intérêt de cette communauté si généreuse sur laquelle ils avaient eu le bonheur de tomber. Curieusement, toute la nourriture du verger semblait se concentrer autour de ce garçon-huant doté de qualités, dont, chez eux, on ne faisait aucun cas mais qu'on semblait énormément apprécier chez lui. À n'en pas douter, plus un humain se rapprochait du singe, plus il avait de chance de recevoir des cadeaux : les fruits les plus frais, les amandes les meilleures étaient déposés aux pieds de Sampath. En conséquence, il ne fut pas seulement accepté dans leur société, mais se trouva rapidement investi d'une fonction élevée dans leur hiérarchie. Grâce à lui, ils recevraient les morceaux les plus choisis et les plus délicats. Avant même de comprendre ce qui lui arrivait, Sampath partageait sa couche avec la terreur du cinéma en personne. Adossés l'un à l'autre, à la mode simienne, ils attendaient les visiteurs dans cet état de splendeur partagé, car la bande ne passait plus son temps à faire les poubelles du marché, à voler les commerçants ou à terroriser les Mlle Jyotsna et les Pinky de la ville. Pourquoi l'auraient-ils fait puisqu'ils avaient la possibilité de se nourrir bien plus commodément en restant à côté de Sampath et en recevant avec lui les bonnes gens qui semblaient n'avoir d'autre raison en venant le voir que d'apporter des cacahuètes et des bananes ?

Les dames singes s'occupaient amoureusement de l'apparence de Sampath. Bien que secrètement ravi, ce dernier ne cessait de les frapper et de crier : « Arrêtez de me tirer les cheveux comme ça ». Après avoir été chassées, elles ne tardaient pas à refaire cercle autour de lui, une expression espiègle sur le visage, comme si elles avaient compris son petit jeu, pour continuer à s'occuper de ses boucles brillantes et lustrées, lesquelles, grâce à leurs soins assidus, n'en prirent que plus de lustre. Une fois habitué à leurs griffures et à leurs bousculades, Sampath en vint à apprécier pleinement leurs attentions.

« Regardez ça, dit Mlle Jyotsna qui, comme Pinky, avait laissé échapper un cri dès qu'elle avait reconnu le singe qui l'avait humiliée devant le cinéma. De toute évidence, il a ensorcelé les singes. »

Ils étaient rassemblés autour de Sampath, gracieux gardes du corps aux tempes argentées, à bâiller et à gratter leurs petites personnes. Presque toutes les dames présentes avaient une histoire de sari ou de jupon déchirés à raconter, de seconde sinon de première main, et elles ne manquaient pas de s'émerveiller. « Regardez-moi ce singe. Doux comme un agneau ! Le Baba a apprivoisé les bêtes. » Un prêtre, originaire de l'église d'Allahabad, dit que pareil spectacle lui rappelait saint François d'Assise, toujours dépeint de façon si émouvante au milieu des créatures de la forêt.

La conduite des singes n'était qu'une nouvelle manifestation de l'authenticité du Baba. « Quand on pense à tous ces imposteurs, dit Mlle Jyotsna, à tous ces charlatans dans leurs robes safran, à tous ces gourous, aussi corrompus que les hommes politiques... »

Ah, se réjouissaient-ils, au moins leur Baba à eux n'était pas comme ça. Source d'émerveillement sans cesse renouvelée, il avait même réussi à ensorceler les bêtes sauvages du marché.

« Ouais, grogna l'espion, quelque peu perturbé par ces nouveaux développements. Il s'agit sans doute d'un exemple d'interaction réussie entre l'homme et le singe.

– Interaction entre l'homme et le singe ? persifla Mlle Jyotsna, profondément offensée par le manque de respect que l'on témoignait à son ancien collègue. Eh bien, allez-y donc, mon vieux, essayez-vous un peu à ce genre d'interaction, et quand vous serez couvert de morsures, on ira vous voir à l'hôpital. »

Même si certains des visiteurs se réjouirent de l'arrivée des singes, en constatant l'effet que Sampath avait sur eux, M. Chawla, quant à lui, se dit que son instinct n'avait pas trompé sa mère et qu'elle avait eu raison dès le début. Il se mit à regretter amèrement de ne plus pouvoir vendre et revendre les offrandes apportées par les pèlerins : les singes étaient tellement voraces qu'ils mangeaient tout ce qui leur tombait sous la main.

Kulfi commença à se faire du souci pour sa cuisine et remisa ses affaires avec beaucoup plus de soin.

Quant à Pinky, loin de la transporter, ce débarquement lui rappelait, chaque fois qu'elle posait les yeux sur les singes, l'inégalable garçon du Cornet d'Amour, ce qui, plusieurs fois par jour, déclenchait chez elle une violente crise de larmes.

Depuis sa rencontre avec le jouvenceau dispensateur de glaces, lors de l'épisode du dentier au bazar, Pinky s'était prise de compassion pour son frère. C'était là un sentiment qu'elle n'avait jamais éprouvé auparavant, fort différent de l'exaspération ou de l'amusement qu'il lui avait inspirés jusqu'ici. Un matin, en contemplant ses pieds qui pendaient du lit, elle avait compris qu'ils étaient certainement sensibles, l'un et l'autre, au même genre de choses. C'est sans doute parce qu'il était écrasé par un sentiment de fragilité, d'inéluctabilité et de fatalité que Sampath avait été conduit à se réfugier dans les branches, afin de s'éloigner de cette vallée de larmes. Elle se souvenait de son visage quand il partait pour l'école, de la manière dont, dès qu'il rentrait, il allait s'isoler sur la terrasse, et regrettait amèrement de l'avoir houspillé en lui criant après dans les escaliers... Ayant compris aujourd'hui toute l'horreur de la vie et reconnaissant le besoin de se retrouver seule avec sa tristesse, elle restait des heures entières assise sous l'arbre de Sampath, enfermée dans un monde à elle, où elle s'abandonnait à ses pensées, à des fantasmes et des récriminations sans fin, répondant d'une voix sèche, tout à fait inhabituelle chez elle, à ceux qui la sortaient de ses divagations.

Et dire que le garçon du Cornet d'Amour ne savait même pas ce qu'elle endurait. « Pouah ! » finit-elle par conclure, il fallait le mettre au courant. Cet état de choses ne pouvait plus durer : se retrouver ainsi, privée de sa force et de sa vigueur habituelles, et sans rien qui puisse la consoler. Soudain furieuse, elle fondit en larmes une fois de plus. Et tandis qu'elle pleurait toutes les larmes de son corps à cause de son bel indifférent, elle était horrifiée de constater qu'elle s'enfermait dans une cage qu'elle s'était elle-même construite et regrettait la liberté qu'elle avait connue avant, allant jusqu'à souhaiter mettre la main sur l'infâme pour le précipiter du haut de la colline, le piétiner et le truffer de coups de bâton.

« Qu'est-ce que je dois faire ? demanda-t-elle à son frère, qui, assis au-dessus d'elle, émettait des sons désapprobateurs devant ses larmes tout en examinant les veines vertes de ses bras et les cals de ses talons. Je deviens folle, ajouta-t-elle. Je me fais l'impression d'une fusée de feu d'artifice dont on vient d'allumer la mèche.

– Si on allume un pétard, dit Sampath, il explose, qu'on le veuille ou non. À moins de le jeter dans un seau d'eau. Mais alors, quel gâchis ! » Il se pencha sur son bras, observant sa peau bronzée, les jeux d'ombre et de lumière sur son ventre, le soleil qui ne cessait d'apparaître puis de disparaître à travers les feuilles.

Pinky décida de suivre l'avis de son frère. Il n'y avait aucune raison pour qu'elle se noie dans un seau de larmes, aucune non plus pour qu'elle continue à souffrir comme un pétard défectueux, dont toutes les étincelles jailliraient en secret au-dedans d'elle au lieu de s'enflammer au-dehors dans une belle explosion. Elle n'était pas sans savoir qu'une explosion procure toujours une certaine satisfaction.

Le lendemain matin, forte de nouvelles résolutions, elle se changea, se maquilla, attendit le moment où toute la famille était absorbée par le branle-bas de combat que déclenchait le bain journalier de Sampath pour disparaître sur le chemin derrière la cabane. Elle avait souligné ses paupières d'un trait de khôl noir et épais et s'était épinglé au-dessus de chaque oreille des fleurs prêtes à exploser comme des détonations. Elle était parée comme une actrice qui s'apprête à entrer en scène. Les lèvres serrées, ses boucles d'oreille dansant furieusement au bout de ses lobes particulièrement petits, elle marchait sur le sentier, cassant les branches qui menaçaient de lui barrer la route, faisant voler les cailloux à coups de pied, en dépit de ses sandales légères et de ses orteils nus.

L'espion, que les nouvelles heures de visite éloignaient des casseroles de Kulfi, flânait à l'extérieur du verger tout en essayant de trouver un prétexte pour pouvoir entrer tout de même quand il aperçut Pinky qui se dirigeait vers l'arrêt de car. Il avait encore du temps devant lui avant l'heure légale d'ouverture et il décida de le tuer en suivant Pinky, juste pour cette fois, juste pour s'assurer qu'il ne s'agissait de rien d'autre que d'une banale visite au bazar...

De temps à autre, elle entrevoyait, mais toujours une seconde trop tard, une tête qui disparaissait derrière les buissons ou les troncs d'arbre. Pour une fois, elle s'en moquait, ce qui ne l'empêcha pas de noter avec une certaine satisfaction que son père se trompait : elle était bel et bien suivie. Elle atteignit la grand-route, monta dans le car et, quand l'espion lui emboîta le pas, elle se mit à jouer sans merci de son épingle à cheveux, la lui enfonçant de si belle manière dans la peau que le malheureux fut obligé, dès son arrivée au bazar, de se précipiter chez le docteur Banerjee pour une injection de sérum antitétanique.

Il était encore tôt. La fumée qui montait des feux que l'on commençait à allumer dans les débits de thé obscurcissait le pâle soleil d'hiver. Le garçon du Cornet d'Amour était là, dans le bazar plein de grisaille, en compagnie des autres boutiquiers, qui, bâillant et se grattant la panse à l'unisson, s'apprêtaient à ouvrir leurs échoppes.

Avec toute l'indulgence du monde, il fallait bien reconnaître que le damoiseau n'était pas des plus vifs. Certes, il n'était pas totalement dénué d'humour; certes, il était de bonne volonté et le plus souvent de bonne humeur, mais il n'en était pas moins pour l'essentiel insensible à ce qui se passait autour de lui. Jusqu'à ce que le singe du cinéma aille porter ses débordements ailleurs, il avait toujours estimé que le chasser faisait partie de ses tâches quotidiennes. Quand il était allé repêcher le dentier d'Ammaji, il n'avait donc pas pensé plus loin, pas plus qu'il ne s'était aperçu que, désormais, quand Pinky lui prenait une glace, il s'agissait d'un achat lourd de sens et non plus d'une vulgaire emplette. Les quelques fois où, au cours de leurs rencontres dans la rue, elle s'était essayée à le bousculer ne l'avaient pas le moins du monde affecté, tout simplement parce qu'il lui arrivait fréquemment, à lui, de faire de même sans y prêter attention. Parfaitement imperméable aux charmes de Pinky, il avait poursuivi son chemin, à l'abri des affres de l'amour. Quand le moment serait venu, on lui trouverait la jeune fille qu'il lui fallait, sans même qu'il ait à connaître les habituels tourments de l'amoureux transi. En attendant, il s'amusait à accompagner les chansons d'amour qu'il entendait à la radio et à pincer ou à peloter de temps en temps une fille qui lui plaisait dans le car.

Il fut donc complètement abasourdi quand Pinky, abandonnant sa stratégie indirecte, décida d'avancer à visage découvert. Stupéfait, il la regarda fondre sur lui tous pavillons dehors : couleurs criardes, yeux noirs de khôl, bouche rouge comme une blessure fraîche, balayant tout sur son passage dans le bazar comme si elle se trouvait à la tête d'une armée conquérante. « Ça suffit, marmonnait-elle. Ça commence vraiment à bien faire. »

Elle avança sur le garçon du Cornet d'Amour, qui s'affairait à enlever le morceau de tôle ondulée plaqué contre l'ouverture de la camionnette.

« T'as envie d'une glace à cette heure-ci ? C'est l'air des montagnes qui te monte à la tête, c'est pas possible », dit-il avec un sourire.

À le voir, une vague d'euphorie et de rage la submergea. Quel calme ! Et quel sourire ! L'espace d'un instant, elle fut sur le point de l'embrasser, mais son agressivité reprit le dessus, et elle le mordit. Elle lui mordit l'oreille si fort que le hurlement du garçon se répercuta dans toute la ville.

On lui faisait mal. On l'assassinait. « Aïe, aïe, aïe. » Les pois noirs et blancs du sari de Pinky se mirent à danser de manière inquiétante devant ses yeux.

Les gens se précipitèrent, arrivant de partout. « Qu'est-ce qui se passe ? Qu'est-ce qui se passe ? »

Sur le sol gisait un morceau d'oreille.

Les femmes qui préparaient les boîtes de sandwich pour le repas de midi ou les enfants pour l'école ouvrirent les fenêtres et se penchèrent dans la rue. Obligé de laisser en plan son petit déjeuner à cause de tout ce ramdam, le commissaire de police, qui était assis devant le débit de thé, arriva à son tour. « Nom d'un chien, mais qu'est-ce qui se passe ? »

La victime, accrochée à son oreille mutilée, hurla : « Elle m'a attaqué, m'sieur, elle m'a attaquée. »

Pinky, toute rouge et tremblante, fut embarquée au commissariat. Elle avait déjà goûté au sang, dans la cour de l'école. Elle cracha pour se débarrasser du goût salé. Le flux rougeâtre qui s'échappait du garçon était pareil à un débordement de passion et de douleur. Elle tremblait certes, mais si elle avait peur, elle refusait de le montrer, voire de se l'avouer. Reprenant courage, elle emboîta le pas au commissaire, pleine de dignité. Pendant ce temps, le jouvenceau des glaces, qui tremblait deux fois plus qu'elle et dont le courage s'amenuisait au fil des minutes, était conduit au dispensaire, son oreille bien proprement emballée et gardée au froid dans un bac de glace à la vanille qu'on avait sorti de la camionnette, afin que le docteur Banerjee puisse la recoudre dans les meilleures conditions.

« Les morsures humaines, disait le docteur Banerjee, plastronnant à la porte de son cabinet devant le journaliste local après avoir renvoyé et l'espion et le garçon du Cornet d'Amour, sont plus fréquentes en été et en hiver, mais il faut reconnaître qu'il y en a toute l'année. Elles sont plus fréquentes le matin que l'après-midi. Pour tout dire, même si la plupart des gens se préoccupent davantage des morsures animales, il convient de ne pas négliger les morsures humaines, car la bouche de l'homme contient jusqu'à quarante-deux espèces de bactéries. Elles sont donc potentiellement plus dangereuses que les piqûres d'araignée ou les morsures de chien. »

« Depuis quand est-ce que les jeunes demoiselles de la ville mordent les messieurs ? demanda le représentant de la force publique à Pinky, qui, toujours aussi virulente et refusant apparemment de faire acte de contrition, bouillait sur place sur un banc du commissariat. Vous finirez à l'asile si vous ne changez pas d'attitude. »

Elle le regarda, imperturbable. Elle n'était pas du genre à se laisser impressionner par ce type de menaces. Après tout, ce même asile avait été évoqué plus d'une fois à propos de sa mère ou de son frère, et il avait fini par perdre son côté inquiétant pour devenir une sorte d'institution plus ou moins familiale.

« Voilà qui est grave, dit le commissaire en exécutant quelques moulinets avec son bâton. Très grave. » Il n'était pas fâché d'avoir quelque chose d'intéressant à se mettre sous la dent, pour une fois. « C'est un véritable esclandre que vous nous avez fait là. »

C'est le moment que choisit un des agents pour entrer et venir, tout excité, susurrer quelque chose à l'oreille de son supérieur.

« Qu'est-ce que j'apprends ? dit l'autre en s'adressant à Pinky. Vous êtes la sœur de l'homme qui vit dans son arbre ? Le Baba, c'est votre frère ? »

Elle acquiesça d'un hochement de tête boudeur.

Le commissaire sortit de la pièce avant de revenir avec un groupe de policiers qui avaient du mal à cacher leur curiosité. « Je suis désolé, dit-il. Nous ne connaissions pas votre nom de famille. Voulez-vous nous suivre, nous allons vous raccompagner chez vous. » Et il envoya un coup de coude dans les côtes d'un agent qui rigolait sous cape devant le comique de la situation. Voyons, il fallait mettre les formes ! On n'allait pas semer le désarroi dans la famille de l'un des personnages les plus respectés de la ville. « À Shahkot, ajouta-t-il, nous respectons et honorons nos ermites. »

Accompagnée par le chef de la police et plusieurs agents, Pinky, toujours fulminante, fut reconduite en jeep jusque chez les Chawla. Heureuse, malgré tout, d'avoir pu mordre son Cornet d'Amour.

Les policiers grimpèrent à l'échelle l'un après l'autre pour recevoir la bénédiction de Sampath. Leur chef, ayant placé ses cheveux gras et huileux sous les orteils de Sampath, eut l'impression de plonger dans un bain de sainteté, où on l'aurait lavé et purifié sous une pluie de bénédictions ; impression qui ne fut pas sans lui rappeler le sentiment qu'il éprouvait quand il recevait des cadeaux les jours de fête. « Peux-tu me dire, Baba, murmura-t-il, si je peux espérer un fils pour bientôt ? »

Sampath, qui n'était pas d'humeur à répondre, retira son pied et le cala sous ses fesses. Il avait un peu peur des agents, qui l'avaient houspillé plus souvent qu'à son tour lorsqu'il ne respectait pas le code de la route sur le chemin de la poste.

« Ne vous faites pas de souci, intervint précipitamment M. Chawla, qui n'avait aucune envie de se mettre la police à dos. Vous le lui demanderez une autre fois. On a parfois du mal à l'intéresser aux choses de ce monde. » Mais pourquoi donc Sampath s'obstinait-il à faire la mauvaise tête justement avec les visiteurs de marque ?

« Les hommes comme lui ne sont pas de ce monde, acquiesça aimablement le commissaire. Il est donc normal qu'ils s'en évadent parfois. »

Sampath ouvrit un œil comme un vieux hibou, histoire de garder ses distances, tout en se joignant à cette intéressante conversation : « Si l'eau boueuse et brassée reste un certain temps immobile, la saleté ne tardera pas à se déposer au fond. Si le lait est battu, la crème montera à la surface. Penchez-vous sur ce qu'il y a en vous et agissez en conséquence.

– Est-ce qu'on peut avoir une photo, monsieur ? demandèrent les agents, éberlués devant tant de profondeur. Pour le commissariat, monsieur. »

Les singes se divertirent tout leur soûl en lançant des cacahuètes sur la tête des agents.

Et M. Chawla qui n'avait même pas pensé aux photos ! Voilà un marché qu'il ne fallait surtout pas laisser passer. Il arrêta un des pousse-pousse qui faisaient constamment la navette entre Shahkot et le verger et se fit conduire en ville, d'où il ramena le photographe. Celui-ci grimpa dans l'arbre armé de plusieurs appareils et d'un morceau de toile peinte sur les deux faces et représentant des paysages censés servir d'arrière-plan. D'un côté, des cygnes flottaient sur une mare encombrée de lotus roses ; de l'autre, un soleil orangé se couchait sur la mer, tandis qu'au loin un pêcheur dans une barque minuscule était figé sur l'horizon.

« Bonjour, bonjour, dit Sampath, ravi d'une pareille diversion. C'est bien vous le garçon qui envoyait en secret des lettres d'amour à une fille qui était au couvent ? »

Le pauvre photographe fut tellement saisi par cette sortie qu'il en lâcha son matériel.

« Ne faites pas attention, dit M. Chawla d'un ton apaisant. On ne sait pas comment il est au courant de ces choses. Mais surtout, ne vous inquiétez pas, je ne le répéterai à personne. »

En dépit de ces paroles rassurantes, il fallut au photographe une bonne dizaine de minutes pour se ressaisir et trouver le courage de remonter dans l'arbre. Avec l'aide de M. Chawla, il mit la toile en place derrière Sampath et, en équilibre précaire sur les branches, il fit de son mieux pour prendre le visage de celui-ci sous son meilleur angle, d'abord sur fond de soleil couchant, ensuite au milieu des fleurs de lotus.

Quand les singes, qui étaient occupés à arracher les feuilles d'un arbre voisin, s'aperçurent qu'on était en train d'envahir leur royaume, comme ça, sans prévenir, et en plein jour s'il vous plaît, ils poussèrent un tollé général et bondirent aussitôt dans l'arbre, histoire de donner un coup de main à Sampath pour défendre leur territoire commun. Sautant de branche en branche, découvrant dans leur colère des rangées de gencives rouges et de dents brunes, ils faillirent précipiter au sol, tête la première, le malheureux photographe déjà passablement flageolant.

« Je suis navré, monsieur, dit l'autre, qui était nouveau dans le métier. Mais ma mère ne voudrait pas me voir faire un travail aussi dangereux.

– Mais non, mais non, dit M. Chawla d'un ton apaisant. Vous êtes parfaitement en sécurité. Si ça peut vous rassurer, je parlerai moi-même à votre mère. Vous allez voir, on va vous arranger ça en un rien de temps. »

Ammaji prit position juste en dessous de l'arbre à côté d'un tas de cailloux, armée d'une fronde faite d'un bout de bois fourchu et d'un élastique noir. Tandis qu'elle tenait en respect les singes courroucés en faisant pleuvoir sur eux ses projectiles, le photographe put terminer sa séance de photos selon les desiderata de M. Chawla. Sampath avait exprimé le désir de poser dans les règles de l'art, un large sourire aux lèvres et peut-être, qui sait, un bras négligemment passé autour d'une branche. Mais son père n'avait rien voulu savoir. « Garde les mains croisées sur les genoux, avait-il enjoint. Juste un léger sourire, je ne veux pas voir tes dents. »

« Ce sera gratuit, dit le photographe un peu commotionné, heureux finalement de s'en tirer à si bon compte et d'avoir échappé aux morsures et aux jets de pierre. Comme salaire, je me contenterai des bénédictions du Baba. C'est un honneur qui va rejaillir sur toute ma famille que d'avoir fait un tel travail. Et par pitié, monsieur, ne parlez à personne de ces lettres... »

Les photographies furent reproduites, gratuitement,

par planches entières à la boutique Quick Photo, puis découpées en petits carrés par le garçon de courses de la maison.

« Comme il est beau, mon petit-fils », s'exclama Ammaji quand elle vit la photo de Sampath assis dans la position du lotus au milieu de ses lotus, son parasol de travers, son hamac de guingois, l'air complètement effaré à cause des cailloux, du chahut mené par les singes et du pantin qui s'agitait devant lui, bardé d'un étrange attirail aux allures d'équipement militaire ou médical.

« Elle est affreuse, cette photo, dit Pinky. Il ne s'était même pas passé un peigne dans les cheveux. On voit sa tache de naissance sur sa joue. Et il n'a que son caleçon sur lui. Comment peux-tu dire que c'est une bonne photo ? » Pour être bonne, une photo se devait de montrer un homme juché sur un vélomoteur, posant en chemise et pantalon moulants, les cheveux bien huilés et parfaitement coiffés.

Quoi qu'il en soit, et en dépit des réserves de Pinky, les photos furent mises en vente dans la charrette de M. Chawla et ne tardèrent pas à s'arracher comme des petits pains. On les trouva bientôt partout, dans les magasins, les maisons, à Shahkot et ailleurs.

En février, la photo parut même dans le *Times of India*, accompagnée d'un gros titre : « Le Baba de Shahkot dans son ermitage arboricole ». « Ce verger tranquille aux abords de Shahkot, disait l'article, s'est transformé en un lieu de pèlerinage grâce aux visiteurs qui ne cessent d'affluer, attirés par l'ermite, dont la rare simplicité et la profonde sagesse apportent réconfort et espoir à tous ceux qu'accablent la complexité et la corruption de notre époque. "Il règne ici une atmosphère de spiritualité que je n'ai vue nulle part ailleurs en Inde", nous a confié Mlle Jyotsna, employée à la poste de Shahkot. Elle rend elle-même fréquemment visite à l'ermite, que ses disciples appellent affectueusement "Baba Singe" ou "Baba de l'arbre", faisant ainsi allusion à l'amour qu'il porte aux animaux et à la simplicité de son lieu d'habitation. L'ermite reçoit tous ceux qui viennent le voir, mais les visites sont strictement réglementées afin de préserver sa retraite... »

Après la parution de l'article, des lettres arrivèrent de tout le pays par milliers. La plupart ne portait même pas d'adresse, les expéditeurs s'étant simplement contentés de coller sur l'enveloppe la photographie de Sampath perché dans son arbre. Toutes contenaient des demandes de conseils et des questions de toute nature émanant de candidats à la sagesse.

Ravie d'un tel prétexte pour pouvoir se rendre au verger même pendant les heures de travail, Mlle Jyotsna multiplia bientôt les allées et venues en pousse-pousse afin d'apporter d'impressionnantes quantités de courrier, tandis que M. Gupta, qui avait horreur de ne pas être l'unique centre d'attraction, restait tout seul à bouder au bureau de poste.

Lors du colloque annuel de la Ligue de la libre pensée, qui se tenait dans une ville voisine, l'espion s'adressa à ses collègues. « Est-ce que vous avez eu l'occasion de voir l'article concernant l'affaire Chawla ? J'estime, pour ma part, que c'est une insulte à la raison. Même la presse dans ce pays donne son aval à toutes les sottises possibles et imaginables. Que dis-je, c'est elle qui les répand. Elle s'empare d'une rumeur à laquelle elle donne un tour officiel, et aussitôt le public gobe ce qu'on lui donne à lire comme si c'était la pure vérité. Nous avons affaire à un fou qui devrait tout bonnement être enfermé ; au lieu de quoi, tout le monde accourt et lui fait des cadeaux. »

Emporté par la passion, il parla si longtemps qu'il

finit par empiéter très largement sur l'heure du dîner de bon nombre de ses auditeurs. L'un d'eux se pencha vers son voisin pour lui murmurer à l'oreille : « Vous ne croyez pas qu'il exagère un peu ? Pourquoi est-ce qu'il prend cette affaire tellement à cœur ? »

Mais l'espion, qui se sentait maintenant personnellement impliqué et personnellement insulté, poursuivit sa tirade pendant encore une bonne heure. C'étaient précisément des hommes comme Sampath qui faisaient obstruction au progrès de cette nation, qui maintenaient les honnêtes gens et les gens instruits dans l'obscurantisme dont eux-mêmes n'étaient jamais sortis. De tels individus sapaient l'énergie des esprits éclairés, compromettaient le progrès, étouffaient tous ceux qui essayaient de résister et de s'opposer aux masses incultes, lesquelles ne cessaient de croître en nombre, menaçant de faire du pays celui qui aurait la plus forte proportion de crétins au monde. Même des pays minuscules comme Taïwan ou les Philippines allaient de l'avant. Le bon sens lui conseillait de quitter cette nation gangrenée pour partir à l'étranger. Mais non, il avait choisi de rester pour apporter sa modeste contribution à l'édifice d'un ordre nouveau, dût-il y laisser sa vie, comme il avait failli le faire lorsque la sœur de ce Baba lui avait transpercé le bras avec une épingle à cheveux. Qui sait quelles durables séquelles laisserait sur lui pareille blessure ?

Il entama de nouvelles élucubrations concernant ses soupçons quant à la nourriture de Sampath, la manière dont celle-ci était si sévèrement gardée que personne n'avait le droit de s'en approcher. Il se pouvait même que l'individu soit drogué, tant son moral passait d'un extrême à l'autre sans qu'on sache jamais s'il était au plus haut ou au plus bas. Il parla encore des recherches qu'il menait sur ce sujet, de l'ouvrage sur les substances hallucinogènes qu'il s'était procuré...

Les gargouillis et borborygmes divers produits par les estomacs de l'assistance étaient devenus proprement assourdissants. Vraiment, il poussait les choses un peu loin, cet homme-là, à parler ainsi de nourriture alors même qu'à cet instant ils auraient tous dû être attablés devant un bon repas bien chaud.

« Est-ce qu'il n'a pas dit qu'il avait été blessé au bras avec une épingle à cheveux ? dit l'auditeur qui avait déjà fait montre d'une certaine impatience une heure et demie plus tôt. Il ne voulait pas dire à la tête, par hasard ? Parce qu'il a raison, l'accident semble avoir laissé de sérieuses séquelles. » Cette fois-ci, l'homme ne se contenta pas d'un murmure, mais parla aussi fort qu'il put. « Eh, vous là-bas, cria-t-il en prenant l'espion directement à parti, vous ne croyez pas que l'heure est passée depuis un moment ? »

Interrompu au beau milieu de son couplet, l'autre, désarçonné, resta coi une seconde avant de rétorquer : « Tant qu'on n'a pas tué les moustiques, il est difficile de trouver le sommeil.

– Tu l'as dit, bouffi, dit quelqu'un d'autre dans l'assistance.

– Merci, dit l'espion. Quand on a ouvert une bouteille d'eau minérale, mieux vaut la boire avant qu'il n'y ait plus de bulles. » L'espion devint soudain rouge comme une tomate. Sans même faire attention, il était en train de répéter ce qu'il avait entendu sous l'arbre du Baba. Et voilà qu'en plus, il s'en attribuait le mérite. Il n'eut pas le courage de rétablir la vérité.

Cette nuit-là, il mit longtemps à s'endormir, se tournant et se retournant dans son lit.

Qu'est-ce qu'il attendait de la vie ?

Le néant qui l'entourait, aussi profond que la nuit noire, ne fit que renforcer sa détermination : il démasquerait l'imposteur qu'était Sampath.

13

Un après-midi, environ un mois après leur première apparition dans le verger, les singes découvrirent cinq bouteilles de rhum en fourrageant dans le sac d'un voyageur qui se rendait à un mariage et s'était arrêté en chemin pour voir l'ermite. Ils les vidèrent jusqu'à la dernière goutte et, quand ils refirent surface, dans le goyavier de Sampath, où ils avaient coutume de le rejoindre pour faire une petite sieste en sa compagnie sur le coup de trois heures, ils se révélèrent incapables de s'abandonner à la torpeur générale qui d'ordinaire, à cette heure de la journée, tombait comme un sortilège sur le verger.

Somnolent à demi, Sampath s'allongea sur sa couche. Il leva les mains devant lui pour que les ombres qu'elles projetaient tombent sur le tronc éclairé juste en face et regarda bouger ses doigts : apparut une fleur de lotus, dont les pétales s'ouvraient et se refermaient, puis un poisson en train de nager, puis un chameau titubant sur ses jambes. Il était ébahi à la vue des formes compliquées qu'il arrivait à créer. Agitant les doigts comme des pattes d'araignée, il les fit courir d'un bout à l'autre de la scène improvisée que lui fournissait l'arbre frappé par le soleil. Ces pattes d'insecte affairé le firent frissonner de la tête aux pieds, et il secoua les mains comme pour se débarrasser d'une araignée qu'il aurait sentie au-dedans de lui. Il se souvint de la façon dont il se faisait parfois peur tout seul, dans la maison de Shahkot, quand, assis devant la glace, il s'amusait à sortir et à rentrer la langue à toute vitesse... une langue qui n'était plus la sienne mais celle d'un serpent. Il pensa aux gens dotés de nez crochus d'oiseaux, d'yeux de vache ou de grenouille, de jambes de cigogne, de pieds d'éléphant. Aux gens avec des cous de cygne, des tailles de guêpe, des langues de serpent, des oreilles en chou-fleur, des bouches en bouton de rose. Il ferma les yeux et essaya de dormir. La famille Chawla et divers visiteurs, dont l'espion et Mlle Jyotsna, étaient étendus ici et là dans le verger. Mais les singes, eux, refusaient de se tenir tranquilles.

« Arrêtez un peu de bouger, dit Sampath à moitié endormi. Vous me tapez sur les nerfs à sauter comme ça partout. »

Mais, avec force grimaces et cris aigus, ils continuaient à se chamailler, jonchant le sol de débris et de brindilles.

« Ça suffit », dit l'espion, que venait d'atteindre un morceau de bois. Il était en train d'essayer de faire le tri et de mettre un peu d'ordre dans ses pensées, qui en avaient bien besoin, tant elles étaient embrouillées depuis quelque temps.

« Mais oui, restez donc tranquilles », crièrent plusieurs fidèles. Il y avait quelque chose qui n'allait vraiment pas chez ces singes.

« Ils se conduisent bizarrement, dit M. Chawla.

– C'est peut-être la pleine lune », répondit Ammaji.

Mais quand M. Chawla découvrit les bouteilles de rhum vides près des cabinets, il devint évident que la lune n'avait rien à faire dans l'histoire.

« Ce ne sont jamais que des singes, dit Sampath, qui se sentit obligé de prendre leur défense. On ne peut pas leur demander de comprendre. Quand tout le monde dort dans la maison, l'enfant en profite pour tirer sur le narguilé de son père.

– C'est vrai, renchérirent certains, tandis que d'autres, gênés qu'on ait pu découvrir de l'alcool dans l'enceinte du sanctuaire, se contentèrent de ricaner. Ce n'est pas la faute des singes. Ce sont toujours les hommes qui sont dégénérés. C'est bien triste, mais dans un endroit comme celui-ci, tellement fréquenté, il y a forcément du bon et du mauvais. N'est-ce pas, Babaji ?

– D'abord, le *chikoo* n'est pas mûr, dit Sampath, puis arrive le moment où, si on ne le cueille pas pour le manger tout de suite, il pourrit et se transforme en alcool. »

Qu'est-ce qu'il voulait dire au juste ? Que la perfection est éphémère, qu'on ne doit manger les chikoos qu'au bon moment, que tout fait partie intégrante de la nature, que le bon devient forcément mauvais ou que le mauvais n'est pas vraiment tel parce qu'il est dans la nature même du chikoo ? Il n'était pas toujours facile à suivre, le Baba.

En revanche, il apparut très clairement, au fil des jours suivants, que les singes avaient pris goût à l'alcool. Prendre goût, c'est peu dire. Ils l'adoraient. Leur amour avait été aussi soudain qu'explosif, sans doute parce que le destin en avait ainsi décidé. La communauté scientifique s'était-elle jamais préoccupée de savoir comment réagissait le langur à l'alcool, s'il y avait risque de dépendance ? En tout cas, la vérité était là : ils aimaient l'alcool infiniment, passionnément, à la folie ; ils se mirent à fourrager un peu partout avec une audace peu commune qui amena les gens à se demander s'ils n'étaient pas devenus fous. Les cacahuètes et les bananes, ce n'était même plus la peine de leur en parler.

Quelques jours après leur première rencontre avec

l'alcool, ils découvrirent une caisse de bière dans une camionnette de livraison. Une semaine plus tard, c'était une bouteille de whisky dans un pousse-pousse. Puis à nouveau de la bière, et encore du rhum.

L'air farouche et déterminé, les yeux fous et larmoyants, ils accouraient à grands bonds à la rencontre de tous les cars, de tous les pousse-pousse, à la recherche de n'importe quel alcool, aiguillonnés, sans doute, par le souvenir d'un cœur qui bat plus vite, d'un corps parcouru d'une mystérieuse exaltation. Ils se firent de plus en plus hardis, mettant à sac le contenu des nattes, arrachant les sacs à provisions et poursuivant leurs propriétaires, qui s'enfuyaient à toutes jambes en poussant des cris d'orfraie. On avait l'impression que toutes leurs vieilles habitudes refaisaient surface, comme si, l'abondance commençant à leur peser, ils faisaient de leur mieux pour recréer l'excitation de la vie de larcins et d'agressions qu'ils avaient connue précédemment au milieu de la confusion générale.

Quand on les empêchait de se livrer à leur pillage, ils montraient les dents, si bien que les voyageurs battaient en retraite de peur de se faire mordre. Quand les pèlerins leur montraient le poing, ils en faisaient autant, accompagnant leurs gestes de cris moqueurs. Dès qu'on les avait expulsés d'un endroit à grands renforts de bruits et de coups de pied, ils réapparaissaient dans un autre où ils faisaient encore bien pis. C'était une vraie guérilla. Ils singeaient les pèlerins et prenaient place dans les queues qui se formaient sous l'arbre de Sampath, s'envoyant de grandes claques et s'ébaudissant dans l'attente de sa bénédiction.

Il devint très vite évident que l'affection qui liait Sampath aux singes ne s'étendrait pas à tous ceux qui pénétraient dans ce cercle enchanté : leurs charmes simiens, qui lui étaient si chers, ne l'étaient pour personne d'autre. Si les amoureux du cinéma pouvaient désormais se rendre dans leur salle chargés de cacahuètes sans craindre de se faire agresser, la menace n'était pas pour autant écartée : elle s'était simplement déplacée.

Le bonheur des fidèles n'était donc plus sans nuages. Pratiquement du jour au lendemain, ils se retrouvaient avec un gros problème sur les bras.

« S'ils étaient turbulents auparavant, c'était plutôt à la manière des enfants qui vous jouent des tours », dit tristement Mlle Jyotsna aux autres visiteurs en regardant les singes fouiller dans sa sacoche pleine de courrier et jeter rageusement les lettres à tous les vents, déçus qu'ils étaient de n'y point trouver de bouteilles.

« Oui, dit un monsieur. En fait, c'était précisément leur espièglerie qui nous les rendait chers », et bien qu'il fût allé un peu loin, tout le monde en tomba d'accord, car il y avait bel et bien là une part de vrai.

14

Un après-midi, alors que ces regrettables incidents tendaient à devenir monnaie courante, M. Chawla méditait sous le goyavier. Les singes étaient de plus en plus intenables, et il avait l'impression désagréable que les jours bénis de la famille Chawla dans le verger tiraient à leur fin.

Leur compte à la State Bank of India s'arrondissait à vue d'œil, et il avait hâte d'acheter des parts dans la compagnie VIP, spécialisée en lingerie féminine ; il n'avait vraiment pas besoin qu'un incident vienne compromettre la réussite de cette jolie petite entreprise. Il regarda à droite, puis à gauche, parcourant des yeux leur domaine, avec ses sentiers, sa petite flèche pointée en direction de l'ermite, ses réclames colorées qui pendaient aux arbres : Cabinet dentaire du docteur Sood, Tailleur pour hommes – « Dieu a créé l'homme, nous créons le gentilhomme » –, Campa Cola, Limca, Fanta et Goldspot, Talc ayurvedic et antimoustiques Odomos. Autant de publicités payées par de généreuses donations, des boîtes d'amandes et des pâtisseries à ne plus savoir qu'en faire, des jaunes, des roses, des vertes, des blanches. Sans lui, rien de tout ceci n'aurait jamais vu le jour. Absolument rien.

« Sampath, lui dit son père, le moment est peut-être venu de te construire un véritable ermitage. Le problème des singes commence à nous échapper. Si tu vivais dans un bâtiment en dur, on pourrait les tenir à distance et reprendre les choses en mains. De toute façon, tu ne vas pas rester indéfiniment dans cet arbre. Qu'est-ce qu'on va faire quand la mousson viendra ? Il ne nous reste plus que quelques mois. » Il voyait déjà un complexe avec temple et équipement hôtelier doté de tout le confort moderne pour accueillir les visiteurs, un complexe qu'il pourrait facilement administrer et qui deviendrait vite le must de tous les pèlerinages.

Sampath regarda son père. Se pouvait-il vraiment qu'il ait bien entendu ?

La vue du visage de Sampath ne fit qu'accroître l'irritation de M. Chawla. C'était vraiment ridicule, cette incrédulité contrefaite ! « Et tu ferais bien aussi de te documenter un peu sur la religion et la philosophie. Les gens en auront vite assez si tu n'es pas capable de les entraîner sur un terrain un peu plus difficile. Je vais t'acheter un exemplaire des Veda. Tu ne peux pas continuer à débiter indéfiniment les mêmes sornettes. »

Les singes lui jetèrent des pommes sur la tête, histoire de s'amuser un peu, même s'ils donnaient l'impression de vouloir protéger Sampath. M. Chawla les menaça du poing, mais ils accueillirent son geste par un tir serré de bananes, ce qui le mit hors de lui.

« Ils nous couvrent de ridicule, dit-il, blessé dans sa dignité. C'en est trop. À te voir rester ainsi dans ton arbre avec une bande de singes ivres, les gens finiront par te prendre pour un clown, bon pour le cirque ! Il faut qu'on t'installe au plus vite dans un bâtiment digne de ce nom.

– Je refuse de vivre ailleurs que dans cet arbre, dit Sampath. Et je te signale qu'en ce moment les singes ne sont pas ivres. Ils s'amusent, c'est tout. »

Quand son père fut parti, il se rendit compte que son

cœur battait à tout rompre. Il n'arrivait plus à chasser cette horrible pensée de son esprit. Quitter son arbre ? Jamais. Au grand jamais, se dit-il, tremblant d'indignation. L'air furieux, il fixa des yeux la branche qui était devant lui. Son père et lui se ressemblaient aussi peu que le blanc et le noir, les poulets et les pommes de terre, les petits pois et les marmites. Mais qu'est-ce qu'il croyait ? Est-ce qu'il croyait qu'il allait se contenter, lui, Sampath, de descendre de son arbre pour reprendre sa vie d'antan comme un parfait imbécile ? Il avait quitté Shahkot pour être enfin seul. Et qu'est-ce qu'ils avaient fait tous autant les uns que les autres ? Ils n'avaient rien trouvé de mieux que de le suivre.

Il repéra un scarabée qui sortait d'un trou dans l'écorce voisine. Couvert de son armure d'un vert étincelant, toutes antennes dehors, pointées vers l'avant, ailes minuscules, pareilles à des jupons transparents, sortant de manière saugrenue de la dure carapace, il lui apparut comme la preuve vivante de l'imbécillité de la proposition de son père. Peu à peu, Sampath retrouva son calme. Comme ces insectes autour de lui étaient beaux, incroyablement beaux : énormes papillons, généreusement tachetés de fleurs, abeilles à la trompe longue et fine, scarabées finement poudrés avec leurs yeux peints au khôl, chenilles au visage de clown avec leur nez rond, leur fausse barbe et leurs pattes incroyables ; créatures faites de feuilles, de sépales, de pétales et de poussière de pollen. Il s'absorba longtemps dans leur contemplation, les regardant se tortiller, sautiller, voleter, comme s'ils sortaient tout droit des chaudrons bouillonnants d'un magicien, couverts de l'éclat intermittent et chatoyant de... de quoi ? De l'essence du vent et de l'herbe ? Du soleil et de l'eau ?

Quand sa mère apporta son dîner pour le charger sur la poulie, Sampath la chercha des yeux depuis son perchoir. « Tu sais qu'ils veulent me construire un ermitage ? dit-il. Mais je ne quitterai pas cet arbre. »

Kulfi leva les yeux vers lui. Évidemment qu'il ne quitterait pas son arbre. « On peut toujours les empoisonner », dit-elle, histoire de le réconforter.

Et il sourit, en dépit de lui-même, repensant au jour où il avait été emmené, vomissant et déjà tout bleu, aux urgences de l'hôpital, après avoir ingurgité un de ses repas. Grâce à quoi, il avait manqué toute une semaine d'école. Il eut pour elle une bouffée de tendresse. Sa mère, les singes et lui, on ne pourrait jamais les séparer !

« Vous avez intérêt à changer d'attitude, dit-il aux singes en guise d'avertissement. On aura tous des problèmes si vous ne vous conduisez pas mieux. »

Mais loin de mieux se conduire, les singes se conduisirent beaucoup plus mal.

Un mois environ après leur première rencontre avec l'alcool, apparemment dégoûtés par leurs maigres moissons dans le verger, les langurs firent une descente au bazar, où ils attaquèrent la vieille qui vendait de l'alcool frelaté dans sa charrette. Ils la dévalisèrent de tout son stock et rentrèrent au domaine Chawla soûls comme des Polonais, plus soûls qu'ils ne l'avaient jamais été.

« Partez d'ici, leur cria Sampath, quand il les vit s'approcher. Et ne vous montrez pas tant que vous n'aurez pas dessoûlé. »

Il savait qu'ils risquaient tous d'avoir des ennuis. Mais les singes passèrent outre. Empestant l'odeur âpre et brute de la mixture locale, ils fondirent sur l'enclos comme des vandales et se mirent en devoir de tout saccager.

Sampath avait eu l'occasion de voir des ivrognes à

l'œuvre de temps à autre, bien sûr, mais n'avait eu directement maille à partir avec l'un d'eux qu'une seule fois, le jour où il s'était retrouvé en grande conversation avec le soûlographe du coin devant le débit de thé. Titubant sur ses jambes, s'effondrant sur les tables, l'homme lui était tombé dans les bras, et pour cause, puisqu'il n'y avait personne d'autre aux alentours à ce moment-là. « Dis-moi qu't'es mon meilleur ami, l'avait-il supplié en s'agrippant à lui. Hein qu't'es mon meilleur ami ?

– Oui, avait aussitôt répondu Sampath, terrifié.

– Tout c'que j'ai, c'est à toi », avait poursuivi l'homme en l'étreignant.

Mais je ne veux rien de ce qui est à toi, avait prié Sampath en silence. L'homme dégageait une odeur nauséabonde, insoutenable, qui lui levait le cœur. Il avait les paupières rougies, l'haleine forte, et il s'agrippait à lui comme s'il devait ne plus jamais le lâcher. Le poivrot s'était finalement fait chasser à coups de cailloux par le vendeur de thé. Sampath avait pédalé comme un fou pour sortir de la ville et avait fini par recouvrer son calme au milieu d'un champ. Immobile, comme les plantes autour de lui, aspirant le calme et la verdure à grandes goulées.

Mais les singes, eux, étaient différents, ne put-il s'empêcher de penser, tout en les regardant mettre à mal la cuisine de sa mère, où ils renversaient les pots et les casseroles, envoyaient valser dans le verger les seaux dont le fracas métallique emplissait l'air. Qu'ils étaient donc beaux ! Qu'ils étaient agiles et forts ! La queue dressée bien droite au-dessus de leur tête, ils renversèrent le bidon de lait, dont le contenu disparut aussitôt, absorbé par l'herbe. Ils éventrèrent les sacs de provisions empilés sous la véranda, et le riz et les lentilles se répandirent en rivières dorées, vertes, noires et blanches. Ils dévorèrent des quantités de raisins secs et de noisettes, d'amandes et de noix de cajou, ainsi qu'une précieuse réserve de pignons dont la disparition amena Kulfi à leur courir après avec son balai. Mais ils lui échappèrent sans effort, comme ils échappèrent aux fidèles intrépides qui, sous la direction d'Ammaji, avaient formé un bataillon de braves armés de frondes et dirigeaient sur les singes un feu nourri de cailloux, courant dans tous les sens à travers les arbres, presque aussi excités que leurs adversaires par l'ivresse du combat.

« Attention à ne pas blesser les singes, hurlait M. Chawla, tout en faisant des moulinets et en essayant d'arracher leurs frondes aux fidèles. Ils sont dangereux. Dans l'état où ils sont, ils risquent de se retourner contre vous. » Mais lui-même aurait été bien en peine pour l'instant de dire ce qu'il fallait faire. Il aurait dû prendre des précautions. Il aurait dû étouffer l'affaire dans l'œuf. Mais comment? Plus facile à dire qu'à faire.

Quand ils se furent lassés de la cuisine, les vandales s'attaquèrent aux journaux qu'ils réduisirent en lambeaux, volèrent le peigne d'Ammaji qu'ils allèrent percher sur une haute branche, cassèrent les baleines du parasol de Sampath et n'abandonnèrent l'objet que lorsqu'il fut en miettes. Ils arrachèrent la lessive des lantaniers où elle avait été mise à sécher. Et tandis que Pinky leur agitait une branche sous le nez en hurlant : « Espèces de sauvages. Retournez donc dans la jungle d'où vous venez », ils gambadaient en cercle autour d'elle, drapés dans les vêtements qu'ils avaient volés, traînant à leur suite saris, draps et jupons, déchirant le tissu et éparpillant ses atours, comme des giclées de peinture, sur le sommet des arbres.

La plupart des fidèles avaient renoncé à leurs frondes et battu en retraite jusqu'au bas de la colline, épouvantés par la violence grandissante des langurs, effrayés à l'idée de se faire pourchasser, voler ou même mordre.

Dans le chaos de branches et de feuilles auquel était réduit le goyavier, Sampath était horriblement malmené. Mais que se passait-il donc ? Les choses allaient trop vite ; on ne lui donnait même pas le temps de reprendre ses esprits. Abattu, chancelant, défaillant, le cœur au bord des lèvres, il était convaincu que s'il lâchait prise, il se retrouverait projeté dans les airs et risquerait de s'assommer en retombant au sol.

« Descends, Sampath, lui criait-on, mais il s'agrippait fermement à son hamac.

– Si tu ne veux pas descendre, reste absolument immobile, hurla son père. Surtout ne bouge pas. »

Pris dans le tourbillon de cette danse sauvage, de ces visages fous, de ces longues queues, de ces saris drapés en oriflammes de pourpre et d'or autour de lui, Sampath était incapable de réfléchir et de se concentrer ; ses pensées ne cessaient de défiler devant lui, et tout allait si vite qu'il n'avait le temps ni de les arrêter ni de s'en saisir. Sauter ? Non, ce serait sa fin. Tirer la queue des singes ? Non, il valait mieux pousser un grand cri. Non, il fallait essayer de tenir bon...

Par chance, avant que quiconque soit mordu ou blessé, les singes, las de tout le bruit que faisaient les gens, ou peut-être las du verger, eurent la bonne idée de gagner la forêt de l'université, leur fureur les emportant toujours plus loin de l'autre côté de la colline, où l'on put les voir poursuivre leur assaut, saccageant les arbres, déracinant les buissons, s'attaquant à tout ce qui se présentait sans discrimination, et, pour finir, laissant des portions entières de la forêt complètement ravagées, comme si un ouragan était passé par là.

Le lendemain matin avant l'aube, M. Chawla, debout, habillé, était déjà en route pour la ville, le front plissé et soucieux. Les choses étaient allées trop loin. Après tout, ces animaux pouvaient propager des maladies, la rage par exemple. Il fallait à tout prix prendre des mesures. L'ancien préfet venait de partir, et le nouveau n'était pas encore arrivé. Dans l'impossibilité où il était de s'adresser aux instances suprêmes, il décida d'aller voir tous les responsables auxquels il put penser, afin de bien leur faire comprendre qu'il leur incombait de faire cesser les désordres qui menaçaient la paix dans le sanctuaire de Shahkot.

15

Il n'était que six heures du matin, et déjà le livreur de journaux répandait la nouvelle dans toute la ville. Le journal atterrissait avec un bruit sourd sur les porches, les vérandas, contre les portes ou arrivait directement par les fenêtres ouvertes.

L'homme ne tarda pas à passer sur son vélo devant la maison du chef des services de santé, qui, assis dans un fauteuil en osier sur sa véranda, se faisait une joie de pouvoir lire son journal en dégustant la tasse de thé brûlant et parfumé qu'il venait tout juste de se verser. Il faut savoir que ce livreur s'enorgueillissait de la justesse et de la précision de son tir. Voyant que le CSS était tranquillement assis à attendre sur sa véranda, il essaya de lui expédier le journal de telle sorte qu'il tombe juste à ses pieds. Las, arrivant avec la force d'un missile fendant l'air, celui-ci s'écrasa en plein milieu du plateau.

« Vous en faites vraiment trop », hurla le médecin chef à l'adresse de la silhouette qui disparaissait à toute vitesse sur son vélo, et il se rassit tristement devant les nouvelles du jour, privé du réconfort que lui apportait d'ordinaire sa tasse de Darjeeling. « Rama Rama Rama Rama Rama », grommelait-il tout en lisant les exploits des singes et en se frottant les pieds l'un contre l'autre pour se donner du courage face à des informations aussi alarmantes. « Rama Rama Rama Rama Rama », ruminait-il. Des événements pareils ne présageaient rien de bon. C'était toujours la même chose. Ce genre d'incident n'était bon qu'à aggraver ses ulcères.

Il vivait dans la hantise d'une rechute, et tout le monde sait qu'il n'y a rien de pire pour les ulcères que de se faire du souci. Il gémit et se frotta les pieds l'un contre l'autre. Il allait devoir se mettre au régime dans les plus brefs délais. Un régime de décoction d'herbes tout ce qu'il y a de plus strict : pousses de fenugrec et jus d'oignon. Des litres et des litres de jus d'oignon. Il se sentait mal rien qu'à la pensée de tout ce jus qu'il allait lui falloir absorber.

Il n'avait même pas encore vraiment réfléchi au problème ni décidé de la stratégie à adopter face à cet imprévu qu'il entendit arriver le vélo-pousse que M. Chawla avait loué pour descendre de la colline. La résidence du chef des services de santé était la première que l'on rencontrait sur la route de Shahkot en venant du verger. Surpris, le CSS leva les yeux de son journal au moment où le vélo-pousse, après avoir pris de la vitesse dans la petite pente qui se trouvait au nord du bungalow, s'arrêtait devant la véranda dans un grand crissement de freins.

M. Chawla bondit sur l'allée de gravier au pied de la véranda, monta les marches quatre à quatre pour se retrouver, menaçant, devant le haut fonctionnaire, oublieux des traces boueuses qu'il laissait sur le plancher rouge et ciré.

Sans s'attarder sur les formules et plaisanteries d'usage, il se mit aussitôt à hurler, tant il était excité. « Vous êtes au courant ? Les singes menacent mon fils. Ils sont aussi une menace pour les dames de la communauté et l'ordre public. Ils sont en train de troubler la ferveur et la dévotion qui régnaient sur le domaine. Il faut les sortir de là au plus vite. »

Pareille véhémence laissa le CSS sans voix. Qu'était-il censé dire ? Voilà qui était des plus injustes : il était dérangé chez lui, au saut du lit, en pyjama. Ce qui était proprement catastrophique pour quelqu'un d'une nature aussi sensible que la sienne. D'abord, le livreur de journaux, et maintenant cet hurluberlu qui faisait irruption sans même prévenir. Il jeta un coup d'œil désemparé sur les taches jaune d'or que dessinait le soleil sur la pelouse, pour l'essentiel encore plongée dans l'ombre. Peut-on rêver plus saugrenu que d'être soi-même malade quand on est responsable des services de santé !

« Mon très estimé ami, finit-il par dire, pensant à tous les ennuis qui ne manqueraient pas de survenir s'il s'avisait de vouloir changer quoi que ce soit à l'état actuel des choses, vous ne pouvez ignorer que depuis toujours, depuis que les singes sont associés à notre bien-aimé Rama, ces animaux sont traditionnellement l'objet d'une sainte affection dans notre culture. Ils ont leurs ardents défenseurs. Dont je suis », ajouta-t-il après un coup d'œil alentour et d'une voix aussi ferme que possible, espérant voir M. Chawla quitter les lieux afin de pouvoir retourner à ses préoccupations stomacales et digestives et donner des instructions à son domestique pour qu'on lui prépare du jus d'oignon au plus vite. Mais quand il vit son visiteur ouvrir la bouche pour répliquer, il souleva son téléphone. « Je vais appeler le directeur du département de biologie à l'université Lady Chatterjee. Comme vous le savez peut-être, Vermaji est un spécialiste de l'interaction entre l'homme et le langur. Il aura peut-être une méthode non violente à nous suggérer pour désamorcer la situation. Comme par hasard, dit-il après avoir composé le numéro, la ligne est occupée, à moins qu'elle ne marche pas. » Et il fit un nouvel essai.

« Est-ce que ce n'est pas lui, demanda M. Chawla, qui

avait confectionné des appâts bourrés de somnifères pour tenter de résoudre le problème à Ranchi ? Ils n'ont jamais été fichus d'attraper un seul singe. Ces animaux ne sont pas nés de la dernière pluie. Ils sont devenus malins à force de fréquenter le bazar. »

L'homme qu'ils tentaient de joindre était à cet instant précis en train d'examiner les journaux du matin avec un vif intérêt. « Le sanctuaire d'un saint homme menacé par les singes. Hier soir, des singes pris de boisson se sont livrés à un saccage sans précédent dans le verger sacré, mettant en fuite tous les fidèles », lut-il avec un plaisir non dissimulé. « On n'a pas fini d'en entendre parler, dit-il à l'adresse de sa femme, assise à la table en face de lui. Cette fois-ci, ajouta-t-il d'un ton réjoui, je vais peut-être pouvoir vérifier ma nouvelle hypothèse, tu sais. Si le chef de la bande est tué et son corps pendu devant tous les autres singes, il se pourrait qu'ils se dispersent et disparaissent dans la forêt... D'un autre côté, ils pourraient aussi choisir d'élire un nouveau chef... »

C'était un fanatique de théories. Il suffisait que quelque chose retienne son attention, et sans même se préoccuper de savoir s'il y avait ou non un problème, il échafaudait aussitôt une hypothèse, qu'il accompagnait des mesures à prendre et des enseignements qu'on pouvait en tirer. Ce trait était un sujet d'irritation permanent pour sa femme. Si elle était en train d'essuyer la vaisselle, on pouvait être sûr qu'il arrivait par-derrière et se mettait à l'observer, les yeux brillants. « Tu sais quoi, lui disait-il. Je suis sûr que si tu transportais les assiettes dehors, le soleil te les sécherait en moins de temps qu'il ne t'en faut pour les essuyer. En d'autres termes, si mon hypothèse se vérifie, tu feras des économies énormes de temps et d'énergie. »

Et le temps et l'énergie qu'il lui faudrait pour transporter les assiettes et les disposer sur le balcon, alors? Elle écumait de rage. À moins qu'il ne les transporte lui-même? À son avis, ses théories ne valaient pas un clou. Elle se rappelait l'époque où, des années plus tôt, lors de cette sécheresse exceptionnelle, il avait inventé un ventilateur géant censé attirer les nuages de la mousson vers Shahkot. Et la dernière fois qu'il s'était attaqué au problème des singes, ses efforts s'étaient soldés par un échec des plus cuisants : les singes n'avaient pas avalé une seule bouchée de la nourriture bourrée de somnifères; en revanche, des gamins des rues affamés s'étaient jetés dessus pour tomber aussitôt dans une profonde léthargie, d'où certains n'étaient sortis qu'au bout de quarante-huit heures. Le tollé avait été général dans les quartiers déshérités... Pareil désastre n'avait en rien refroidi les ardeurs ni le zèle de son époux. Le voilà qui avait déjà une autre idée en tête, laquelle n'aurait pas d'autre effet que de causer des ennuis à des tas de gens.

« Tu crois que les singes vont se disperser? dit sa femme. Parions plutôt qu'ils vont t'attaquer, ou alors, tu auras tout le temple des singes d'Hanuman sur le dos, et tu te retrouveras transformé en chair à pâté », conclut-elle avec satisfaction.

Vraiment, sa femme avait un curieux sens de l'humour, qui n'était pas toujours dénué de sadisme. Elle n'avait pas la moindre formation scientifique, mais n'éprouvait pour autant aucun scrupule à opposer à ses idées des objections parfaitement infantiles. Voilà tout ce qu'il récoltait à vouloir partager avec elle le fruit de ses recherches. Il s'empara du téléphone avec un grand soupir pour appeler le CSS, lequel serait peut-être à même de lui fournir quelques renseignements complémentaires sur les méfaits de la gent simienne.

À des lieues de là, l'avant-poste militaire aux abords de la ville n'était pas épargné par le branle-bas de combat général. Le colonel venait d'en terminer avec la lecture des journaux quand le téléphone sonna.

« Monsieur le chef des services de santé ? demanda Verma.

– Erreur de numéro, dit le colonel.

– Excusez-moi », répondit l'autre.

Deux secondes plus tard, le téléphone sonnait à nouveau. « Je suis vraiment désolé, dit Verma, mais vous savez les problèmes que nous avons avec les lignes téléphoniques dans cette ville. On n'arrive à obtenir le bon numéro qu'une fois sur dix. » Quelques minutes plus tard, *dring, dring.*

« Vous n'allez pas bientôt arrêter de m'appeler ? » hurla le colonel, fou furieux.

Dring, dring, dring. « Oh, désolé, monsieur. »

Le général reposa violemment l'appareil, le débrancha et se retira dans la salle de bains, où il s'installa sur sa cuvette à l'occidentale, armé de ses jumelles, pour observer ce que la gent ailée avait à lui offrir comme nouveauté. Sa grande préoccupation était d'allonger toujours davantage la liste des oiseaux qu'il repérait dans la région : l'ornithologie le calmait plus qu'aucune autre occupation et le distrayait de sa vie militaire. Cormorans, cigognes noires, oiseaux des rizières, aigrettes, petites cailles ; loriots, drongos, barbus et indicateurs ; perruches et engoulevents ; huppes et gobe-mouches. La liste s'étirait à n'en plus finir, mais son rêve, c'était de pouvoir épingler le pigeon vert à son palmarès ornithologique. Le pigeon vert tout bête qui, depuis des lustres, le poursuivait de son chant sans jamais se montrer. Où qu'il aille, le colonel emportait toujours son registre avec lui, de manière à pouvoir inscrire dans l'instant le nom de tous les oiseaux qu'il apercevait, mais c'était depuis la fenêtre de la salle de bains, dans la mesure où c'était elle qui offrait la meilleure vue de toute la vallée et des vergers alentour, qu'il comptabilisait ses succès les plus nombreux. « *Treron phœnicoptera phœnicoptera* », murmura-t-il pour lui-même, comme s'il était en train de réciter un mantra.

Mais ce matin-là, ni un corbeau, ni même un moineau ne vint rayer l'immensité du ciel. Déçu, il abaissa ses jumelles pour observer ses soldats qui s'entraînaient sur le terrain de manœuvres. UnDeuxTrois-Quatre. On saute. CinqSixSeptHuit. On saute. Neuf-DixOnzeDouze. Tout en réfléchissant aux événements de la matinée, il se dit que c'était très bien pour ses soldats de sauter et de marcher au pas, mais que ce déploiement de discipline ne servait pas à grand-chose.

Gauche, droite. Gauche, droite. Repos.

Quel avenir pouvait-il bien y avoir pour l'armée, quand le téléphone ne marchait pas et que les singes, à en croire les journaux, se mettaient à boire et à tout saccager ?

Il se pencha à la fenêtre, sans se lever de sa cuvette, pour hurler dans le mégaphone : « Pas redoublé. Et en vitesse ! »

Les soldats, soudain conscients qu'on les observait mystérieusement d'une position stratégique plus élevée, sautèrent comme des carpes et, dans la confusion générale, partirent dans toutes les directions, sauf la bonne.

Quelque peu apaisé et de meilleure humeur pour avoir ainsi hurlé après ses hommes, le colonel se retira pour prendre son bain. Il jeta un coup d'œil au programme plastifié qui était accroché au mur, au-dessus des robinets. « Lundi, cou et oreilles. Mardi, entre les doigts de pied. Mercredi, dos », et ainsi de suite. Ah, c'était aujourd'hui le jour des oreilles et du cou. Tous les matins, il s'occupait ainsi d'une partie particulièrement difficile d'accès de son individu. De cette manière, en l'espace de sept jours, chaque coin et recoin de son corps, chacun de ces endroits qu'on néglige trop facilement, était visité et faisait l'objet d'un nettoyage en règle, malgré le rationnement en eau. Il va de soi qu'il se lavait la figure tous les jours.

Mais au moment précis où il avait réussi à faire une bonne mousse qu'il s'apprêtait à se passer sur le corps, il pensa brutalement au mess des officiers et à son bar bien approvisionné où presque tous les soirs, il sirotait paisiblement son whisky soda. Il fallait à tout prix empêcher les singes de s'en approcher !

S'étant précipité hors de la salle de bains sur un coup de tête dont il savait qu'il ne tarderait pas à le regretter, il rebrancha le téléphone et essaya d'appeler le commissaire, pour s'entendre dire par son assistant : « Il est déjà parti enquêter », ce qui était faux. Il n'était pas question de déranger le chef en ce moment pour la bonne raison qu'il se faisait faire ses chaussures par le cireur qui se trouvait juste derrière le commissariat.

Conscient qu'il était inutile d'essayer d'appeler le préfet, puisque le nouveau n'avait pas encore pris ses fonctions, le colonel essaya d'avoir le bureau d'hygiène, mais tomba à la place sur une vedette de cinéma en vacances dans les montagnes, puis sur la pâtisserie Malabar, la maison D'Souza et le magasin de chaussures Patedar.

En désespoir de cause, le colonel s'empara de sa canne et monta dans sa Jeep pour s'en aller rendre visite au CSS, avec le sentiment désagréable d'avoir le derrière des oreilles mal lavé. Le médecin-chef, en dépit d'une vive douleur au côté, avait mis son couvre-chef à la Ghandi et, en compagnie de M. Chawla, était parti voir Verma à l'université, en faisant toutefois un long détour pour emprunter une route qui offrait l'avantage d'une vue superbe sur les montagnes. Verma, quant à lui, avait quitté son domicile pour sa petite marche journalière jusqu'à l'université à travers les jardins de Badshah en compagnie de ses amis Poncha, l'épidémiologiste, et Sinha, le virologue.

C'est ainsi qu'ils se manquèrent les uns les autres, et que ce matin-là, du moins, les autorités n'eurent pas l'occasion de se pencher sur le problème des singes.

« Vous vous rendez compte de ce que vous avez fait », dit Sampath aux singes, quand ceux-ci réapparurent dans le verger un peu plus tard dans la journée.

Entre les feuilles déchiquetées de l'arbre, leurs visages sombres avaient une mine contrite. Ils se tenaient la tête à pleines mains, l'air malade et accablé, mollement calés contre les quelques branches encore entières à ne pas pendre lamentablement dans le vide comme des membres de blessés de guerre.

« Vous êtes vraiment impossibles », reprit Sampath. Mais il ne pouvait s'empêcher de retomber sous leur charme chaque fois qu'il les retrouvait, et sa voix affectueuse tenait davantage de celle du père de famille se forçant à réprimander ses ouailles. « Évidemment, vous êtes malades après cette orgie. D'ailleurs, moi non plus, je ne me sens pas très bien. » Il les absolvait totalement. Comment en vouloir à ses adorables singes? Ce n'était pas leur faute, mais bien celle de ces fabricants d'alcool qui avaient fait de ses langurs des alcooliques.

Avec force grognements et hoquets, les singes firent face de leur mieux à ce qui était vraisemblablement un mélange d'indigestion et de migraine.

16

Dans une chambre de la maison familiale, sise dans le bazar, le garçon du Cornet d'Amour était assis à dorloter son oreille, laquelle n'était plus sensible ni douloureuse, mais ornée de quelques points de suture délicats destinés à lui rappeler cette étrange journée où Pinky Chawla l'avait mordu sans raison apparente. Depuis lors, son cœur lui cognait si fort dans la poitrine qu'il n'avait pas réussi à rassembler assez de courage pour s'aventurer à l'extérieur.

« Le pauvre », s'apitoyait la famille, composée de douze femmes et de trois hommes, avec force claquements de langue et roulements de prunelles. Le regard levé au plafond, en direction de cette pièce où le garçon, assis à la fenêtre, passait des heures à se tripoter l'oreille, ils disaient encore : « Il a vraiment eu la peur de sa vie. Quelle folle, cette fille ! Il vaut mieux qu'il reste à l'intérieur et qu'il se repose encore un peu. Il n'a jamais été bien solide. »

Et les jours passaient. Le souvenir de Pinky tournait sans arrêt dans la tête du jouvenceau, comme un poisson rouge dans son bocal. Impossible de s'en débarrasser. Il revoyait ces yeux noirs, cette bouche rouge et impérieuse flottant au milieu d'un tourbillon de pois... Quelle volonté farouche sur ce visage ! Aujourd'hui encore, il en tremblait.

Manifestement, il n'avait pas fait preuve du plus invincible des courages lors de cette première rencontre avec les dangers du monde extérieur. Son instinct n'était malheureusement que trop fiable, car, tandis qu'il restait enfermé à pleurer sur son sort, son assaillante, elle, faisait diligence et tramait déjà un nouvel assaut contre lui.

« Quand la pluie a rempli les trous dans la terre, dit sentencieusement Sampath à Pinky, qui était assise, morose, au pied de son arbre, le ver de terre n'a pas d'autre choix que de se montrer. »

Il fit de son mieux pour trouver des paroles de réconfort à adresser à sa sœur, alors que lui-même était taraudé par les soucis que lui causaient le sort des langurs autant que le sien. L'arrivée prochaine de la mousson et les bruits concernant la construction d'un ermitage en dur n'étaient déjà pas bon signe en soi. Mais après la manière dont les singes s'étaient conduits, il n'avait aucune idée de ce que l'avenir lui réservait. Un ermitage en béton ? Et puis quoi encore ? L'ermite digne de ce nom vit dans un arbre ou sur un rocher, dans une grotte ou un trou.

Il regarda les ombres reflétées sur l'herbe par les premiers rayons du soleil : sa propre silhouette prise au piège du hamac dangereusement incliné et du parasol loqueteux mis à mal par les langurs, mais aussi celles des singes rassemblés autour de lui, leur longue queue pendant dans le vide. Paisibles pour une fois, silencieux et rassasiés, ils étaient dans leur humeur la plus attachante : ils le regardaient et bâillaient paresseusement, dans un esprit de tranquille camaraderie. Il se dit qu'il ne pourrait jamais plus se passer d'eux, sous peine de perdre goût à la vie. Finis alors les jeux, les taquineries, le spectacle de leurs espiègleries... Finis aussi leurs excès et leur impudence.

Il examina l'arbre qui lui fournissait une si agréable résidence. Ses longues branches lisses, ombrées d'argent, semblaient s'étendre à l'infini en courbes noueuses et en grappes de feuilles délicates. Cet univers était devenu terriblement important pour lui. C'était ici, installé ni trop haut ni trop bas, qu'il avait pour la première fois aperçu le monde dans une clarté absolue. Lorsque le jour émergeait comme purifié de l'obscurité brillante et limpide de la nuit, le soleil se frayait un passage entre les feuilles, brasillant ici et là de ses éclats changeants, soufflant son haleine de feu sur l'écorce, et quand il l'inondait, il semblait dissoudre son enveloppe charnelle pour la disperser aux quatre vents... Ici, il se sentait léger, bercé par cette lumière chatoyante, léché par la houle des fleurs et de l'herbe, réchauffé par des parfums de feuilles aussi riches que ceux des fruits. Tout autour de lui, les collines sombres montaient à l'assaut d'un ciel où son œil se noyait comme dans une mer tiède, frangée de blanc.

L'étrange sensation qu'il en retirait l'amenait à voir la beauté sous un jour étrange. Il en était avide, et son avidité était sans bornes. Il pouvait la regarder sans jamais se lasser, sans jamais non plus pouvoir lui rendre justice... Dans un premier temps, il avait tout regardé, tout observé autour de lui intensément, poussé par un besoin forcené de tout absorber pour imprimer en lui le moindre détail, la moindre perspective. Il s'était perdu dans sa contemplation jusqu'à en être saisi de frissons, jusqu'à être ensorcelé par le spectacle de ce monde si proche, dont la réalité pourtant lui posait problème tant il avait du mal à y croire. Il avait fermé les yeux pour voir si, comme il l'espérait tant, il s'était imprégné du paysage au point de pouvoir le faire resurgir en lui, à volonté.

Mais chaque fois, il avait rouvert les yeux pour découvrir que finalement, l'image qu'il avait dans la tête n'était pas une réplique fidèle de ce qui se trouvait au-dehors. Il lui suffisait de changer de position pour que tout disparaisse, un peu à la manière des rêves nocturnes qui refluent comme des vagues et vous laissent sans rien au réveil. Ce monde, il ne pouvait le faire sien. Il aurait fallu que ce soit le monde lui-même qui vienne à sa rencontre et le revendique comme sien. S'il restait ici suffisamment longtemps, à portée des scènes et des bruits qu'il avait à offrir, peut-être alors que cet univers finirait par l'envahir, comme la nature envahit toutes les créatures qui l'habitent. Peut-être que la forêt descendrait un peu plus bas pour l'engloutir dans son néant, laissant sa famille, ses fidèles chercher en vain un sentier qui leur permettrait de le suivre. Il pensa à l'armée d'herbes folles que la forêt envoyait investir le verger, à ses insectes, ses oiseaux et ses singes dont la vie se mêlait si étroitement à la sienne. Au vent et à la pluie qui émoussent le rocher, lissent la pierre ; à la paix que peut communiquer le galbe d'une colline à celui qui reste suffisamment longtemps à le contempler sans bouger ; au bien-être que confère un paysage à tout ce qu'il englobe...

Le cours de ses pensées fut interrompu par l'arrivée de M. Chawla qui rentrait de la ville. Sampath n'eut qu'à regarder le visage de son père, irrité, rageur, résolu, celui d'un homme qui se sent investi d'une mission, pour se convaincre que les ennuis ne faisaient que commencer. Et l'expérience lui avait appris que, quand on craint une chose, elle finit presque toujours par arriver. Pauvres singes ! Pauvres, pauvres singes... Et pauvre de moi... Qu'allait-il donc advenir d'eux tous ?

À terre, Pinky était à la recherche d'un stylo et d'un bout de papier susceptibles de l'aider à rédiger un billet. Si elle n'était pas mécontente d'avoir mordu le garçon du Cornet d'Amour, elle n'en était pas moins désolée à la pensée que son geste risquait d'être interprété comme signifiant la fin de leur longue association. Nous nous connaissons depuis l'enfance, se disait-elle. Ce n'est pas très gentil de tout détruire à cause d'une broutille. Enfant, elle achetait déjà ses glaces au père du jouvenceau, lequel était alors accompagné de son fils. Plus tard, quand ce dernier avait pris la succession, elle était restée une cliente fidèle de la camionnette du Cornet d'Amour. Elle repensa à ce que Sampath lui avait dit à propos des vers que la pluie fait sortir de leurs trous et s'en trouva réconfortée. Si elle s'obstinait à imposer sa présence au garçon, sous une forme ou une autre, à s'immiscer dans sa vie, à le submerger de missives, il finirait bien par se montrer et n'aurait pas d'autre choix que de l'affronter.

Elle se concentra sur la rédaction du billet qu'elle avait décidé de lui faire parvenir. Ce n'est qu'après maintes révisions qu'elle finit par arriver à la version définitive suivante : « Je regrette tellement de t'avoir mordu l'oreille. Mais c'était par pure affection. Il faut absolument que tu comprennes que ta seule vue m'emplissait le cœur d'une émotion que je n'ai pas su exprimer autrement. Ce petit mot pour te souhaiter un prompt rétablissement. »

Elle était assez fière de sa réserve et de son éloquence dépouillée. Elle laissait parler son cœur, mais d'une manière retenue, raisonnable et courtoise. Pas de doute, elle avait franchi une nouvelle étape sur le chemin de la maturité. Elle espérait par ce billet convaincre le jouvenceau de son bon sens et de son équilibre et ouvrir ainsi la voie à bien d'autres missives et bien d'autres rencontres. Elle enfouit le bout de papier dans sa poche et partit pour la ville.

Elle arriva au domicile du garçon calme et sereine, encore tout imprégnée de la sagesse de Sampath. Les hommes étaient au travail, mais les femmes de la famille, elles, veillaient et tenaient le fils de la maison sous haute surveillance. Elles étaient toutes assises dehors, devant l'entrée, en train de se sécher les cheveux au soleil après leur shampoing hebdomadaire aux amandes douces. La scène avait un côté détendu, bon enfant. Elles se taquinaient, se passaient les ongles des doigts de pied au vernis, tout en faisant circuler une assiette de goyaves au piment et au sel, mais Pinky était convaincue que si elle se faisait repérer et si elle était reconnue, ces femmes se transformeraient aussitôt en harpies redoutables. En dépit de ses réelles compétences en matière de guerre totale, elle serait dans l'incapacité de se défendre face à ces furies déchaînées.

Elle se glissa dans la ruelle de derrière. Il y avait bien trop de femmes dans cette maison... à croire que personne ici n'avait jamais entendu parler de planning familial. Elle se fraya un chemin entre les tas d'immondices et les détritus pour voir s'il n'y avait pas moyen de surprendre le garçon depuis l'arrière de la maison. Et là – que le hasard fait donc bien les choses ! –, qu'aperçut-elle sinon son visage blême qui regardait dehors par la fenêtre de la salle de bains ?

Une fois de plus, elle fut happée dans un véritable tourbillon, et cette sensation de calme qui, encore une minute plus tôt, lui avait paru si durablement installée en elle, s'évanouit comme par enchantement. Elle se sentit submergée par une vague de violence comparable à celle qui l'avait assaillie la dernière fois qu'elle l'avait rencontré au bazar. Elle savait qu'elle devait faire vite si elle ne voulait pas y céder, aussi ramassa-t-elle une pierre, et, en proie à une émotion qu'elle n'aurait su identifier, elle attacha son petit billet autour de la pierre avec un des élastiques qu'elle avait dans les cheveux et la lança avec une précision diabolique droit sur l'objet de sa passion, lequel, le regard perdu au-dessus des toits, était absorbé dans la contemplation douloureuse d'un coin de ciel vide.

Il n'avait même pas remarqué sa présence dans la ruelle et quand ce projectile, sorti de nulle part, l'atteignit en pleine mâchoire, il recula en titubant, faisant tomber du même coup le flacon d'huile capillaire qui se trouvait sur l'appui de fenêtre ouverte. Il bascula à la renverse sur un seau retourné qui se trouvait contre le mur. Et quand il eut compris qu'il n'était pas mort et que le voile noir qui était apparu devant ses yeux, comme pour lui signaler sa fin proche, eut complètement disparu, il ramassa le projectile qui lui avait meurtri le visage. Tout tremblant, il lut le petit mot qui l'accompagnait.

Une heure plus tard, encore sous le choc, il était toujours assis sur son seau, à s'émerveiller des voies étranges de l'amour. Mais était-ce bien de l'amour, du vrai ? Ou n'était-ce qu'une perversion, une déformation de la véritable passion ? Un piège qu'on lui tendait ?

Tambourinant sur la porte à grands coups, sa plus jeune sœur hurlait : « Mais nom d'un chien, qu'est-ce que tu fais là-dedans ? » Elle secoua la poignée. « Ouvre donc, dit-elle en continuant de taper, on a besoin de l'huile. » Maintenant que leurs cheveux étaient enfin secs, les onze autres femmes l'avaient envoyée chercher l'huile ; elles étaient impatientes de se masser la tête avec la lotion parfumée avant de s'attaquer à la tâche, longue et délicate, qui consistait à se faire des tresses, des chignons et des accroche-cœurs.

Est-ce que l'amour, c'était vraiment ça ?

La jeune sœur avait été rejointe par d'autres plus

âgées. Elles réussirent enfin à ouvrir la porte, en faisant sauter le petit crochet qui la retenait, pour découvrir leur frère toujours accroupi contre le mur moisi. Mais elles eurent beau chercher et fouiller partout, la bouteille restait introuvable.

« Qu'est-ce que tu as fait de la bouteille d'huile pour les cheveux ? » demandèrent-elles au garçon, dont les boucles luisantes et parfumées le désignaient comme dernier utilisateur du produit. Elles étaient hors d'elles, et la vue de sa mâchoire enflée ne fit rien pour les calmer. Il avait sans doute glissé et s'était cogné en prenant un bain. Quel pauvre type, tout de même : non seulement il égarait l'huile, mais il passait son temps à se faire blesser ou à se blesser tout seul ! La patience et la compassion qu'elles avaient éprouvées à son égard dans les débuts avaient des limites ; il devenait franchement pénible à force de vouloir les apitoyer sur son sort.

« Tu commences à nous fatiguer sérieusement, dirent-elles, confirmant ainsi leur récent changement d'attitude à son égard.

– Il serait temps que tu te secoues un peu, lui dit sa mère. Ressaisis-toi, bon sang, et fais montre d'un peu de cran. »

Mais perdu dans sa contemplation, le garçon du Cornet d'Amour regarda sans les voir leurs visages exaspérés. Empestant l'huile, il continuait de penser à Pinky Chawla, qui, de son côté, lui rendait la pareille tout en reniflant le flacon qu'elle avait saisi au vol quand il était tombé de l'appui de fenêtre.

Le jour suivant, elle arriva dans la ruelle exactement à la même heure et, apercevant de nouveau son damoiseau – pour la bonne raison qu'il prenait tous les jours son bain à heure fixe –, elle lui jeta une rose. Celui-ci, le cœur en émoi, succomba cette fois-ci à la force mystérieuse qu'il sentait monter en lui et lui lança en retour le filet à cheveux de sa mère. Cet épisode marqua un tournant décisif dans leur relation et fut à l'origine de l'accord tacite qui les vit s'engager dans une série d'échanges fiévreux et quasi quotidiens, Pinky venant hanter les abords de la maison, nantie de quelque gage d'affection, tandis que l'autre l'attendait, posté devant la fenêtre de la salle de bains. Au fil des jours, ils réussirent à échanger ainsi toutes sortes d'objets : flacons, caramels, friandises, mouchoirs et vêtements de nuit. Sans compter un peigne, une brosse à dents, un Coton-Tige, une savonnette, une grenade, quelques photos et une serviette éponge.

Les sœurs et les tantes du garçon, désormais obligées de tambouriner systématiquement à la porte tout en criant : « Mais qu'est-ce que tu fabriques là-dedans ? », eurent tôt fait de comprendre qu'il y avait un sérieux problème. La salle de bains était en train de se vider de son équipement. Le garçon était-il déprimé et perturbé au point de passer des heures à faire disparaître dans la cuvette des W.-C. tout ce qui lui tombait sous la main ? Mais non, les tuyaux d'évacuation étaient bien incapables d'accommoder un tel débordement d'offrandes, et puis où était donc passée cette chemise bariolée que personne n'arrivait à retrouver ?

Quand la vérité éclata – le jour où une des filles surprit son frère en train de lancer le jupon de sa mère par la fenêtre dans les bras de son ex-attaquante –, la famille devint folle d'inquiétude. Il avait le cerveau complètement fêlé. Il avait dû être victime d'un mauvais sort qui avait transformé la crainte que lui avait d'abord inspirée Pinky Chawla en une affection pervertie et dénaturée.

« Fais bien attention, lui dirent-ils. Si tu continues comme ça, on va t'envoyer chez ton oncle de Dubaï. On va te marier vite fait, bien fait. »

Si leur nom se trouvait associé à celui d'une Pinky, c'en était fait de leur réputation. Ils avaient mené une petite enquête discrète et découvert ce qui était arrivé à la famille de Pinky, quand son grand-père maternel était tombé sous le charme de la mère de Kulfi, épisode qui avait été à l'origine de la décadence d'une lignée jusque-là tout à fait respectable. Et on leur avait dit que les choses avaient commencé plus ou moins de la même manière. Ils se mirent aussitôt à prendre des renseignements sur les jeunes filles disponibles issues de familles sans histoires, normales et tout à fait ordinaires. À quoi bon des talents de danseuse, de cuisinière ? Ils ne cherchaient pas non plus une surdouée ; tout ce qu'ils voulaient, c'était une fille équilibrée et pleine de bon sens. Ils laissèrent entendre aux intéressés qu'ils étaient même prêts à un compromis en matière de dot. C'est dire le souci qu'ils se faisaient !

Et, dans la foulée, ils expédièrent un message à M. Chawla : « Pourriez-vous, s'il vous plaît, veiller à ce que votre fille cesse d'importuner notre fils ? »

M. Chawla convoqua immédiatement sa fille : « Qu'est-ce que c'est que cette histoire ? Tu es toujours en train de te plaindre qu'on te suit, et la vérité, la voilà – c'est toi qui poursuis les autres. Je t'interdis de fréquenter des marchands de glace. Un boutiquier, et puis quoi encore ? Que dis-je, même pas un boutiquier, un vendeur ambulant, oui ! Et l'honneur de la famille, qu'est-ce que tu en fais ? Tu devrais viser plus haut que toi, pas plus bas. » Quelle n'eût pas été sa stupéfaction s'il avait pu savoir que du côté des glaces, on tenait à peu près le même discours sur sa propre famille. Il ordonna à Ammaji d'accompagner Pinky lors de tous ses déplacements. Il avait lui-même bien trop à faire pour avoir le temps de surveiller sa fille.

Ammaji, pour sa part, n'affectionnait guère ce rôle de chaperon. La première fois, elle fit de son mieux pour obéir aux instructions et suivre Pinky à la trace, allant même jusqu'à chausser des tennis pour l'occasion. Mais, en dépit de telles mesures, Pinky conserva l'avantage avec plusieurs longueurs d'avance.

« Ne va pas si vite, supplia Ammaji, haletante. Tu essaies de battre des records ou quoi ? Je suis trop vieille pour ce genre d'exercice. Regarde ton frère, qui reste bien tranquille dans son coin. Il passe pas son temps à courir partout, lui. » Au bout de trois quarts d'heure, elle abandonna la partie et s'assit pour se reposer. À la grande satisfaction de Pinky, elle prit dès lors l'habitude, chaque fois qu'elles se rendaient en ville, de s'installer devant chez le grainetier pour bavarder avec les autres vieilles qui passaient par là, en attendant que sa petite-fille ait fini de vaquer à ses occupations. Elles prenaient ensuite le même car pour rentrer à la maison, où elles présentaient un front uni à M. Chawla.

Les femmes qui montaient la garde autour du garçon du Cornet d'Amour furent donc obligées de renforcer leur surveillance et se tinrent constamment à l'affût de Pinky, la possédée qui harcelait leur petit homme, allant jusqu'à se mettre à douze pour la chasser de leurs bâtons la seule fois où elles parvinrent à la surprendre. Elles savaient pertinemment qu'il était inutile d'aller trouver la police. Il n'y avait qu'à voir ce qui s'était passé le jour où Pinky avait mordu le garçon. Cette fille était une vraie sorcière, rusée et perfide. Elles veillaient aux fenêtres ; une gardienne restait en faction à l'entrée de la ruelle en permanence. Pas une seule d'entre elles qui ne fût embrigadée dans l'entreprise. Heureusement qu'elles étaient nombreuses ! Comme quoi, une grande famille, ça sert toujours, même quand il n'y a que des filles...

À son grand mécontentement, Pinky se trouva dans l'obligation d'abandonner la partie, du moins jusqu'au jour où elle eut l'idée, qui avait fait ses preuves, de soudoyer le laitier pour qu'il se transforme en porteur de billets doux. Et c'est de cette manière merveilleusement commode que se poursuivit l'histoire d'amour entre Pinky et son jeune marchand de glaces, à la grande surprise de leurs familles respectives qu'étonnait leur constante bonne humeur face à un sort apparemment contraire.

17

Les choses allaient de mal en pis, et rares étaient les habitants de Shahkot qui avaient encore bon moral. Sampath, rongé par l'inquiétude, tenta d'écrire un poème.

Dans la mélancolie ambiante, il se souvint du jour, à l'école de la Mission, où un certain frère John s'était mis en tête de leur enseigner la littérature. Frère John avait été renvoyé au bout d'une semaine pour avoir pincé les fesses de la femme de ménage. Bien qu'il eût quitté l'école dans la disgrâce, avec une réputation passablement ternie, il avait laissé à Sampath le souvenir d'un être épris de beauté, qui lui avait donné le seul moment de vrai bonheur de sa carrière scolaire. Alors que Sampath trempait voluptueusement les doigts un par un dans son encrier, son attention avait été attirée par les quelques lignes que lisait frère John dans un petit volume. « La poésie, disait-il, naît du désespoir et de la souffrance, du tourment et du doute. » Puis il s'était mis à réciter d'une voix qui avait donné la chair de poule à Sampath : « Tout le matin, ils t'ont appelée, toi la fille qui doit cuisiner pour toute la famille. Leurs voix résonnent dans l'obscurité de la jungle, mais toi, ne réponds pas. Reste sur ce rivage. Car que savent-ils de l'or de la nageoire qui sort de l'eau pâle pour jaillir à la lumière ? »

Sampath s'était apitoyé sur le sort de la pauvre fille dotée d'une si nombreuse famille. « Que savent-ils de l'or de la nageoire ? » répétait-il, tremblant de la tête aux pieds. Il ne s'était jamais senti davantage touché par la grâce pendant tout le temps qu'il avait passé dans ce terrible établissement.

Il avait envie aujourd'hui de composer quelque chose à son tour.

« Mais non, ne réponds pas, dit-il à voix haute. Reste dans cet arbre. Car que savent-ils de... de... » De quoi ? « Que savent-ils de... du soleil ? Que savent-ils de mon arbre ? Du problème des singes ? » Non, non, ça n'allait pas du tout. « Que savent-ils de l'âne gris qui va au marché ? » Non, ça n'allait pas non plus. « Que savent-ils de... » Seigneur Dieu ! Il essaya de trouver quelque chose qui méritât de figurer dans son poème. Il pensa à la lune qui voyage autour de la terre, à l'hiver qui vient après la mousson. Aux années qui passent et à leur cortège de souvenirs, à l'avenir incertain, à la parole, apanage de l'homme, alors que les animaux en sont privés, à toutes les langues qui se parlent dans le monde et qui font que les gens n'arrivent pas à se comprendre les uns les autres. Mais il avait beau faire, aucune pensée suffisamment profonde ou suffisamment juste pour figurer dans son poème n'arrivait à se faire jour. Qui plus est, l'angoisse du sort qui lui était réservé, l'incertitude quant à son avenir dans le verger venaient sans arrêt interrompre le cours de sa réflexion. « Que savent-ils... ? »

« Que sais-tu, toi ? » demanda-t-il à une fourmi rouge en penchant la tête vers elle. « Et vous, que savez-vous ? » dit-il en levant les mains vers les perroquets. « Est-ce que tout ira bien ? » s'enquit-il, adressant sa question à l'air ambiant.

La fourmi poursuivit son chemin, les oiseaux l'ignorèrent superbement et l'air resta indifférent. Et lui-même, que savait-il ? Il était furieux. Quelle idée de vouloir faire un poème ! « Que savez-vous... Que savez-vous... » C'était pour s'éclaircir l'esprit qu'il était monté dans un arbre, et non pour se l'embrouiller. Or, en ce moment, il ne faisait qu'aller à l'encontre de ses ambitions.

Seuls ceux qui parvenaient à s'enfermer dans leur monde sans se soucier des batailles qui se livraient au-dehors arrivaient à trouver le sommeil la nuit. Au nombre de ces quelques bienheureux était Kulfi, mère du Baba des Singes. Au milieu de l'effervescence générale, elle n'avait guère été affectée par les débordements des langurs, lesquels l'avaient simplement obligée à mettre ses provisions sous clé à l'intérieur au lieu de les laisser dehors et à menacer de temps à autre un animal de son balai. Préoccupée de ses seules pensées, elle poursuivait le chemin sur lequel la menait son destin.

Et sans désemparer, l'espion la suivait. Jusqu'ici, ses recherches étaient restées infructueuses, et comme si cet échec ne suffisait pas, il commençait à se demander s'il n'était pas lui-même un peu dérangé. Il était atterré de voir la place qu'en étaient venus à occuper dans sa tête les enseignements de Sampath. Depuis sa bévue, lors du colloque de la Ligue de la libre pensée, il s'irritait de l'influence grandissante qu'exerçait sur lui le Baba, et plus il s'énervait, plus nombreux étaient les aphorismes de l'ermite qu'il découvrait inextricablement mêlés à ses pensées. « Ne moleste pas la fille du vendeur de bonbons » était de ceux qui lui venaient spontanément à l'esprit dans les occasions les plus bizarres. « Ne crache pas sur le fils du docteur. Pourquoi se préoccuper du cœur quand on a plein de beurre ? Ne dis pas que tu aimes les pastèques quand on te donne de la courge. Ne mange pas un quignon pour faire l'économie d'un lardon. Pas de prune qui n'ait son début, pas de pois qui n'ait sa fin. » Encombré de ce fatras, son esprit avait du mal à fonctionner avec sa rigueur habituelle.

Il comprit, soudain terrorisé, qu'on était en train de le dévoyer. On lui faisait subir un lavage de cerveau, à l'aide d'un procédé semblable aux slogans insidieux de certaines publicités. Il avait passé beaucoup trop de temps dans ce verger. Même si, pour tout dire, il devait avouer qu'il s'y plaisait beaucoup.

Cette pensée ne fit que redoubler sa terreur. Il avait intérêt à résoudre cette affaire dans les plus brefs délais et à quitter l'endroit au plus vite.

Se maintenant à une distance qu'il espérait non équivoque, l'espion essayait de ne pas perdre Kulfi de vue, tandis qu'elle montait la colline, tantôt d'un pas tranquille, tantôt à vive allure, mais ne faisant pas plus de cas des sentiers qui la sollicitaient qu'une abeille.

Kulfi commençait à se sentir un peu lasse, elle n'avait pas trouvé grand-chose dans la forêt. Elle regarda sous un rocher, à côté d'un tulipier, le long d'un ruisseau. Elle se dit, en humant l'air, qu'elle avait besoin d'un nouvel ingrédient, de quelque chose d'excitant et de frais qui lui inspire une nouvelle préparation, une invention bien à elle. Elle leva les yeux vers le ciel.

Elle avait déjà cuisiné un pigeon, un moineau, un pic-vert, une huppe, une pie, une pie-grièche, un loriot, un rossignol de l'Himalaya, un perroquet... Elle avait aussi préparé un écureuil, un porc-épic, une mangouste, tous les oiseaux sauvages que l'on pouvait trouver dans les parages, les petits poissons de la rivière, les escargots aux coquilles arrondies qui laissent sur les feuilles leurs filets argentés et les sauterelles bondissantes qui sautent et atterrissent avec un floc sonore sur les feuilles comme des gouttes de pluie.

Obstinée, elle reprit sa quête, dans l'espoir de découvrir une nouvelle plante, une nouvelle baie, un nouveau champignon, un lichen, une fleur, bref, quelque chose qui pût faire l'affaire, mais tout ce qu'elle voyait lui semblait désespérément banal et familier. Pas d'effluves inconnus pour parfumer l'air. Aussi s'enfonça-t-elle de plus en plus loin, et en s'enfonçant, se mit-elle à rêver.

Elle était la cuisinière d'un grand roi. Dans un vieux port du royaume, des chasseurs sans vergogne, des aventuriers intrépides, des flottes et des armées entières étaient prêts à se mettre en route au moindre signe de sa part, à satisfaire son moindre caprice. Assise dans son immense cuisine devant une énorme mappemonde, elle commandait ses provisions d'un ton impérieux, envoyait chercher des épices par-delà les mers, par-delà les montagnes et les déserts, des épices qui n'existaient que dans les rêves et les contes les plus fantastiques des marins et des devins. Elle envoyait aussi chercher des plantes qui poussaient sur des îles à peine visibles sur l'océan tant elles étaient petites ou sur des sommets montagneux où jamais aucun homme n'avait posé le pied. À cause de ses exigences, des royaumes entiers étaient anéantis, des entrepôts et des champs étaient pillés et mis à sac. Elle réclamait de la viande d'ours et de la viande de tigre, des oies de Sibérie et des antilopes noires. Des tortues de mer et d'eau douce, des phoques et des vipères cornues. Des tatous, des gazelles, des zèbres et des baleines. Elle exigeait des éléphants, des hippopotames, des yaks, des grues, des macaques et des... singes ! Des singes ! Voilà ce qu'elle voulait : préparer un singe !

Poursuivant sa marche, Kulfi traversa la bambouseraie, laissa derrière elle la bananeraie jaune et verte, s'engagea dans les champs d'orties, pour finalement atteindre le sommet de la colline. Épuisé, débraillé, l'espion avait renoncé à la suivre et s'était installé au sommet d'un arbre dans l'espoir de pouvoir continuer sa surveillance. Bien entendu, il ne tarda pas à la perdre de vue définitivement, quand elle disparut au détour d'un rocher.

18

Loin de se laisser émouvoir par la désapprobation générale qu'avait suscitée leur bacchanale, les singes s'employèrent à démontrer qu'il ne s'agissait pas là d'un incident isolé ni d'une affaire classée, mais, bien au contraire, d'un nouveau mode de vie.

Ammaji consacrait le plus clair de ses journées à chasser le singe, assistée de sa brigade d'artilleurs dispersés un peu partout dans le verger. Chacun d'eux se voyait allouer une ration quotidienne de cailloux ainsi qu'une fronde qu'elle avait elle-même fabriquée à l'aide de bouts de bois et de morceaux de chambres à air récupérées dans de vieux pneus. Où que le regard se portât, on se serait cru en plein âge archaïque : il y avait toujours quelqu'un en train de courir entre les arbres et d'expédier des projectiles à droite ou à gauche. Mais désormais, les singes se contentaient d'ignorer les cailloux, ayant eu l'occasion de constater qu'ils ne faisaient pas vraiment de dégâts, et les plus à plaindre restaient les fidèles eux-mêmes, souvent victimes de jets de pierre intempestifs qui les atteignaient en plein visage.

Quand les singes n'étaient ni au verger ni au bazar, on pouvait être sûr de les trouver dans les arbres bordant la route du marché, à l'affût des gens qui rentraient chez eux une fois leurs courses faites, dans l'espoir de mettre la patte sur une bouteille de gnôle ou de rhum. Laissant leurs victimes patauger au milieu des pommes, des biscuits, des bouteilles d'huile cassées et de Dieu sait quoi d'autre, ils prenaient la fuite sans se préoccuper des ravages occasionnés, remplis d'aise si leur tentative était couronnée de succès, mais prêts à lancer une nouvelle attaque et à faire de nouvelles victimes s'ils se retrouvaient bredouilles. Il devint dangereux de se promener seul dans les environs, et les habitants du quartier s'organisèrent pour aller faire leurs courses à plusieurs. Ils prenaient bien soin de fermer portes et fenêtres, récitaient leurs prières quand les singes dansaient la sarabande en faisant un bruit d'enfer sur leurs toits de tôle et faisaient de leur mieux pour ne jamais se trouver isolés et à découvert. Malgré toutes ces précautions, le jardin d'une résidence privée fut le théâtre d'un regrettable incident : deux jeunes gens qui fêtaient leurs succès universitaires à grands renforts de libations durent être transportés de toute urgence à l'hôpital le plus proche, les bras couverts de morsures de singe.

« Une morsure de singe peut se révéler aussi dangereuse qu'une morsure de cobra, dans la mesure où les singes sont souvent porteurs de la rage, laquelle peut se révéler tout aussi fatale que le venin de serpent. La rage est une des pires maladies que puisse contracter l'homme. Elle est plus répandue en été que pendant la saison des pluies... » Avec son flair habituel et son sens du sensationnel, le docteur Banerjee publia un article d'une page sur le sujet dans le quotidien local, le lendemain de l'incident.

Écrit qui déchaîna une véritable tempête. Craignant pour sa sécurité, le chef des services de santé tenta de faire son devoir en faisant paraître une déclaration où il assurait qu'il n'y avait aucun lieu de s'inquiéter puisqu'aucun cas de rage n'avait été signalé et où il engageait vivement la population à ne pas prêter l'oreille aux propos alarmistes d'éléments antisociaux.

C'est alors que, comme pour contrecarrer tous les effets positifs qu'aurait pu avoir un tel communiqué, les représentants du temple d'Hanuman saisirent l'occasion de riposter et d'exprimer publiquement leur position officielle : le traitement honteux qu'on réservait à ces singes était un véritable scandale; de toute évidence, il fallait voir là les menées séditieuses d'un groupe de factieux travaillant à miner les traditions hindoues les plus vénérables. Pour leur part, ils étaient prêts, si nécessaire, à s'immoler au nom de leur religion.

À la lecture de cette proclamation, le commissaire de police, le colonel et tous les hommes politiques à des lieues à la ronde se mirent à trembler de plus belle, conscients qu'ils étaient de se trouver confrontés à un problème d'ordre public d'autant plus grave que la religion s'en mêlait.

« Certains fruits se mangent avec la peau », disait Sampath.

« Si tu ne trouves pas de voiture, il faut t'en passer. »

« Si tu ne trouves pas de rhum, tu n'en boiras pas. »

« Si ta chère tante trouve une pièce d'argent, il se peut bien qu'elle la garde pour elle. »

« Si ton fils de deux ans n'est pas sage, tu ne vas pas songer à l'échanger contre un autre. Tu te contenteras d'attendre qu'il s'assagisse... »

Mais le cœur n'y était plus, il le sentait bien, et d'ailleurs plus personne n'écoutait vraiment ce qu'il racontait.

Sous l'arbre, les fidèles s'étaient divisés en deux clans : l'un tenait, sans vouloir en démordre, qu'il fallait se débarrasser des singes de manière à préserver leur Baba et l'atmosphère sacrée de l'ermitage ; l'autre était furieux de voir ces vénérables animaux humiliés d'aussi vilaine façon et expulsés de leur légitime demeure. Les positions étaient nettement tranchées, et tous ceux qui se trouvaient, même de très loin, impliqués dans la querelle, se sentirent obligés de prendre parti et de donner de la voix. Dans cette atmosphère de guerre ouverte, on en oubliait Sampath lui-même ; il n'était plus qu'un nom que les factions rivales se renvoyaient comme une balle de ping-pong. Se crachant littéralement et mutuellement leur hargne à la figure, incapables de contenir leur colère, leur indignation et leur inquiétude, les fidèles en décousaient depuis l'instant où on les autorisait à pénétrer dans le verger jusqu'à l'heure de la fermeture.

« Comment peut-on oser demander aux singes de partir ? dit Mlle Jyotsna à la cantonade, prenant loyalement le parti de Sampath.

– Mais, ma petite dame, personne n'a l'intention de leur demander quoi que ce soit. On les sortira d'ici à coups de pied au derrière sans leur demander leur avis », répondit un homme décidément bien vulgaire.

Des dizaines de personnes se portèrent à la rescousse de Mlle Jyotsna. « Comment pouvez-vous dire une chose pareille ? Vous n'avez pas honte ?

– Sottises, dit l'espion, qui ces jours-ci était de fort méchante humeur. Il est évident qu'il faut se débarrasser de ces singes. Ils sèment une pagaille inouïe.

– Vous avez entendu ? s'interrogeaient les autres, qui n'en croyaient pas leurs oreilles. Il a dit “sottises”, “se débarrasser”, “pagaille”... »

Mlle Jyotsna se retourna brusquement pour faire face à l'espion. Quel hypocrite, quel tartuffe il faisait ! Il était venu au verger jour après jour, professant haut et fort son attachement au Baba singe, consignant ses moindres paroles, et voilà qu'il préconisait une mesure qui ne pouvait que le faire souffrir. De fait, si les singes étaient chassés, il deviendrait impossible d'appeler le Baba singe par ce nom, puisqu'il n'y aurait plus de singes.

« Traître », lui lança-t-elle, et, à la grande surprise de tous, surtout celle de Sampath, la douce Mlle Jyotsna, pinçant sa petite bouche ronde, fit tournoyer son sac à main et atteignit l'espion au creux de l'estomac. Le malheureux partit sans demander son reste, et fut obligé de prendre un pousse-pousse pour rentrer chez lui.

« Oh! oh! » s'exclamèrent Pinky et Ammaji en un chœur admiratif. Cette fille, après tout, avait peut-être de la ressource. Voilà qui changeait agréablement de ses chansons à l'eau de rose. Mais elles furent bien forcées de se ranger à l'avis de M. Chawla quand celui-ci, au désespoir de Mlle Jyotsna, tint à peu près le même discours que l'espion, avançant que le Baba risquait d'être blessé et de finir avec la rage. Devant cet argument de poids, l'ex-employée des postes resta sans voix et fondit en larmes. Il semblait n'y avoir aucune solution au problème.

Sampath sortait de ces discussions épuisé, comme si après l'avoir attrapé on l'avait tiraillé dans tous les sens, comme s'il s'était fait piétiner et battre comme plâtre. Et pourtant, il avait beau être éreinté, il se sentait parfois emporté par une telle vague de colère qu'il avait bien du mal à se retenir de sauter en l'air et de jeter tout ce qui lui tombait sous la main, de hurler à pleins poumons ou d'éclater en sanglots. Une horrible sensation d'angoisse avait élu domicile au creux de son estomac, et un brouillard épais, impénétrable, lui avait envahi la tête. « Chchut », se disait-il pour essayer de se calmer. « Chchut », répondait la brise en écho. Elle lui semblait partager ses soucis, l'apaiser, compatir à son sort. Il essaya de s'abandonner à sa douceur, à sa quiétude, à sa fraîcheur pareille à la caresse d'une main sur son front, sa joue, son corps tout entier.

Les fidèles ne rentraient à Shahkot que pour poursuivre leurs discussions de plus belle, le bourdonnement de leurs voix montant dans la vallée depuis les débits de thé, les balcons ou les coins de rue.

Dans tous les quartiers, dans tous les lieux publics se tinrent des assemblées et des réunions contradictoires. Au niveau national et au niveau local, au nom des intérêts religieux et des intérêts civils. Une Société pour la protection des singes (SPS) vit le jour, à l'image de la SPV (Société pour la protection des vaches). Des représentants de la Ligue de la libre pensée se mêlaient incognito aux participants. La dissension s'installa dans tous les bureaux, dans toutes les familles. Les échanges commerciaux se trouvèrent pour ainsi dire paralysés dans la mesure où clients et commerçants refusaient d'avoir affaire les uns avec les autres. « Tu t'attends peut-être à ce que je mette les pieds dans ton magasin, espèce de magot ! – Ah, parce que tu crois que je suis prêt à te servir, espèce de macaque ! » Le chef de la police passait son temps à jouer du bâton pour tenter de mettre un terme aux terribles combats qui faisaient rage aux quatre coins de la ville. Shahkot était au bord de la guerre civile.

19

Pendant ce temps, insensible à la fureur ambiante, le professeur Verma travaillait dur à son projet. Après mûre réflexion et moult consultation de documents jaunis, il finit par ébaucher une proposition qui détaillait une procédure compliquée visant à l'extermination du singe du cinéma et à l'exposition subséquente de sa carcasse en place publique, ce qui, à l'entendre, conduirait à la complète débandade de la troupe de singes. Ils se disperseraient comme par magie avant de disparaître tranquillement dans la forêt pour aller rejoindre leurs lointains frères de race. C'était un projet superbe, et il le porta en personne au domicile du CSS, car c'était lui qui, en dernier ressort, s'occupait de toutes les questions touchant à la santé publique à Shahkot, au nombre desquelles figurait bien évidemment l'exposition de carcasses animales. Étalages de boucher, espaces où l'on brûlait les morts, dissections de laboratoire – tout devait passer par lui afin d'être dûment estampillé. Verma envoya également des photocopies de son projet au préfet, que l'on attendait toujours, au chef de la police et à toute personne susceptible, pensait-il, d'être intéressée (par exemple, le rédacteur en chef de l'*Indian Scientific Journal,* qui avait souvent publié les articles de ses collègues).

Il ne montra pas, cependant, son projet à sa femme, histoire de se venger du mépris qu'elle affichait pour ses idées, et celle-ci en conçut de la rancune. Elle se mit à échafauder des plans pour se séparer de lui. Après tout, on n'était plus à l'âge des ténèbres. À Shahkot même, il y avait un homme que sa femme avait quitté, un autre qui avait quitté sa femme et même un autre qui vivait avec sa maîtresse, encore que personne ne comprît au juste pourquoi, car elle était vraiment très quelconque.

Le colonel avait un plan, lui aussi. L'idée lui était venue brutalement alors qu'il était assis dans sa salle de bains à guetter en vain l'évanescent pigeon vert : il allait organiser une opération qui le couvrirait d'honneurs, en même temps qu'elle apprendrait à ses hommes la véritable signification du métier de soldat. Il était de son devoir d'intervenir chaque fois qu'une grave menace pesait sur la paix et la sécurité. Il lui fallait voir dans cette malheureuse histoire une bénédiction plutôt qu'une calamité.

« Nous pourrions organiser, suggéra-t-il dans un rapport écrit, un peloton d'une cinquantaine ou d'une centaine d'hommes qui, dispersés dans les fourrés, déchargeraient leurs fusils toutes les vingt à quarante minutes pour effrayer les singes. Si nous persistons suffisamment longtemps, les singes finiront bien par prendre peur et disparaîtront des environs pour ne plus jamais y revenir. » C'est un détachement spécial de l'armée qui, à bord de véhicules militaires, porta le rapport jusque chez le préfet, lequel était attendu à la gare par son secrétaire d'un moment à l'autre – sinon par le prochain express de Delhi, du moins par le suivant. Des copies furent également envoyées au commissaire et au médecin-chef.

Ce dernier n'eut pas connaissance dudit rapport, pour la bonne raison qu'il s'était barricadé chez lui, quasiment au dernier stade de l'hypocondrie. Absorbant des litres et des litres de jus d'oignon, ignorant la sonnerie insistante du téléphone, il rédigeait d'une main tremblante sa propre proposition en vue du rétablissement de la paix à Shahkot. Le lecteur se demandera peut-être comment un homme si préoccupé par sa santé arrivait à se concentrer sur autre chose et, en l'occurrence, à réfléchir au problème qui les agitait tous. Disons qu'il avait, lui aussi, ses propres intérêts à cœur : si sa proposition était retenue, il serait certainement récompensé par une promotion. Qui disait promotion disait mutation, donc départ de Shahkot. Or, il souhaitait on ne peut plus ardemment quitter cet endroit malsain pour en trouver un autre où il connaîtrait enfin la paix et le repos. Pourquoi pas dans les régions côtières du sud de l'Inde ? Il avait entendu dire que les habitants du Kerala étaient extraordinairement raffinés et cultivés. Et pour se reposer, on ne pouvait rêver mieux que l'océan.

Dans un style élégant et châtié, qui n'était pas loin d'être sa plus grande force, il exposa son idée : révocation des licences de toutes les boutiques et de tous les restaurants et instauration d'un régime de prohibition à Shahkot. Quel merveilleux projet ! L'idée lui en était venue pendant la nuit, alors que, incapable de dormir, calé contre une pile de coussins, il attendait vainement le sommeil. Quoi de mieux pour la santé publique ? Quoi de mieux pour mettre un terme à toutes les difficultés actuelles ? D'une seule pierre, il faisait deux coups de génie. Et qui sait si une telle mesure n'allait pas aussi contribuer à la solution d'un autre problème qui devenait de plus en plus préoccupant, celui des femmes battues? Auquel cas, il pourrait revendiquer trois... oui, trois victoires! Sans compter qu'il n'avait personnellement rien à perdre dans l'histoire, étant donné qu'il ne touchait jamais à l'alcool.

Une jeep de l'administration porta plusieurs copies du projet à la gare en prévision de l'arrivée, toujours imminente, du sous-préfet.

On constatera que le commissaire de police était le seul à ne pas avoir fait de proposition. Pour la bonne raison qu'il ne se souciait nullement de sa carrière; s'il ne tenait pas du tout à une promotion, c'était pour un motif précisément inverse à celui du médecin-chef : qui disait promotion disait départ de Shahkot; or, il aimait Shahkot. Il aimait le bazar et le débit de thé, il aimait sa femme aux yeux polissons et tous ses amis. Il lui vint à l'esprit qu'il risquait en fait d'être rétrogradé à cause de cette histoire... Et pour tout dire, l'idée n'était pas faite pour lui déplaire... Il aurait ainsi davantage de temps pour déambuler dans le bazar et bavarder avec ses vieux copains, davantage de temps aussi pour s'asseoir avec sa femme dans les jardins municipaux tout en mangeant des *golguppas* et en la chatouillant avec des fleurs provenant des massifs parsemés d'écriteaux « Interdit de cueillir les fleurs ».

Ainsi, le commissaire ne se joignit pas aux autres quand ceux-ci allèrent rendre visite à Sampath pour réclamer son approbation. Le CSS avait été le premier à prendre une telle décision. Le colonel n'eut pas plus tôt eu vent de cette visite, grâce à un domestique qui avait vu le médecin rouler en direction du verger, que lui aussi se précipita dans sa jeep. En route, il fut aperçu par Poncha et Sinha, les amis de Verma, qui réussirent à convaincre un Vermaji récalcitrant de se joindre à la procession sur sa mobylette. Et c'est ainsi qu'ils arrivèrent au verger de Sampath, à une demi-heure d'intervalle les uns des autres, chacun poursuivi par une foule de citoyens en colère. Il y avait eu un tollé général quand les plans susmentionnés étaient arrivés aux oreilles de la population, après avoir été divulgués par les chauffeurs de l'armée et de l'administration, ainsi que par la femme de Verma, laquelle était allée farfouiller dans les papiers de son mari d'une manière qui aurait fait honte à n'importe quelle épouse digne de ce nom.

Sampath avait passé la matinée à examiner les éléments d'une collection qu'il avait rassemblée dans une boîte de conserve à son arrivée dans le verger. L'estomac et la tête encore un peu dérangés, étendu comme un invalide sur sa couche, il essayait de retrouver le plaisir qu'il avait connu dans le temps à examiner ses trésors. Toutes sortes de choses avaient fini dans cette boîte : une araignée rouge au dos de velours noir ; une cosse longue et fine dans laquelle s'accumulaient les graines comme les feuilles de parchemin dans une chemise ; une perle de résine orange ; une peau de serpent ; un fragment d'os ; des plumes de différentes couleurs ; un morceau de soie douce et un autre de soie grège ; la cape veloutée d'un papillon de nuit ; des sépales verticillés ; une feuille, malade, piquetée de moisissures bleuâtres... Même si beaucoup de ces objets étaient maintenant détériorés ou prêts à tomber en poussière, Sampath en étala le plus grand nombre possible autour de lui, faisant glisser les articles les plus précieux le long de ses jambes où ils se détachaient merveilleusement sur sa peau.

Au bout d'un mois passé dans le verger, il en était arrivé à la conclusion que le principe de la collection n'était valable que si l'on vivait loin de ce que l'on collectionnait, mais ne l'était pas pour celui qui pouvait jouir à profusion de ce qu'il convoitait, qui vivait là où poussait ou rampait tout ce qu'il aimait. De toute façon, à quoi bon amasser des choses quand tout ce que l'on souhaite c'est au contraire faire partie des choses amassées ? Il n'empêche qu'à contempler ainsi le contenu de sa boîte, il se sentait envahi d'une grande nostalgie.

C'est à ce stade de ses réflexions qu'il entendit approcher les manifestants dans le sillage des autorités.

« Babaji ! » crièrent en chœur le médecin, le colonel et le professeur, mais la présence de leurs bruyants accompagnateurs les empêcha de se faire entendre. Des bribes d'information, toutes plus incohérentes les unes que les autres, hurlées par des voix de stentor, parvinrent jusqu'à Sampath qui, dans l'état d'agitation extrême où il se trouvait, ne les aurait pas comprises même si elles avaient été formulées de manière calme et rationnelle. Il supportait très mal d'avoir été interrompu alors qu'il faisait l'inventaire du contenu de sa précieuse boîte.

« Alcool », « singe du cinéma », « fusils », « prohibition », « panique », « pour ne jamais revenir », « assurer la sécurité de votre très honorée personne »... Des bouches vilainement tordues postillonnaient dans tous les coins. Et plus ces gens parlaient fort, plus ils devenaient hystériques. Ils avaient dans le regard une expression que Sampath n'avait jamais vue à personne et qu'il était bien sûr de ne jamais avoir eue lui-même. Et Dieu sait pourtant s'il s'était souvent adressé à la glace pour examiner dans le détail les émotions que reflétait son visage. Certes, il reconnaissait que la méthode n'était pas très fiable, car il sentait bien que, gêné par son propre regard, il ne pouvait empêcher son expression de changer dès qu'il était devant la glace. Il n'en restait pas moins convaincu qu'il n'aurait jamais pu éprouver l'émotion qui se peignait maintenant sur ces visages. Comment en expliquer la violence ? Elle semblait dépasser l'individu, ne plus pouvoir se mesurer à l'échelle humaine. C'était une force gigantesque qui les faisait tous trembler.

Sampath se rendit compte qu'il ne pouvait parler dans une foule que s'il était heureux ; la tristesse ou la peur le rendaient muet. De toute façon, il n'aurait rien eu à dire... Il n'arrivait même pas à penser, et puis comment leur répondre alors qu'il ne comprenait même pas ce qu'ils disaient ? Il ne comprenait pas, il ne pouvait... Non, décidément non. À un moment, il crut reconnaître un de ses propres aphorismes. Quelque chose à propos d'un éléphant et d'une banane. « Si l'éléphant veut ta banane, sauve-toi. » Ou bien peut-être « Si l'éléphant veut ta banane, mange une brioche. » Mais non, c'était impossible. Ce n'était pas le genre de choses qu'il aurait pu dire, seulement des paroles qui claquaient comme de la mitraille et ricochaient comme des balles, proclamant sa culpabilité. Non, non vraiment, il ne comprenait pas... Tout ce qu'il savait, c'est qu'il n'y avait rien de bon dans tout ceci, ni pour lui, ni pour les singes, ni pour le verger, les oiseaux, les insectes... ni même pour l'herbe que l'on piétinait sans le moindre égard. Il écrasa un pétale de géranium sur sa lèvre jusqu'à ce qu'elle soit toute tachée de rouge. Puis il se frotta les joues avec une fleur pour qu'elles prennent la même couleur. Il sortit une gousse de tamarinier de sa boîte et en mangea une graine. Il grignota également un petit bout de fougère séchée, et, de plus en plus nerveux, engloutit la feuille malade et se mit à en ronger la nervure centrale. Il était comme enragé, mais en même temps il était au bord des larmes. Parcouru de frissons. Ces gens le piétinaient. L'envahissaient, s'appropriaient sa personne, polluaient l'air autour de lui. Leur esprit sale le salissait. Comment avaient-ils le front d'apporter jusqu'à lui leurs horribles pensées, leurs horribles idées ? Comment osaient-ils ? Ils l'utilisaient égoïstement, le manipulaient. Il eut un haut-le-cœur.

Retourné, révolté, son estomac explosa sous le coup d'un spasme d'une rare violence, comme s'il renfermait un véritable nœud de vipères, venimeuses et sifflantes dans une chaleur d'éruption volcanique.

Sampath se pencha par-dessus le bord de sa couche et rendit tout ce qu'il avait dans le corps. Ses vomissures le brûlèrent au passage comme un acide, lui laissant les entrailles corrodées et vides. Seul resta intact le grand trou noir qu'avait creusé en lui l'angoisse de ces dernières semaines.

Quand M. Chawla réussit enfin à mettre dehors les visiteurs, ceux-ci s'en allèrent non pas dans le calme et le silence, honteux de leur conduite, mais criant toujours plus fort, chacun persuadé que si le Baba était malade, c'était de la faute des autres.

Sampath se remémora la félicité de ses premiers jours dans le verger. Une véritable histoire d'amour, voilà ce qu'il avait vécu. Quelle floraison, quel épanouissement ! Quelle joie et quelle sérénité ! Il se souvint, en contemplant les vestiges de sa collection, des heures qu'il avait passées à enfiler des gousses de fruit pour s'en faire des colliers. Des fleurs qu'il avait piquées derrière ses oreilles, après en avoir aspiré le nectar. Des cosses qu'il avait fendues de ses dents pour en ouvrir les boutons et révéler de petites ombrelles roses. Et plus il avait consacré de temps à ces activités, plus celles-ci l'avaient absorbé. Il s'était chatouillé le talon sur le tranchant des herbes sauvages, s'était frotté les pieds contre un morceau d'écorce pour se sentir submergé par la même insupportable ivresse que celle du chat qui se frotte contre un tronc d'arbre. Il avait exprimé la gomme collante de certains arbustes, coupé des tiges d'où s'écoulait une sève laiteuse dont il se barbouillait les jambes. Il avait agité les anthères lourdes de pollen pour qu'elles répandent leur riche cargaison d'ocre sur ses doigts et qu'il en saupoudre ses paupières...

Puis ses pensées revinrent aux événements de l'après-midi.

20

C'est dans cette atmosphère pour le moins tendue que débarqua le nouveau sous-préfet, quand l'express de Delhi qu'on n'attendait plus finit par arriver. Il ne fut pas plus tôt descendu du train qu'il se retrouva entouré et pris d'assaut par un secrétaire et plusieurs messagers au visage grave, tous porteurs de propositions et de projets relatifs à une affaire dont personne, allez savoir pourquoi, ne l'avait mis au courant avant son arrivée.

« Je suis désolé, monsieur, vraiment désolé, lui dit son secrétaire, j'ai bien essayé à plusieurs reprises, mais les lignes sont en dérangement et les services postaux et télégraphiques sont dirigés par mon ancien patron, lequel refuse de me laisser pénétrer dans les bureaux, et nous n'avons pas voulu alerter les autorités supérieures, dans l'idée qu'il vaudrait mieux que nous arrivions à résoudre le problème par nous-mêmes... Sinon, c'est nous qui serons tenus pour responsables, et vos états de services risqueraient alors d'en prendre un sérieux coup... Peu importe, monsieur, ça vous aura toujours permis de faire un voyage agréable au lieu de passer votre temps à vous inquiéter... Vous ne croyez pas? » Il leva un visage rayonnant vers le fonctionnaire abasourdi et lui passa autour du cou la guirlande de soucis qu'il avait apportée avec lui. Les fleurs étaient quelque peu défraîchies d'avoir attendu si longtemps à la gare, mais, comme chacun sait, c'est l'intention qui compte.

Le nouveau venu était un homme maigre et réservé qui venait juste de prendre ses fonctions dans l'administration ; ferme sur les principes, il n'en paraissait pas moins timide et peu sûr de lui. On lui avait offert la sous-préfecture de Shahkot comme premier poste précisément parce que la charge n'était pas trop lourde, ce qui faciliterait ses débuts dans la carrière : après tout, son père était un homme influent dans la haute administration indienne. La famille s'était grandement réjouie d'avoir placé un autre de ses membres au service du gouvernement. Après quelques jours de vacances, histoire de célébrer sa nomination, il avait rejoint son poste, lesté de trente-cinq bocaux de conserves diverses, spécialement préparés par sa mère à son intention. De quoi soutenir deux années de siège loin de ses bases ! Il avait espéré pouvoir se rendre à son domicile sans histoires, avec cuisinier et chauffeur, déballer ses affaires, s'installer tranquillement... et voilà qu'on lui parlait de menaces qui pesaient sur ses états de service, de soucis qu'il ne fallait pas se faire inutilement !

Et qui, d'après vous, pouvait bien être ce secrétaire si bavard et si prodigue de conseils ? Qui d'autre, sinon M. Gupta, notre vieille connaissance du bureau de poste ? Se sentant très seul après avoir été plus ou moins abandonné par Mlle Jyotsna, malheureux de n'avoir plus personne à qui parler pendant le travail, si l'on excepte l'employé taciturne et rébarbatif qui avait été embauché à la place de Sampath, il avait posé sa candidature au poste de secrétaire du sous-préfet, qu'il avait obtenu. Il avait, enfin, l'impression d'être au cœur des événements, plus qu'il ne l'avait jamais été auparavant. Son moral s'en ressentit et vira aussitôt au beau fixe. Il aurait été au comble du bonheur, cela va sans dire, s'il y avait eu dans les parages une dame avec qui flirter, mais, s'il avait été fort déçu d'apprendre que le sous-préfet était célibataire, il n'en restait pas moins résolument optimiste : qui sait si son nouveau travail n'allait pas lui permettre de renouer le contact avec Mlle Jyotsna...

« Je vais vous conduire moi-même chez vous, monsieur. J'ai donné des ordres pour le dîner. Le cuisinier est un reste du Raj, monsieur ; il voulait vous préparer des côtelettes et de la crème caramel, mais je lui ai dit : "C'est hors de question. À quoi sert de s'être débarrassé des Anglais, si c'est pour continuer à manger des côtelettes et de la crème caramel ?" Il vous faudra être ferme avec lui. Mes réflexions l'ont mis de fort méchante humeur, mais j'ai tenu bon, et vous aurez un *pulao* de légumes et un curry de mouton. C'est la raison pour laquelle il a refusé de venir à la gare. Je suis sûr qu'à l'heure qu'il est il est toujours dans sa cuisine à faire la tête sur son tabouret... Et j'y pense, monsieur, quand vous aurez terminé votre repas, il vaudrait mieux que nous allions au plus tôt voir le Baba singe. Vous dérober ferait vraiment mauvais effet. Tout le monde s'attend à cette visite. »

Pendant ce temps, cahoté et ballotté dans la jeep de l'administration, le sous-préfet essayait de prendre connaissance des missives qu'on lui avait remises. Il ne comprenait absolument rien à ce qui se passait... et quel bavard que ce secrétaire ! Il n'arrivait pas à mettre deux pensées bout à bout tant l'autre jacassait ! Dire que, quelques jours plus tôt, il passait des vacances de rêve avec sa famille à Mussoorie, et qu'aujourd'hui il se retrouvait plongé dans une tragédie administrative d'une ampleur totalement insoupçonnée.

« Sale affaire, monsieur, que cette histoire de singes », dit M. Gupta, faisant de son mieux pour prendre un air accablé, sans pourtant réussir à cacher sa joie.

21

La première réunion entre le colonel et le sous-préfet fut gravement perturbée par la Société pour la protection des singes. Terrifié, l'administrateur ne cessait de regarder par la fenêtre la foule gigantesque qui semblait grossir chaque fois qu'il tournait la tête pour jeter un nouveau coup d'œil.

La veille au soir, on l'avait emmené voir Sampath dans le verger de goyaviers. Bien entendu, lui aussi avait été suivi par ceux que M. Gupta appelait des « agitateurs ». Timidement, il avait regardé Sampath un moment, tandis que l'autre en faisait autant de son côté. Curieusement, chacun d'eux s'était senti comme nu et vulnérable au regard de l'autre. Ils n'avaient pas échangé un mot, tous les autres tenant, une fois de plus, à faire entendre leur voix. Puis Sampath s'était détourné de manière à ne plus voir que le feuillage, pour ne plus changer de position de peur d'avoir à subir le traumatisme qui, quelques jours plus tôt, l'avait rendu si malade. Le Baba ne manqua pas d'inspirer une vive sympathie au sous-préfet, qui s'en retourna chez lui encore plus bouleversé par cette affaire.

Et maintenant, Dieu sait ce qu'il allait sortir de cette réunion.

« Ne vous inquiétez pas, monsieur », murmura M. Gupta, qui était arrivé pour la réunion de si bonne heure qu'il avait même eu le temps d'aider le fonctionnaire à faire chauffer l'eau de son bain avec un chauffe-eau de fortune immergé, constitué d'une résistance enroulée autour d'un morceau de bois. « Je suis là pour vous donner des conseils de premier ordre », murmura-t-il encore avec un sourire encourageant. Il appréciait son nouveau patron bien davantage que le désagréable D.P.T.

Le colonel avait pris place en face du sous-préfet et de son secrétaire. Il se faisait une joie de leur présenter son ingénieux projet. Mais il n'eut pas plus tôt ouvert la bouche que la foule, à l'extérieur, se mit à manifester bruyamment. Comment était-il censé s'exprimer avec tous ces bouseux rassemblés là dehors ?

« Mais qui est-ce qui nous a flanqué des militaires pareils ? entendait-on crier. Rien que des crétins. Tirer toutes les heures ! Et puis quoi encore ! Il n'en est pas question. Les-fu-sils-hors-des-san-ctu-aires, les-fu-sils-hors-des-san-ctu-aires, les-fu-sils...

– Vous ne savez..., bafouilla le colonel en guise de réponse. Bande de culs-terreux !

– Nous ne tolérerons jamais ça, interrompit avec conviction une représentante de la SPS à l'air sévère, qui avait réussi à passer la tête par la fenêtre. Jamais, vous entendez, jamais. Sous aucun prétexte.

– À vrai dire, monsieur, murmura M. Gupta à l'oreille de son supérieur, ce plan ne tient pas debout. "Disperser les hommes dans les fourrés", est-il écrit ici. Mais quels fourrés, monsieur, je vous le demande ? Il y a des centaines de gens qui vont et viennent sans arrêt... L'endroit ressemble plus à un champ de foire qu'à des fourrés. Si l'on se met à tirer là-dedans, il y aura forcément des victimes.

– Bon, eh bien voyons ce que vous avez à proposer, cria le colonel qui avait bondi sur ses pieds pour s'adresser à la foule. Vous qui êtes si malins, qu'est-ce que vous attendez pour nous soumettre un plan de rechange ?

– Il faudrait éviter le recours à la violence, lança une voix.

– En faisant quoi ? demanda froidement le colonel, qui attendit une réponse au milieu du silence général.

– En entamant des négociations, dit la dame de la SPS au bout d'un moment.

– Ah, ah, s'exclama le colonel d'une voix triomphante où perçait le mépris. Alors, comme ça, vous allez négocier avec un singe, ma bonne dame ! » Et le sérieux de toute l'entreprise s'en trouva gravement compromis : ne pouvant s'empêcher de trouver risible l'idée de la dame de la SPS avec son air sévère en train de négocier avec les singes, certains membres de l'assistance se mirent, en dépit de leur fervente opposition au projet de la soldatesque, à ricaner de manière passablement déplacée.

Le sous-préfet les regarda, n'en croyant pas ses yeux. Comment pouvaient-ils plaisanter, alors qu'ils venaient tout juste de proférer les pires menaces ?

Voilà un endroit qui était des plus étranges. Mais il fallait bien admettre qu'un tel projet n'était pas viable. L'affaire ne manquerait pas de revenir aux oreilles de son supérieur hiérarchique, et s'il y avait des victimes... Il lui fallait absolument s'affirmer et faire preuve d'autorité. « Si vous me permettez un avis, dit-il au colonel, je dirais que cette solution ne me semble pas des plus prudentes... »

Un peu plus tard dans la matinée, ils rencontrèrent le CSS. Celui-ci arriva accompagné d'un cortège de cadres et de commerçants en colère qui avaient passé toute la nuit à scander des slogans sous ses fenêtres. Pâle et essoufflé, il descendit de sa voiture pour se précipiter dans le bureau du sous-préfet sous la protection du commissaire, dérangé une fois de plus pour les besoins du service.

« Nous avons reçu des protestations de tous les commerçants, monsieur, dit M. Gupta au sous-préfet, histoire de lui résumer brièvement la situation. Ils refusent de se voir retirer leurs licences. Et nous avons également reçu des mises en garde des villes voisines, qui font valoir qu'au cas où nous adopterions une telle mesure, les singes se contenteraient de changer de terrain d'action pour venir semer la pagaille chez elles. Et elles ont raison, monsieur. Ces animaux pourraient même aller jusqu'à apprendre leurs singeries à leurs congénères des autres villes, si on les chasse de la nôtre. Et ce sera bientôt à un état entier de singes alcooliques que nous aurons affaire. Vous-même n'êtes pas sans connaître le dicton "Il suffit d'une pomme gâtée pour abîmer tout le panier". Qui deviendrait en l'occurrence "Il suffit d'un singe corrompu pour contaminer les autres".

– Mais monsieur, cria un auditeur dans la foule, soudain inspiré par le trait d'esprit de M. Gupta, est-ce qu'on peut vraiment apprendre à un vieux singe à faire de nouvelles grimaces ?

– Arreji, dit un autre, on aura assez de problèmes comme ça avec les jeunes singes, sans se préoccuper de savoir si les vieux sont encore capables d'apprendre quoi que ce soit.

– C'est bien vrai, opina M. Gupta, ce serait une bonne illustration du "Qui met le nez dehors par temps de guerre risque de se le faire casser". » Il était assez content de pouvoir faire étalage des aphorismes qu'il avait appris du Baba singe, surtout qu'il venait de repérer dans la foule le visage admiratif de Mlle Jyotsna. De fait, il était stupéfait de constater que de telles maximes lui venaient sans effort et traduisaient très exactement l'état de sa pensée. Il s'imagina seul au clair de lune avec la dame de ses rêves. Or, chacun sait que « Pour faire le beurre, il faut battre la crème », pas vrai ?

Le sous-préfet ne put s'empêcher de pouffer de rire. Il se sentait soudain étrangement libre. « Je me demande, dit-il au CSS, si le retrait des licences serait une si bonne idée... »

Le médecin-chef fut consterné de voir l'accueil que l'on réservait à son projet. « Puisque c'est là toute votre réponse, dit-il, blessé mais digne, je peux tout aussi bien rentrer chez moi. Une autre réunion m'attend.

– Est-ce qu'il s'agit de la réunion avec le professeur Vermaji ? » demanda vivement M. Gupta, qui, en apprenant que tel était le cas, se tourna vers son patron pour lui dire : « Il vaudrait mieux que nous y allions, monsieur. Le professeur a lui aussi un plan, si vous vous en souvenez, pour se débarrasser des singes. Si ce plan reçoit le feu vert du CSS, il vous sera présenté. » Il n'avait pas envie de renoncer à s'amuser et de voir les hostilités se poursuivre sans lui.

Et c'est ainsi que, suivis de leur cortège de manifestants, ils prirent tous trois le chemin du bureau du médecin-chef. La foule profita du trajet pour reprendre un peu de sa vigueur et, quoique sur le pied de guerre depuis de longues heures, se mit à scander ses slogans de plus belle. « Enduis-toi la bouche de miel, et tu es sûr d'avoir ton compte de mouches. Il faut que chacun balaie devant sa porte. Tes réponses sont à côté de la question. Les petits ruisseaux font les grandes rivières. Qui sème le vent récolte la tempête. Ne laisse pas entrer le loup dans la bergerie. Sois toujours blanc comme neige. »

« Vous les entendez ? demanda le sous-préfet, ahuri, ses pensées soudain détournées du sujet. Enduis-toi la bouche de miel... qu'est-ce que ça veut dire ? Guptaji, les gens de cette ville ont des adages que je n'ai jamais entendus jusqu'ici. »

« Quand les buffles se battent, les récoltes souffrent, poursuivait la foule. L'hiver est rude quand les loups se mangent entre eux. Un coq est bien fort sur son fumier. Ne crache pas contre le vent. Ce n'est pas en parlant du coq qu'on apprend des nouvelles de l'âne. »

« Qu'est-ce que c'est que cette histoire de coq et d'âne ? C'est bizarre, non ? Comment est-ce qu'on passe du coq à l'âne ? » Le sous-préfet se montrait extrêmement intéressé. Il aurait voulu pouvoir s'arrêter pour demander à ces gens de lui expliquer le sens de leurs paroles.

Tout en attendant leur arrivée, Vermaji goûta au grand verre de jus d'oignon qu'il avait trouvé sur le bureau devant lui, croyant que c'était de la citronnade. Il en prit une gorgée et courut aussitôt à la fenêtre pour la recracher. Avant de vider le reste dans les fleurs.

« Imbuvable, votre jus, dit-il en faisant une grimace à l'adresse du CSS, quand celui-ci entra. Pourquoi est-ce que vous ne prenez pas du jus d'orange à la place ? Ou d'ananas ? »

Les gens du temple tambourinaient à la porte.

Que cet homme est donc mal élevé, pensa le médecin tout en contemplant le verre vide. Non seulement il lui buvait tout son jus d'oignon, mais il avait encore le culot de ne pas le trouver à son goût. Il n'avait qu'à commencer par ne pas le boire ! Il décida aussitôt de ne pas approuver le plan de Verma. Un, ce plan était absurde ; deux, il n'allait tout de même pas l'accepter alors que le sien avait été rejeté sans autre forme de procès. Puisque personne n'avait le moindre égard pour lui, il n'en aurait pas davantage pour cet individu.

« Certainement pas, répondit-il.

– Et pourquoi pas? Qu'est-ce que vous avez contre le jus d'ananas? C'est très bon, dit Verma, perplexe.

– Je faisais allusion à votre plan, cria le médecin-chef, hors de lui. (Il était bon pour un autre ulcère, avec tout ce stress, se dit-il en aparté.)

– C'est pourtant le seul qui allie simplicité, approche logique et rigueur scientifique, plaida Verma. L'unique réponse à ce qui n'est finalement qu'un problème d'interaction entre l'homme et le langur, et de dépendance alcoolique chez le singe – pourquoi le rejeter?

– Parce qu'il est idiot, voilà pourquoi, intervint M. Gupta, à qui il n'incombait pourtant pas d'intervenir. Ça va amener toutes sortes d'odeurs et créer des conditions particulièrement peu hygiéniques, qui plus est dans une enceinte sacrée. Est-ce que vous avez seulement pensé aux mouches?

– Nous nous devons d'opposer un refus catégorique à votre demande, dit le médecin-chef.

– Tout à fait », dit le sous-préfet, la tête encore pleine des adages locaux.

Mais quand ils se rendirent compte à la fin de la journée qu'ils n'avaient toujours aucune solution au problème, ils rentrèrent chez eux, un tant soit peu marris.

Un peu plus tard, le commissaire vint avertir le sous-préfet que les singes venaient de se livrer à un nouveau raid : ils avaient mis à sac les placards du juge de paix en retraite et avaient déguerpi en emportant cinq bouteilles de whisky avant que les domestiques aient seulement eu le temps de se rendre compte de ce qui arrivait.

Le sous-préfet revint à son bungalow et s'assit, le front soucieux. Voilà que, sa timidité miraculeusement évanouie, il avait ri et plaisanté d'une manière qu'il ne se permettait habituellement qu'avec son ami le plus proche, tandis que le problème, lui, restait entier. Il ne pouvait pas se permettre d'oublier ses responsabilités. Il eut beau ruminer et retourner les choses dans tous les sens, rien n'y fit. Et le dîner que lui servit son cuisinier, à une heure fort avancée de la soirée, n'était pas fait pour lui remonter le moral. Il constata, accablé et écœuré, qu'il n'avait en guise de repas que quelques côtelettes carbonisées, servies sur l'assiette la plus sale qu'il eût jamais vue. Là où aurait dû apparaître un motif floral, ou peut-être géométrique, l'assiette était constellée d'empreintes de doigt. Le cuisinier la lui mit sous le nez sans cérémonie, et, sans même lui adresser un regard, tourna les talons et sortit.

Décidément, les fonctionnaires de l'administration ne savaient plus manger, songeait le cuisinier, plein d'amertume. Empêché de préparer ses côtelettes le premier soir, il avait montré une détermination farouche à se rattraper dès le lendemain. C'est donc la vengeance au cœur qu'il en prépara toute une ribambelle, mais elles étaient si sèches et si insipides que le sous-préfet, la mort dans l'âme, en fut réduit à sortir les cornichons de sa mère pour relever quelque peu ces tristes agapes.

La mort dans l'âme, il était là, tout seul, assis au haut bout de son immense table. Une ampoule nue pendait au-dessus de sa tête, répandant une faible clarté sur la table, tandis que le reste de la pièce disparaissait dans les ténèbres. Les trous noirs des fenêtres s'ouvraient béants sur sa gauche et sa droite. De vieux rideaux fatigués pendaient mollement sur les côtés. Il se leva pour aller en tirer les pans grisâtres et vint se rasseoir devant ses côtelettes. Jamais il ne viendrait à bout de ces horribles choses calcinées !

Au moment où il se demandait s'il n'allait pas s'en débarrasser en les jetant dans la cuvette des W.-C., il fut interrompu par l'arrivée de M. Chawla.

« Qui est là ? demanda-t-il d'une voix inquiète.

– Le père du Baba singe, dit l'autre en poussant la mince porte de bois qui séparait la véranda de la salle à manger. J'ai moi aussi une proposition à faire, dit-il d'un ton décidé.

– Et de quoi s'agit-il ? » demanda le sous-préfet en posant son couteau. Il se sentit soudain submergé de fatigue. La journée avait été longue. Il ôta ses lunettes et se frotta les yeux.

« Il faudrait entraîner l'armée et la police à la capture des singes, dit M. Chawla. Il suffira ensuite de décider d'un jour dans un avenir proche et hop, on attrape tous les singes d'un seul coup. On pourrait utiliser les camions de l'armée pour les emmener dans quelque lointaine forêt, de préférence dans un autre état, d'où il leur sera impossible de revenir et où ils ne pourront pas trouver d'alcool. Il leur faudra bien alors reprendre une vie de singes normalement constitués et se nourrir de fruits et de baies. »

Le représentant de l'administration se renversa sur sa chaise, tout en réfléchissant à ce qu'il venait d'entendre. Le plan semblait praticable... Personne ne trouverait rien à redire : des singes en train de manger des baies et des noisettes, voilà qui faisait un bien joli tableau. À condition que ça marche, bien entendu. En tout cas, la proposition ne comportait pas de grands risques. Et qui plus est, c'était le père du Baba qui en était l'auteur. On pouvait sûrement lui faire confiance pour agir au mieux des intérêts de son fils. Il se sentit tout à coup plein de compassion pour Sampath, qui lui avait tourné le dos quand il était allé visiter le verger. « Vous savez que votre idée ne manque pas d'intérêt ? » dit-il en jouant avec ses côtelettes. Et il s'accorda encore quelques minutes de réflexion.

M. Chawla, toujours debout, attendait.

Il n'avait eu envie ni de rire ni de scander des slogans comme tous ces pauvres imbéciles pendant les réunions de la journée. Le verger était dans un triste état, et il savait que ses jours en ces lieux étaient comptés. Déjà, l'afflux d'argent sur les comptes en banque menaçait de se tarir. Finis les conversations, les rires, les soirées agréables. Sampath restait prostré dans son arbre, comme s'il ne cherchait plus maintenant qu'à se cacher. Et M. Chawla n'avait pas manqué de remarquer que son fils, retombant dans ses silences d'antan, connaissait à nouveau le chagrin et le désenchantement, que le calme et la béatitude avaient déserté ses yeux voilés. Sa bonne humeur et son espièglerie s'étaient évaporées, et depuis la visite du sous-préfet, il n'avait pas bougé, leur tournant le dos à tous, le regard perdu dans le feuillage, ne songeant peut-être qu'à partir. Et que se passerait-il si Sampath décidait de descendre de son arbre, de déserter son poste et, du même coup, de tout gâcher ? Il n'en était pas question. Il fallait à tout prix trouver une solution. S'occuper des singes afin de ramener le calme. Or, à en juger par les réunions et les discussions de la journée, il était inutile de compter sur ces bureaucrates qui avaient fait la preuve de leur incompétence. Au fil des heures, M. Chawla avait senti monter en lui un grand sentiment de frustration. Mais derrière cette frustration, il y avait autre chose : une immense tristesse et une impression de vulnérabilité sur laquelle il n'avait aucune envie de s'appesantir mais qui colorait toutes ses pensées, lui procurant, malgré lui, la sensation pénible de flotter à la dérive sur un océan sans limites. Il refusait de se pencher sur ce problème. Ne pouvait pas. Y penser ne ferait qu'ouvrir des brèches dans son cœur hermétiquement clos. Et si le doute commençait à s'infiltrer, il était perdu.

« Que pensez-vous de ma proposition ? » demanda-t-il au sous-préfet.

Celui-ci fit glisser un petit morceau de côtelette d'un bord de son assiette à l'autre. « Oui, dit-il enfin, d'un ton plus ferme, votre idée est loin de manquer d'intérêt. » Autant qu'il pouvait en juger, il n'était question ni de recourir aux armes ni de toucher à la religion ou aux intérêts commerciaux. La proposition méritait donc qu'on lui donne une chance. Et après tout, se souvint-il, avec un coup au cœur, le sous-préfet, c'était lui. S'il disait « oui », ça voulait dire « oui ». D'un ton aussi résolu que possible, il annonça : « Oui, l'idée est tout à fait réalisable. Bien entendu, le Baba devra quitter temporairement son arbre, sinon il risquerait d'être blessé. » Ce disant, il avala son dernier morceau de cornichon avant de repousser ses côtelettes sur le bord de son assiette. « Khansama, cria-t-il au cuisinier, par pitié, ne refais jamais plus de côtelettes. Au grand jamais. Ni côtelettes, ni poisson frit, ni purée de pommes de terre, ni légumes bouillis, ni soupe à la tomate, ni croquettes, ni gelée, ni crème caramel, plus de cuisine anglaise... » Il s'étrangla presque sur les derniers mots.

Le cuisinier vint se planter dans l'encadrement de la porte, avec son uniforme rouge plein de taches, un torchon sale sur l'épaule, puis jeta au sous-préfet un regard plein d'un cinglant mépris. Sans un mot, il fit demi-tour avant de disparaître dans le corridor sombre qui menait à l'antre noir de suie de sa cuisine.

Le lundi soir, les singes rentrèrent fort éméchés d'une virée au *Café anglais*. Le mercredi, ils tentèrent de pénétrer par effraction dans les locaux du Club des membres honoraires du tribunal. Et le jeudi, ils s'emparèrent au quartier général de documents top-secret relatifs aux mesures de sécurité prises par l'armée indienne pour prévenir une invasion du pays. Ils ne consentirent à les rendre qu'en échange d'un stock de bouteilles prélevées au bar du mess des officiers.

C'est avec une diligence remarquable que les permis nécessaires à la mise en œuvre du projet de M. Chawla furent délivrés, les papiers officiels dûment tamponnés, les ordres transmis à l'armée et à la police. On fixa une date, le dernier jour d'avril, pour la descente temporaire de Sampath et la capture puis le transport des singes de Shahkot pour une destination inconnue mais lointaine.

« Je refuse de descendre, dit Sampath.

– Mais ce ne sera que temporaire, l'assura-t-on. Il n'y en a que pour quelques heures. Tu pourras regrimper dans ton arbre tout de suite après. »

Mais il n'en croyait rien. S'il acceptait de descendre, il était presque certain de ne pas pouvoir remonter. Ils feraient tout pour l'embarquer dans quelque horrible ermitage. « De toute façon, je refuse de vivre sans mes singes », dit-il d'une voix ferme, s'en tenant à sa position initiale et refusant toute concession. Au pied du goyavier pleurait Mlle Jyotsna.

« Pourquoi est-ce que vous ne rentrez pas chez vous pendant un temps ? lui dit Ammaji, l'œil mauvais, tout en la poussant avec sa tapette à mouches. Vous ne faites qu'aggraver son état. »

Kulfi fit un clin d'œil complice à son fils, mais ses pensées voguaient à des lieues d'ici. Un singe ! À cette seule idée, ses yeux se mirent à luire comme deux mares sombres allumées par le soleil. Un singe... À quelle sauce allait-elle l'accommoder, cet animal de ses rêves ? Le dernier jour du mois d'avril...

Allait-elle le cuire au *tandoor* ? Le faire mijoter en ragoût ? Le farcir ou le passer à la poêle ? L'enrober de feuilles de bananier, en faire de la farce pour garnir des poulets ou des œufs d'oie ? Le mélanger à une galette ? Le mettre dans un pot en terre ? L'assaisonner au safran ? Le parfumer aux clous de girofle ? À moins qu'elle le fasse cuire avec du jus de grenade ?

Sampath scruta le visage des membres de sa famille sans y trouver l'aide qu'il cherchait. Que de changements depuis son arrivée dans le verger, il n'y avait pourtant pas si longtemps ! Tout ce qu'il voyait lui rappelait chaque jour davantage ce qu'il avait espéré quitter pour toujours. Des panneaux publicitaires défiguraient les arbres avoisinants ; un tas d'immondices malodorantes commençait à recouvrir le bas de la colline juste derrière le débit de thé et grossissait à vue d'œil. Le bourdonnement incessant de voix désagréables et l'impression de claustrophobie qu'il avait toujours associés à la vie urbaine envahissaient à nouveau son univers. Et voilà qu'en plus, ils voulaient débarrasser le verger de ses compagnons favoris ! Ils savaient pourtant à quel point il les aimait. Et à quel point il se moquait pas mal d'eux tous, là en bas. Pourquoi ne le laissaient-ils pas tranquille avec ses singes bien-aimés, avec son paysage si beau qu'ils s'obstinaient à salir, à dégrader, à défigurer ? Pourquoi ne partaient-ils pas en emportant avec eux leurs panneaux publicitaires, leur bruit et leur crasse, leurs cars, leurs bus et leurs camions, mais aussi leurs esprits étroits et mesquins ?

Il allait devoir s'échapper. Mais comment ? Comment s'y prendre pour réussir ? Ils ne le laisseraient pas partir. S'il descendait de son goyavier, ils l'attraperaient. Et s'il y restait, les choses ne feraient qu'empirer. Il retrouvait, comme autrefois, la désagréable sensation d'être pris au piège...

Il lui fallait absolument partir. Mais comment, comment ? Il réfléchit sans pouvoir trouver une solution. Incapables de se fixer, ses pensées – toujours les mêmes – tournaient à vide dans son cerveau. Il finit, pour autant que les fidèles pussent en juger, par tomber dans une sorte de léthargie.

« Il n'y a qu'à le laisser tranquille, dit son père. Le matin du 30 avril, nous le ferons descendre, et avant même qu'il sache ce qui lui arrive, ce sera fini. »

« Fini, fini... » Les mots, qui semblaient venir de très loin, résonnèrent un instant dans la tête de Sampath.

22

Le plan de M. Chawla n'attendit que quelques jours avant d'être mis à exécution. L'entraînement des chasseurs de singes commença à un rythme effréné, même si personne ne savait au juste en quoi il était censé consister. Le colonel, qui tolérait mal qu'on eût refusé son idée au profit d'un plan aussi cafouilleux qu'inadéquat, hurlait des ordres à tort et à travers dans son mégaphone, et faisait défiler ses hommes à tous les pas possibles et imaginables, les obligeant à sauter du haut des arbres, à grimper à la corde, à faire le poirier ou des tractions, à courir dans la campagne sur des kilomètres, tant et si bien que la population finit par se plaindre : ces satanés bidasses s'y entendaient aussi bien que les singes pour troubler la paix des honnêtes citoyens. Faisant irruption dans les jardins avec leurs gros godillots, piétinant les fleurs, ils envahissaient les propriétés privées, laissant de multiples traces de leur passage dans les massifs et les potagers, réveillant les braves gens à l'aube pour reprendre, jour après jour, des activités pour le moins répréhensibles. Jusqu'au sol qui tremblait à leur approche, comme à celle d'un tremblement de terre.

Mais quand le colonel eut connaissance des plaintes, il se contenta d'expliquer que s'il n'avait tenu qu'à lui, et si sa propre proposition avait été retenue, il n'en serait pas réduit à soumettre ses hommes à une telle pantalonnade. Ils savaient tous se servir d'un fusil. Ils n'auraient eu qu'à se rendre dans le verger, et, deux heures plus tard, tout aurait été terminé. Puisque personne n'avait voulu le soutenir, il ne leur restait plus à tous qu'à souffrir en silence. « Tractions, pas redoublé, double culbute, et que ça saute », hurlait-il de plus belle, tandis que les citadins grommelaient : « Plus vite ce sera fini, et mieux ça vaudra ».

Le sort des policiers était nettement plus enviable que celui des soldats : dans la mesure où tout le monde s'était accordé à penser qu'ils étaient incapables de participer à une opération d'une telle envergure, on leur avait confié la tâche de préparer les filets qui devaient servir à attraper les singes. Sous l'œil indulgent du commissaire, ils passaient des heures à musarder, assis devant le commissariat au milieu d'un stock de filets de pêche, d'anneaux de métal, d'aiguilles et de corde en nylon, pas très sûrs au fond de ce qu'ils étaient censés en faire, mais se divertissant au mieux, comme de vieilles femmes de pêcheurs réparant leurs filets dans le soleil de l'après-midi. « Arre, Chottu », criaient-ils à l'adresse du porteur de thé. « Arre, par ici », à l'adresse du vendeur de patates douces ou du marchand de cacahuètes, ou encore de l'homme à la charrette de boissons fraîches. Ils n'auraient pas échangé leur place pour tout l'or du monde.

Autour du goyavier, l'air, de plus en plus oppressant, semblait se raréfier. Quand Sampath regardait en bas, c'était pour voir un horrible déferlement d'humanité. Personne ne respectait plus les heures de visite. Depuis que M. Chawla avait institué des rondes destinées à prévenir tout désordre, des hommes parcouraient sans relâche les abords du verger, frappant le sol de leurs bâtons et déchirant l'air de coups de sifflet. Dans des temps aussi troublés, qui sait ce qui pouvait arriver, quelle forme inattendue allait bien pouvoir prendre le danger, et d'où il viendrait ? Ils n'étaient plus en sécurité. Et, bien sûr, il y avait les singes à surveiller. Qu'étaient-ils donc en train de mijoter, ceux-là ? Au moindre bruit nocturne, des lampes torches balayaient les arbres ; plus souvent qu'à son tour, Sampath était réveillé par une lumière aussi violente que celle d'un projecteur. Si seulement ces veilleurs s'endormaient à leur poste, comme le font d'ordinaire les gens de leur profession. Mais non, manque de chance, ceux-là appartenaient sûrement à une brigade d'insomniaques, qui, infatigables, poussaient le zèle jusqu'à l'excès. Dès les premières lueurs de l'aube, le verger était investi par des hordes d'envahisseurs bardés de haut-parleurs, et Sampath se retrouvait à nouveau aspiré dans le tourbillon des slogans et des disputes sans fin.

Comment, mais comment allait-il pouvoir échapper à toute cette agitation ?

L'inquiétude et la tension nerveuse commençaient à faire sentir leurs effets : il en avait perdu et le sommeil et l'appétit. Sa mère essayait bien de le tenter avec toutes sortes de mets pour ramener un peu de rose sur ses joues pâles, mais rien n'y faisait... pas plus la petite friture qu'il aimait tant autrefois, que ces piments à réveiller un mort qu'elle seule savait où trouver, ou les pigeons dodus à la chair tendre et fondante, ou même cet énorme poisson rouge qu'elle avait attrapé dans la pièce d'eau du couvent. Tant pis... tant pis. Bientôt, elle serait à même de lui offrir quelque chose d'entièrement nouveau, quelque chose qui allait d'un seul coup réveiller son ardeur et le ramener à la vie. Elle savait que ce serait le lundi 30 avril. Elle commença à rassembler et à mettre de côté les ingrédients nécessaires au festin à venir. Entreprise qui n'était pas sans difficultés, puisque l'élément principal était entièrement nouveau et gardait encore pour elle tout son mystère. Elle n'avait aucune idée de la saveur de cette viande, de sa consistance, de sa densité, de sa texture ou des parfums qu'elle était le mieux à même de mettre en valeur. Pour la guider dans ses préparatifs, elle n'aurait que l'instinct, l'infaillibilité de son instinct, secondé toutefois par son expérience passée et ses multiples talents ; ainsi armée, elle ferait un triomphe de ce qui risquait d'être son unique chance de jamais préparer cette créature...

Sampath laissa son regard se perdre dans les montagnes, renversant la tête au maximum pour pouvoir porter les yeux là où ne subsistait aucune trace de civilisation. Là-haut, très haut, comme si elle coulait directement du ciel, une cascade dévalait les pentes sylvestres, si pâle, si lointaine qu'il n'aurait pu dire si elle était réelle ou si elle participait d'une illusion d'optique, née de l'alliance des sens et de l'imagination. Là-haut, il n'y avait plus ni villages, ni maisons, ni humains... Rien que la forêt et les rochers éclairés par le soleil, et l'écume blanche de l'eau vive. Il reporta son regard sur les oiseaux qui voletaient autour de lui à la recherche de miettes. Comme il enviait ces petites créatures à l'ossature délicate, qui emportaient de leurs ailes battantes un cœur léger comme un flocon de neige dans l'air pur et clair. Son visage avait l'expression anxieuse d'un homme traqué.

« Il est dans un autre monde », murmuraient les fidèles avec respect, tandis que Sampath, indifférent à leur présence, se contentait de fixer l'horizon au-dessus de leurs têtes, les laissant soulever son pied pour le poser sur le sommet de leurs crânes quand ils lui demandaient sa bénédiction. Ce rituel, si plein d'innocence aux premiers jours, lui soulevait le cœur maintenant, car il s'y attachait trop de calcul, d'hypocrisie peut-être.

Il plongea les yeux dans le ciel vespéral. L'air argenté semblait se distiller dans l'armure du poisson qui bouillonnait doucement devant lui, dans le pelage duveteux des langurs assis dans son arbre, inconscients, semblait-il, de tous les complots qui se tramaient contre eux. Ils étaient là à jacasser, à s'amuser, à se faire leur petite toilette, comme si de rien n'était. Sans se douter que...

23

Tandis que l'armada des tantes et des sœurs montait la garde devant chaque fenêtre de la maison, le garçon du Cornet d'Amour, retenu prisonnier dans sa chambre, rongeait son frein. Il entendait au loin les clameurs des manifestants et trouvait injuste qu'on l'empêchât de prendre part à l'excitation générale.

« J'y vais avec la camionnette, avait-il essayé de plaider. Vous vous rendez compte des affaires que nous manquons. »

Mais même cet argument-là ne suffit pas à ébranler la conviction, parmi les membres de la famille, qu'il fallait le garder sous clé et ne le laisser ressortir qu'une fois dûment et honorablement marié. En l'espace de quelques jours, le garçon était passé d'une vie d'autoemprisonnement à une détention forcée, imposée par les siens, et il se sentait insulté dans sa fierté. Il arpentait sa petite chambre de long en large, s'interrogeant sur le sort de Pinky, prise dans ce tourbillon de folie provoqué par les singes, et sur son propre sort... Et chaque fois qu'il s'interrompait dans ses allées et venues pour écouter, une oreille indignée collée contre le battant de la porte, c'était pour entendre le bruit de leurs conversations qui montait par l'escalier depuis le salon : ils n'avaient qu'un sujet en tête, son futur mariage. Pas de doute, il fallait agir vite.

Ils étaient prêts à recourir au plus vieux truc du monde.

Il fit passer à Pinky un petit mot urgent par l'entremise du fidèle laitier, qui le remit en rentrant chez lui par le même car qu'avait pris Sampath six mois plus tôt pour quitter Shahkot. « Il n'y a pas un instant à perdre », disait le billet, dont les lettres avaient un peu bavé en raison d'un reste de lait de buffle dans la caisse où l'avait placé le laitier. « Il est question de mariage. »

Tout en attendant une réponse, il se mit à arpenter sa chambre de plus belle. De temps à autre, il s'arrêtait, rejetait ses cheveux en arrière, saisi d'un frisson d'exaltation qui le parcourait comme un courant électrique. Ce qu'il était en train de vivre ressemblait à s'y méprendre à ce qu'on voyait dans les films. Il était reconnaissant du prestige que lui conférait pareille situation : son cœur était comme en suspens, accroché à la crête d'une montagne.

Dès le lendemain matin, il avait la réponse de Pinky, apparemment convaincue qu'il fallait agir au plus vite. D'une main ferme, elle lui proposait de s'enfuir avec elle dans la camionnette et de partir pour une ville lointaine, un endroit où ils n'auraient plus à se soucier de son impossible famille. Il n'y avait, semblait-il, pas d'autre solution. « Le lundi 30 avril, poursuivait la pragmatique demoiselle, ils ont l'intention de capturer les singes. L'affaire va occuper tous les esprits, et personne ne fera attention à nous. Retrouve-moi avec la camionnette à cinq heures du matin sous le grand tamarinier, dans la rue qui mène à la route reliant le bazar au verger. Ensuite, nous aviserons. »

Le lundi 30 avril... c'est-à-dire dans tout juste trois jours ! Retrouvant tout son courage, le jouvenceau répondit d'une main tremblante : « Entendu. J'y serai sans faute. »

Bien que prise dans le tourbillon de ses préparatifs de départ entrepris dès la réception de ce petit mot – le tout, bien entendu, dans le plus grand secret –, Pinky ne pouvait s'empêcher d'avoir de la peine pour son frère. Il ne semblait pas juste qu'au moment précis où la sienne prospérait de si belle façon, la vie de Sampath dût s'étioler au risque de dépérir à jamais. Que ses propres sentiments à l'égard des singes fussent fort différents de ceux de son frère ne l'empêchait pas d'avoir une conscience aiguë de cette injustice. Rendue généreuse par l'éclosion de son nouvel amour, elle grimpa l'échelle appuyée contre l'arbre. « J'ai une idée », lui dit-elle.

Mais Sampath, plongé dans son mutisme d'antan, se contenta de lui lancer un regard vide sans daigner lui répondre.

« Tu sais, poursuivit-elle, tu pourrais peut-être nous accompagner, le garçon du Cornet d'Amour et moi, car, tu sais, ajouta-t-elle dans un murmure, lui et moi, on a l'intention de s'enfuir, tu sais. »

Dieu seul sait pourquoi, alors qu'il ne savait rien, elle éprouvait le besoin d'émailler son explication de tous ces « tu sais ».

« Je refuse de descendre de cet arbre, dit Sampath.

– Mais pourquoi ? demanda Pinky, qui s'empressa de redescendre l'échelle en voyant le singe du cinéma s'approcher de Sampath pour s'installer juste à côté de lui, à sa place habituelle. On pourra aller n'importe où avec la camionnette et changer d'endroit comme on voudra. »

Sampath songea à des routes se déroulant à l'infini devant eux dans la chaleur moite de l'été qui n'allait pas tarder à arriver, aux gaz d'échappement des camions, aux vibrations des moteurs dans sa tête, aux sensations de nausée, et d'abord inondé de transpiration, il se sentit bientôt glacé des pieds à la tête. Il repensa à sa vie au bureau de poste, à tous ces gens qui grouillaient autour de lui, le poussaient, le bousculaient dans les rues, et il eut la même sensation de malaise que le jour où les autorités étaient venues lui rendre visite. Pour tout dire, il en perdit presque l'équilibre et faillit tomber de l'arbre. Il entendit quelque part un haut-parleur crachoter des mots sans suite. Il était blanc comme un linge.

« Qu'est-ce que tu as ? demanda Pinky, soudain effrayée.

– Merci de ta proposition, réussit-il à bafouiller. Mais il vaut mieux que vous partiez sans moi.

– Pourquoi ? dit Pinky, exaspérée.

– Parce que », hurla-t-il rageusement, soudain excédé par la situation autant que par les gens. Ils n'avaient qu'à le tuer. Il mourrait tout simplement. « Laisse-moi tranquille. Je crois que je vais vomir. Laisse-moi tranquille, laisse-moi tranquille...

– Oh, d'accord, si tu le prends comme ça », dit Pinky en s'éloignant. Il était bien geignard, aujourd'hui ! On avait vraiment du mal à croire qu'il ait jamais pu trouver le courage de s'enfuir de la maison pour venir s'installer dans cet arbre. Il avait montré un peu de caractère pendant un temps, et voilà qu'il retombait dans son apathie chronique...

Elle était loin de se douter, la malheureuse, de ce qui se passait au même moment au domicile du garçon, sinon elle n'aurait pas perdu son temps à parler ainsi à son frère.

La veille du jour où le garçon du Cornet D'Amour devait s'enfuir avec Pinky, on lui présenta la jeune fille que sa famille lui avait choisie comme future épouse.

Bien que la coutume veuille que ce soit la famille du garçon qui aille rendre visite à celle de la jeune fille, ce fut en l'occurrence le contraire qui se produisit, eu égard à la situation très particulière de l'impétrant. Avant l'arrivée de la promise, à bord d'un pousse-pousse où elle était assise, affectueusement prise en sandwich entre ses parents, le godelureau se surpassa en piquant le plus grand caprice dont il eût jamais honoré les siens. Leur nervosité ne fit que s'aggraver quand ils le virent s'emporter à tout moment, claquer les portes, se barricader dans sa chambre, en ressortir pour hurler des insanités dans l'escalier avant de retourner s'enfermer...

« Mais c'est une très gentille jeune fille, tâchaient-ils de le raisonner. Accepte au moins de la voir. Elle est jolie et d'humeur égale. Tu vas sûrement la trouver à ton goût. » Vraiment, il avait changé du tout au tout depuis qu'il s'était fait mordre par cette Pinky. Jamais auparavant il ne sortait ainsi de ses gonds... Et de se perdre en conjectures, et de se noyer dans des abîmes de perplexité !

« Si vous la trouvez si bien, dit-il non sans grossièreté, vous n'avez qu'à l'épouser vous-même, et vous aurez tous les ennuis de la terre.

– Mais, mon fils, écoute...

– Vous me cassez les pieds », interrompit-il, en faisant claquer une énième porte.

La curiosité, cependant, finit par avoir raison de lui, et quand la fille arriva, c'est un peu calmé qu'il descendit l'escalier. D'accord, il consentait à la voir, mais uniquement pour pouvoir ensuite la refuser en toute connaissance de cause, certain d'avoir plus d'arguments à sa disposition pour faire valoir son point de vue. Vêtu d'une chemise et d'un pantalon blancs, l'œil toujours un peu rageur, il fit son entrée dans la pièce.

Et c'est alors...

Mais qui pourra donc jamais pénétrer les voies du destin ?

Quelle jeune fille ! Mais quelle jeune fille ne vit-il pas, assise sagement entre papa-maman, quand il souleva la portière pour pénétrer dans la pièce ! Elle surpassait tout ce dont il avait jamais rêvé. Si dodue, si rose, si claire de peau. Comment imaginer un teint pareil sous le soleil indien ! Et ce visage placide, ces yeux endormis, ce sourire paresseux et bon enfant... Il n'en croyait pas ses yeux ! Son sari avait la couleur d'un bouton de rose, ses joues celle d'un gâteau à la vanille, sa bouche, celle de la cerise sur le glaçage d'un gâteau d'anniversaire... Oui, elle avait tout d'un gâteau d'anniversaire, blanc et rose... Les perles à ses oreilles, autour de son cou et de ses poignets, étaient comme les petites boules d'argent qui servent à décorer les gâteaux. Il en resta bouche bée, frappé de stupeur, cloué sur place.

Tout autour de la pièce, sœurs et tantes, mère et grand-mère se poussaient discrètement du coude. Cette fille n'avait certes jamais réussi un examen de sa vie, mais elle n'était pas à dédaigner. Elles étaient ravies, et pas peu fières d'une besogne menée à bien dans des circonstances ô combien contraires.

Le garçon se retira, la tête à l'envers. Une fois la fille repartie, elles l'assaillirent de toutes parts, lui emplissant les oreilles d'un flot de paroles, essayant de l'amadouer avec des promesses de voiture et de poste de télévision, l'assurance d'un mariage dont les fêtes dureraient deux semaines... Suffit ! se dit-il. Comment pourrais-je jamais faire une chose pareille ? Mais elles ne le lâchaient pas, et, en dépit de l'air revêche qu'il essayait de conserver, ses yeux trahissaient son contentement.

Quand il fut enfin seul, tous ses doutes affluèrent à nouveau, et il fut incapable de trouver un instant de repos pendant la nuit qui précéda son rendez-vous avec Pinky. Il se tourna et se retourna dans son lit jusqu'à ce qu'il se retrouve entortillé dans ses draps. Ses pensées menaient une incroyable sarabande, se télescopaient les unes les autres pour finir par s'embrouiller complètement. D'un côté, il avait donné sa parole, et, au fond, il était bon bougre... De l'autre, il avait du mal à oublier à quel point il serait agréable et facile de rester... Pourtant, il avait des scrupules à céder aussi facilement après avoir fait tant d'histoires et résisté si longtemps. Il repensa à Pinky, à tous ses petits billets et ses petits cadeaux, au jour où elle lui avait mordu l'oreille, à celui où elle l'avait atteint à la mâchoire. C'était vrai que Pinky avait, elle aussi, bien des choses pour elle. Personne n'aurait songé à le nier. Et ce matin encore, toute l'entreprise lui avait paru si excitante – il n'aurait qu'à bondir dans la camionnette et à s'enfuir... Mais voilà que maintenant... maintenant, il ne savait plus... Il y avait cette fille à l'aspect de crème glacée, de gâteau d'anniversaire, de gâteau de mariage... Non, c'était impossible, voilà qu'il se surprenait à penser gâteau de mariage, et non plus gâteau d'anniversaire, et cela voulait sûrement dire quelque chose... même si, à son mariage à lui, il n'y aurait bien entendu pas de pièce montée, mais des laddoos.

À quatre heures, il se leva, toujours aussi indécis, et se faufila jusqu'à la camionnette. Curieusement, comme si le destin en avait décidé ainsi, personne ne l'entendit ; tout le monde dormait du sommeil du juste, dans la certitude du travail accompli et d'un avenir assuré pour le fils de la maison. Tout le monde dormait et ronflait, essayant de récupérer en une nuit des mois d'inconfort et de soucis. Sans faire de bruit, il poussa la camionnette en bas de la rue et ne sauta dedans pour actionner le démarreur qu'après avoir tourné au premier carrefour. Il irait jusqu'au tamarinier et là, selon l'humeur du moment, soit il dirait à Pinky que c'était impossible, soit il la prendrait dans ses bras et partirait avec elle dans la camionnette du

Cornet d'Amour... Il s'engagea dans un dédale de petites rues au lieu d'emprunter l'artère principale à sens unique, histoire de multiplier les occasions de faire demi-tour et de rentrer chez lui ou, au contraire, d'accéder à la grand-route, s'il choisissait cette dernière solution. « Pinky ou Mlle Gâteau, marmonnait-il. Pinky ou Mlle Gâteau... »

Dans un état d'agitation extrême, il ne faisait que tourner en rond, reprenant toujours les mêmes rues encore sombres quand soudain, apercevant une foule indistincte de gens et de voitures qui arrivait derrière lui à grande vitesse, il se souvint brutalement de la date : c'était le jour de la capture des singes. De toute évidence, il s'agissait des chasseurs eux-mêmes, qui, comme lui, se rendaient au verger !

« Dégagez la voie, lui crièrent-ils. Dégagez la voie. »

Il essaya de tourner aussi vite que possible dans une autre ruelle, mais elle était si étroite que la camionnette se retrouva coincée. Comme chacun sait, c'est souvent dans les moments critiques que se produit ce genre d'incident, et il lui fallut un certain temps pour dégager son véhicule et emprunter un autre passage, histoire de s'embarquer dans une autre de ses innombrables boucles autour de la ville. « Pinky ou Mlle Gâteau... » Et pourquoi pas ni l'une ni l'autre, là ! Aucune des deux. Elles pouvaient se flatter d'avoir fait de sa vie un véritable enfer.

24

Dès quatre heures, le sous-préfet était sur le pied de guerre, prêt à accueillir M. Gupta, lequel s'annonça peu après par une série de petits coups brefs et fébriles à la porte. Il était emmitouflé dans d'innombrables écharpes de laine et arborait un coquet chapeau jaune. Ils devaient se rendre ensemble au cantonnement dans la jeep de l'administration. Ils y retrouveraient l'armée et ses filets, et de là se rendraient en leur compagnie au verger, où devaient se rassembler les forces de police prêtes à intervenir et à prévenir toute tentative de sabotage. On descendrait Sampath de son arbre pour le confier à la garde de la police, on déchargerait les filets, les soldats se déploieraient en ordre de bataille selon le plan élaboré par le colonel et captureraient les singes. À l'heure où le soleil commencerait à monter dans le ciel, tout serait déjà terminé.

Mais quand, à quatre heures cinq, le sous-préfet et M. Gupta, installés dans la jeep officielle qui commençait déjà à descendre l'allée menant du bungalow à la route, voulurent partir, ils ne firent pas plus de quelques mètres. Leur véhicule s'immobilisa devant une véritable barricade constituée d'un monceau d'objets des plus hétéroclites : ballots, nattes, tables cassées, chaises défoncées, pots et casseroles cabossés, édredons crasseux, vieux oreillers éventrés... On distinguait même dans la pénombre un lit à ressorts rouillé et deux chèvres efflanquées ! Et, venant du quartier des domestiques juste au bord de l'allée, on entendait le fracas d'un épouvantable remue-ménage.

« Mais que diable se passe-t-il ? » s'enquit le sous-préfet, au moment où M. Gupta sautait de la jeep pour aller voir de quoi il retournait. Il y avait dans l'air une forte odeur de renfermé : de toute évidence, les objets moisis étalés sur l'allée n'avaient pas connu le grand air depuis des années.

« C'est le cuisinier, dit M. Gupta, qui revenait déjà. Il retourne au pays de ses ancêtres. Il dit qu'il est trop vieux pour se faire insulter et qu'il ne restera pas ici une minute de plus. Je pense, monsieur, que ce sont ces malheureuses côtelettes qui sont responsables de tout. "Voudriez-vous avoir l'obligeance d'enlever immédiatement vos affaires de l'allée", lui ai-je enjoint. Mais il dit qu'il est trop vieux pour faire quoi que ce soit rapidement et que, de toute façon, il s'en moque.

– Mon Dieu, mon Dieu, nous allons être en retard », dit le sous-préfet, qui fut bien obligé de descendre de la jeep pour aider M. Gupta à dégager l'allée de tout le bric-à-brac accumulé par le cuisinier pendant soixante-cinq années passées au service de l'administration. Dieu sait comment le vieil homme avait réussi à traîner son fourbi jusque-là. Pendant qu'ils s'activaient et se démenaient ainsi, le cuisinier, lui, continuait son tapage dans ses quartiers.

Il leur fallut un certain temps pour arriver à repousser les chèvres récalcitrantes dans les buissons et à débarrasser tout le bataclan de l'insurgé. En fait, il s'écoula une bonne demi-heure avant que le chauffeur, le sous-préfet et son secrétaire puissent reprendre leur route.

Au même moment, les soldats du cantonnement, déjà revêtus de kaki, sortaient de leurs baraquements pour se rassembler au pied du drapeau. À l'heure prévue, le colonel fit également son apparition, dans son uniforme de parade, marcha jusqu'à l'entrée principale et monta dans sa jeep personnelle.

« À mon commandement ! aboya-t-il. En avaaaant, mar... »

C'est à cette seconde précise, bien que le ciel commençât tout juste à s'éclairer, que son œil d'aigle tomba sur l'objet de son obsession. Qu'y avait-il là, dans le vieux mûrier, à côté de la grille, sinon le modeste pigeon vert qui, depuis si longtemps, le taquinait, l'agaçait, le faisait enrager avec les notes liquides de son chant ? Qui lui rappelait le souvenir, doux et torturant à la fois, des vieilles chansons de film qu'écoutait sa mère quand il était enfant. Ah, tristesse lancinante, ah, voix limpide aux accents déchirants qui s'échappait de la gorge de Lata Mangeshkar, voix qui chantait le deuil et les amours perdues, les corps aux petits pieds en fleur de lotus et à la peau parfumée de santal, les longs yeux noirs en amande, la solitude et la douleur, la terrible douleur du souvenir. Voilà ce que lui rappelaient les quelques notes qui montaient des arbres à côté de chez lui – tout un passé, tout un monde, et cela par la seule grâce d'un oiseau on ne peut plus commun, perché, pour l'instant dans le plus grand silence, sur sa branche.

« Un filet, siffla-t-il. Un filet, vite... » Dans son excitation, il planta sa baguette dans les côtes du soldat le plus proche. L'autre ne réagissant pas assez vite à son gré, il lui arracha son filet à singes, bondit hors de la jeep et, tel un rétiaire, le jeta en direction du pigeon vert dans une folle tentative pour capturer l'insaisissable oiseau. Il voulait le garder auprès de lui tant qu'il vivrait ici, histoire de s'infliger à loisir la torture des souvenirs de son enfance, de sa mère, qu'il avait aimée avec tant de passion...

Las, le filet était beaucoup trop grand et bien trop lourd pour qu'un homme puisse à lui seul prétendre le lancer sur un oiseau, et il retomba sur le sol avec un bruit sourd, à peine deux mètres plus loin, dans un enchevêtrement de cordes en nylon. Un léger battement d'ailes lui frôla les oreilles, et, devant ses yeux atterrés, le pigeon vert s'éleva dans les airs pour disparaître hors d'atteinte.

« Bon Dieu de bon Dieu ! » s'exclama le colonel en s'enfonçant le poing dans la paume de la main. C'était un mauvais présage, mais peu importait puisque les présages, ce n'était pas son genre. « En avant, marche, bande de crétins ! » lança-t-il rageusement à ses hommes quand il prit conscience des regards ébahis tournés dans sa direction. Et ils partirent au triple galop, oubliant, ce faisant, d'attendre le sous-préfet et M. Gupta, qui réussirent malgré tout à attirer leur attention en jouant du klaxon pour signaler leur approche, tandis que, lancés à pleine vitesse dans les tournants de la route, ils s'agrippaient à tout ce qui leur tombait sous la main dans la jeep pour ne pas tomber. Quand ils parvinrent à rattraper le gros de la troupe et que la procession fut enfin complète, ils repartirent. Avec un peu de chance, il n'y aurait plus de contretemps. « Allons, en route. Et pas de traînards. Nous sommes en retard. Pas redoublé... Gauche, droite... Gauche, droite... Une, deux... Une, deux... Gauche, droite. Gauche... »

Et c'est ainsi que, avançant gauche, droite, gauche, ils se cassèrent le nez sur un autre amoncellement de valises et de nattes mystérieusement répandues en travers de la route.

« Ah, non, rugit le colonel. Qu'est-ce qui se passe encore ?

– Qui aurait pu croire que nous rencontrerions autant de problèmes à une heure aussi matinale ? dit M. Gupta, dégageant sa bouche d'une écharpe qu'il s'était enroulée autour du visage pour se préserver du froid. Nous avions justement choisi cette heure de la journée pour éviter les embouteillages et circuler à notre aise, et regardez un peu ce qui nous arrive. »

Encore plus emmitouflé que M. Gupta dans des lainages divers, debout au milieu d'un océan de bagages, le CSS donnait des ordres à une petite armée de domestiques devant son bungalow. L'allée ne suffisait pas à contenir les véhicules, qui se déversaient jusque dans la rue.

« Hé, le gros, qu'est-ce que vous fabriquez ? lui cria le colonel.

– Est-ce à moi, monsieur, que s'adresse ce discours ? demanda le médecin-chef, qui avait pâli sous l'outrage mais s'accrochait nonobstant à sa dignité. Si c'est le cas, je pense que vous feriez mieux de garder vos remarques pour vous tant que vous ignorerez mon état de santé.

– Dégage, hurla le colonel. Dégage, et débarrasse-nous de tout ce merdier. Exécution !

– Mais où partez-vous comme ça ? voulut s'enquérir M. Gupta.

– Vous n'allez pas entamer une conversation maintenant... Vous voyez bien qu'on est en retard, intervint le colonel en s'en prenant à lui.

– Je me vois dans l'obligation de prendre un congé à Kasauli pour raisons de santé. Vous comprenez, il y a des moments, en période de stress...

– Contentez-vous de dégager, hurla le colonel, que la rage menaçait d'apoplexie. Et enlevez-moi ces bon Dieu de valises !

– Mon Dieu, mon Dieu, dit le sous-préfet en regardant le remue-ménage qui s'ensuivit, et dire que c'est moi qui ai accordé cette demande de congé. Je suppose que c'est ma faute. » Il se sentait de plus en plus nerveux et à nouveau très malheureux. De toute évidence, il s'obstinait à prendre les mauvaises décisions. D'abord le cuisinier, qu'il avait offensé avec cette histoire de côtelettes, et maintenant le médecin-chef et son congé. Assurément, l'expédition contre les singes était vouée à l'échec. C'était le scandale assuré, la honte garantie quand la nouvelle parviendrait aux oreilles de son père... Une bien sale affaire, décidément ! Il aurait mieux fait de s'en tenir à l'informatique. À l'heure qu'il était, il aurait une petite vie tranquille...

Au bout d'un moment, ils purent enfin se remettre en route. Non sans qu'un des domestiques du médecin-chef vienne obligeamment prévenir le colonel : « Ne partez pas dans cette direction, monsieur. Vous allez vous retrouver bloqués devant la maison de Vermaji, tout de suite après le coin de la rue. Sa femme a décidé de partir et elle déménage ses affaires. C'est une bien triste histoire, c'est sûr ! »

Le colonel, qui avait viré du violet au noir, comme un nuage d'orage, aboya ses ordres pour faire rebrousser chemin à la cavalcade et lui faire prendre une autre route, nettement plus longue celle-là, afin de sortir de la ville. Quand ils finiraient par arriver au verger, s'ils y arrivaient jamais, les singes auraient sûrement décampé et eux n'auraient plus qu'à remettre cette sinistre farce à un autre jour.

Ils tournèrent à l'angle, mais à peine s'étaient-ils engagés dans les premiers nids-de-poule de leur nouveau trajet qu'ils aperçurent devant eux les couleurs vives et la silhouette reconnaissable entre mille de la camionnette du Cornet d'Amour.

« Pinky ou Mlle Gâteau... Pinky ou... »

Un tourbillon de fumée noire s'échappa de l'arrière du véhicule et vint frapper les soldats en plein visage.

25

Pendant ce temps, au verger, tout était remarquablement calme. Dans un coin chantait doucement un gros chaudron où, en prévision de l'arrivée des chasseurs de singes, mijotait une préparation depuis la veille au soir. Kulfi dormait non loin de là. Tandis que les hommes seraient occupés à capturer les singes, elle trouverait bien le moyen, pensait-elle, de diriger la chute d'un des animaux directement dans le chaudron bouillant. Elle le noierait alors aussitôt dans une sauce délicieuse et tout le monde n'y verrait que du feu. Tel était son projet dans ses grandes lignes. Elle n'était pas tout à fait certaine du déroulement précis des opérations, mais elle savait pouvoir se débrouiller en profitant de la confusion générale. L'air était chargé d'effluves d'herbes aromatiques, d'épices et de baies, si bien que tous ceux qui dormirent cette nuit-là sur la colline ne rêvèrent que de nourriture, depuis le gardien dans sa cabane tout en haut de la route jusqu'au commissaire de police enroulé dans sa couverture au bas de la vallée. Ils rêvèrent de banquets gargantuesques, de cuillères et de louches si grosses qu'il fallait des bataillons de cuisiniers pour les transporter à travers des nuages de vapeur jusqu'aux chaudrons clapotants qui rougeoyaient dans l'ombre...

« Un boisseau, une goutte, un litre, marmonnait Kulfi

dans son sommeil. Un picotin, une mesure, un sac, une barrique, une feuillette, un tonnelet. Santal, garance, casse aromatique, racine d'iris. » Elle se retourna sur sa natte, encore à demi endormie. « Noix de galle, cinabre, fleur de muscade. Séné, férule persique, œufs de caille, œufs d'escargot, foie de sanglier, queue de chat sauvage... » Elle se retourna à nouveau. « Feuilles de capucine, fleurs de rhododendron, vanilliers ! » Elle se redressa d'un coup. Les fleurs délicates blanc et vert foncé du vanillier. Qu'allait bien pouvoir être sa préparation sans elles ? Un plat sans saveur aucune, qui serait loin de répondre à son attente, un échec, une déception. Un vrai désastre.

Elle n'allait pas pouvoir se passer de cette fleur, c'était l'évidence même. Il la lui fallait, cette fleur au parfum exquis, si gracieuse et si transparente, qui sentait la mousse et la forêt. Il la lui fallait absolument, et tout de suite ! Elle regarda autour d'elle pour voir où en était la nuit... Les premières lueurs de l'aube pointaient à l'horizon. Elle avait tout juste le temps de grimper au flanc de la colline et de revenir avant l'arrivée des chasseurs. Elle s'habilla en toute hâte, ramassa sa bêche, sa faucille et un rouleau de corde et disparut dans les ténèbres, passant par la même occasion devant l'espion qui s'était posté dans les buissons, dans l'attente du grand spectacle de la matinée.

En proie à une forte fièvre due à son exaltation et à sa nervosité, il attendait que se lève ce jour qui, il y était bien décidé, lui fournirait, au milieu du chaos ambiant, l'occasion après laquelle il courait depuis si longtemps : découvrir la nature exacte de ce qui mitonnait dans les chaudrons de Kulfi. « Si tu as un singe, tu n'auras pas de poux. Si tu veux de la crème, ne trouble pas le lait. La mare nettoie-t-elle la boue qui se trouve au fond ? La pluie lave-t-elle le ciel ? Du bois que tu utilises dépend la viande que tu fais cuire dessus. » Ces derniers mois avaient été pour lui une véritable torture. Les maximes qui se bousculaient dans sa tête étaient comme autant de lianes qui s'enroulaient autour de lui et l'étouffaient. Il allait devoir se libérer, prouver au monde ce qu'il était. Et, par la même occasion, se le prouver à lui-même.

Quand Kulfi, partant pour la forêt, passa près de lui, elle le frôla de si près que le bord de sa faucille lui chatouilla le nez, mais elle continua son chemin sans même le remarquer.

Elle ne s'arrêta pas non plus pour jeter un coup d'œil à Sampath ou aux autres membres de la famille, ce qui n'était pas plus mal, sinon elle aurait remarqué l'absence de Pinky, qui, dans ses plus beaux atours, était déjà postée sous le tamarinier, attendant, comme prévu, le garçon du Cornet d'Amour, encore qu'elle fût de fort méchante humeur pour une raison qu'elle ne parvenait pas à s'expliquer. Dieu seul sait pourquoi, mais elle se sentait particulièrement irritable et hargneuse. Le manque de sommeil, peut-être. Tout en attendant, elle tapait nerveusement le talus avec un bâton. Si seulement Sampath l'avait accompagnée, elle aurait au moins eu quelqu'un à qui parler...

Mais Sampath était dans son goyavier, totalement figé comme un fossile prisonnier dans une goutte d'ambre. Pour une fois, les veilleurs avaient été renvoyés afin que les singes puissent passer leur dernière nuit dans le verger en toute tranquillité et que, quand ils arriveraient, les chasseurs les trouvent dans l'arbre, encore à moitié endormis.

Sampath était assis sans bouger depuis déjà de longues heures. La veille, il avait regardé s'éteindre les derniers rayons du soleil, les collines virer au bleu des fumerolles d'un feu de bois, les buissons, qui recueillaient l'ombre depuis la fin de l'après-midi, se fondre dans l'air plus sombre. Il avait senti la brise contre sa joue, entendu les premiers grillons, l'appel hésitant de la première grenouille dans le soir, puis ses coassements de plus en plus assurés au fur et à mesure que la nuit filtrait du sol et s'échappait des formes sombres autour de lui. Elle s'exhalait du ventre obscur des tubéreuses, des graines cachées dans les cosses, du calice des fleurs, des scarabées noirs comme l'encre et du cœur creux des bambous. Il avait vu s'ouvrir les pétales blancs des fleurs de la nuit, le ciel au-dessus de lui se piqueter d'étoiles brillantes, avait senti le parfum du jasmin qu'avait planté sa mère et du datura empoisonné, observé les papillons diaphanes qui trouaient l'obscurité pour aller danser, en quête d'amour, au-dessus des fleurs de tabac. Levant un doigt, il avait tracé les contours magiques de constellations imaginaires, les créant selon sa fantaisie, avant de laisser retomber sa main sur ses genoux.

Le temps passait. En bas, tout était silencieux. Pourtant, Sampath continuait à veiller. À un moment, il sentit un frisson de terreur qu'il ne chercha pas à expliquer lui étreindre le cœur. Il refusa de penser à ce qui arriverait le lendemain, et le frisson s'évanouit aussi vite qu'il était venu. Les heures s'égrenaient doucement. Minuit passa. On était maintenant lundi, le dernier jour d'avril, et tout était tranquille dans le verger. La famille dormait, et les singes dans le goyavier ne bougeaient pas.

Il y avait plusieurs manières de réagir à l'obscurité de la nuit. Il pouvait choisir de s'armer contre elle, de fermer les yeux et de serrer les paupières tout en s'enveloppant dans sa couverture. Ou bien, au contraire, il pouvait laisser tous ses murmures, toutes ses nuances de violet le pénétrer. Cette obscurité impersonnelle devenait alors source d'un réconfort dont aucune attention humaine n'était capable. Au fil des heures, il sentit ses muscles se détendre et un calme étrange l'envahir ; ses pensées se détachèrent de lui, tandis qu'une force inconnue le pénétrait et que ses membres s'engourdissaient peu à peu. Était-ce la fatigue, le découragement, ou une foi nouvelle qui venait de naître en lui ? Il n'aurait su le dire. Il ne sentait plus la partie supérieure de son corps, mais ses sens n'étaient pas pour autant émoussés. Ils étaient au contraire dotés d'une acuité bien plus grande, qui lui permettait de percevoir le moindre bruit, le moindre parfum, le moindre frémissement dans la nuit : les déplacements furtifs d'un mulot dans l'herbe, le battement d'ailes lointain d'une chauve-souris, les odeurs tentatrices qui venaient d'ailleurs et envoyaient les insectes bourdonner hors du verger. Il entendait l'eau des sources gazouiller sous la terre, l'entendait monter, aspirée par les arbres ; il entendait la respiration des feuilles et les mouvements des singes endormis.

Ici et là, dans les branches autour de lui, les dernières goyaves de la saison brasillaient au milieu des feuilles dans l'éclat de la lune. Il en compta trois... si mûres, si lourdes qu'au moindre contact, elles risquaient de tomber.

Il en saisit une. Pureté parfaite du Bouddha. Toute tournée sur elle-même, indifférente au monde... Fruit dont la beauté lointaine s'adoucissait au fil des jours et des nuits ; fruit magnifique empli d'une constellation encore inconnue des jeunes étoiles.

Il la caressa de la main. Elle était fraîche, bosselée au toucher. Les heures passaient. Les étoiles étaient maintenant si nombreuses qu'elles cachaient le ciel. Et Sampath veillait toujours, immobile dans la nuit qui retenait son souffle.

Dans la camionnette, le garçon du Cornet d'Amour était de plus en plus hystérique. Qu'est-ce qu'il voulait, au juste ? Rencontrer Pinky comme ils en avaient décidé. Non. Ce qu'il voulait, c'était faire demi-tour et aller retrouver son lit douillet. Pour se réveiller le lendemain et descendre manger tranquillement ses parathas du matin, préparés exactement comme il les aimait. Mais non. Où avait-il la tête ? Il y avait là-bas une armée de sœurs et de tantes qui l'attendaient de pied ferme. Pour tout dire, il n'avait jamais réussi à prendre son petit déjeuner en paix.

Quand elle vit la camionnette apparaître dans un tournant de la route qui montait en lacets en dessous d'elle, Pinky ramassa son balluchon tout en murmurant : « C'est pas trop tôt ! » L'instant d'après, elle la voyait tourner mystérieusement dans un chemin de terre et disparaître. Elle n'avait tout de même pas eu la berlue ? C'est vrai qu'elle n'avait pour ainsi dire pas fermé l'œil de la nuit. Mais ce genre d'hallucination ne lui ressemblait guère. Ce devait être encore un coup de cet idiot de marchand de glaces. Tout compte fait, est-ce qu'elle allait vraiment pouvoir le supporter ? Elle allait commencer par lui flanquer quelques bons coups de bâton. Mais voilà que la camionnette réapparut. À nouveau, elle se pencha pour ramasser son balluchon. Quand tout à coup...

Mais qu'est-ce qu'il fabriquait ?

Le véhicule avait à nouveau viré de bord et disparu.

« Mais qu'est-ce qu'il fout, ce putain de bahut ? » hurla le colonel. Ce n'était pas possible, il rêvait ! Et pourtant, là, tantôt devant eux, tantôt derrière, disparaissant dans les ruelles pour réapparaître aussitôt, c'était bien la camionnette du vendeur de glace ! « Je vais le tuer, dit le colonel, d'une voix soudain très calme. Vous m'entendez, je vais descendre cette espèce de cinglé.

– Non, non, monsieur, piailla M. Gupta d'une voix de fausset, tout en se redressant sur son siège. N'en faites rien, monsieur. Ce n'est jamais qu'un marchand de glace. »

Blanc comme un linge, le sous-préfet était agrippé au pare-brise de la jeep. C'était à n'y pas croire. Il était en plein cauchemar. Oui, c'est ça, il n'était pas encore réveillé, et toute cette histoire n'était qu'un horrible et sinistre cauchemar.

M. Chawla alla voir où en était Sampath. « Ils ne vont pas tarder », lui dit-il avant de revenir vers Ammaji, qui attendait le commissaire à l'entrée du verger, en compagnie des policiers qui avaient établi un barrage. Mais le chef des forces de police était encore dans son lit. La veille, il avait décidé, dans l'espoir d'être rétrogradé, de ne pas participer à cette délicate opération. Et en ce moment, la tête sous les couvertures, il rêvait et ronflait comme un bienheureux.

L'espace d'un instant, le verger se retrouva vide. « Ha, ha ! » se dit l'espion, toujours caché dans les buissons devant lesquels Kulfi était passée quelques minutes plus tôt. Le chaudron était là, bouillonnant, tentateur : l'homme se précipita hors de sa cachette et, le cœur au bord des lèvres, grimpa dans l'arbre sous lequel trônait l'objet de sa convoitise. Il avait dans l'idée de se positionner juste au-dessus, de façon à avoir la meilleure vue possible de l'intérieur du chaudron. Il s'était muni de sa collection de fioles et de ficelles : avec un peu de chance, il arriverait bien, depuis sa position stratégique, à prélever quelques échantillons de cette sauce... Tel un possédé, il se mit à ramper le long des branches.

Les langurs commencèrent à s'agiter avec les premières lueurs du jour. L'armée progressait lentement sur la route du bazar. À l'arrière de la jeep du colonel, troussé et ficelé comme une volaille dans les filets à singe, solidement attaché pour éviter de nouvelles perturbations dans les rues à sens unique, gisait le garçon du Cornet d'Amour. « Lâchez-moi, avait-il crié, tout en se débattant. Lâchez-moi. C'est aujourd'hui que je joue ma vie.

– Eh bien, moi, je vais te jouer d'un autre air », avait répondu le colonel en bâillonnant le garçon à l'aide d'une des écharpes de M. Gupta.

Le malheureux se débattit comme un beau diable, mais se retrouva, bon gré mal gré, emporté vers Pinky. Le destin avait choisi pour lui.

« Les voilà, Sampath, cria M. Chawla quand il les vit apparaître. Sampath, ils arrivent ! »

Tout à coup, réagissant à cette annonce comme à une violente détonation, les langurs, terrorisés, bondirent dans les arbres voisins.

« Début de l'opération, cria le colonel. À vos marques... Prêts ?... Partez ! »

Les singes étaient manifestement bien réveillés et prêts à prendre la poudre d'escampette à tout instant. Les hommes se déployèrent précipitamment en ordre de bataille.

« Et les filets, espèces de crétins ? Où ils sont, vos filets ? » hurla le colonel.

Personne n'avait pensé à les décharger de la jeep. Les rets salvateurs emprisonnaient toujours le jouvenceau du Cornet d'Amour, et quand les soldats voulurent les récupérer, ils virent leurs efforts pour tenter de les extirper du véhicule grandement contrecarrés par la présence d'un corps entortillé dans leurs mailles.

Tout ce remue-ménage finit par attirer l'attention de Pinky, qui arriva bientôt sur les lieux pour découvrir que le garçon était tombé dans les filets de l'armée. Elle le regarda, écœurée. Pauvre crétin, va ! Ficelé et troussé comme une volaille ! Lui, en revanche, ne l'avait jamais trouvée aussi jolie, dans sa colère et son dédain. Il lui adressa un regard suppliant, qui laissa la belle de marbre. Comment pardonner pareille trahison à un moment aussi crucial !

M. Chawla courut jusqu'au goyavier pour faire descendre son fils – précaution à laquelle on aurait dû penser plus tôt, au vu du vilain tour que prenait la situation. Mais... mais...

« Sampath ! hurla-t-il. Sampath, Sampath... »

L'arbre était vide.

« Sampath ! » La voix de M. Chawla s'enfla démesurément jusqu'à résonner à travers toute la colline, et il porta la main à son cœur. Ses pires craintes s'étaient réalisées. « Sampath, gémit-il. Sampath, où es-tu ? Mais où es-tu ? »

Ammaji accourut jusqu'au goyavier, tandis qu'au-dessus de sa tête, les singes réintégraient l'arbre à grands bonds. Les branches s'agitaient comme une grande mer verte sous le fouet de vagues écumantes. D'abord dispersés, les langurs commencèrent à se rassembler en cercle au milieu des jacassements, tout en se frottant les yeux.

« Baba », sanglota Mlle Jyotsna, qui venait tout juste d'arriver pour assister à la tragédie. Elle chancela, comme sur le point de s'évanouir – et c'est M. Gupta qui la rattrapa dans ses bras. « Baba, Baba... »

Ils regardèrent et cherchèrent partout. Du haut en bas du goyavier. Dans les arbres avoisinants. Dans les buissons. Derrière les rochers. Ils scrutèrent les branches et l'arrangement parfaitement immobile des feuilles et des fruits, à peine agités d'un faible tremblement. Leurs yeux s'attardèrent douloureusement sur la couche vide... À y regarder de plus près, pas tout à fait vide ! Il y avait là une goyave, une seule, et d'une grosseur inhabituelle ; elle était parfaitement ronde, étrangement étoilée à la base, étrangement fripée... Autour d'elle, un cercle d'yeux sombres enfoncés dans des visages noirs comme du charbon sur un fond de pelages argentés. Elle avait sur le côté une petite marque brune, comme une tache de naissance...

« Attendez, hurla Ammaji. Donnez-moi ce fruit. Attendez ! Sampath ! Sampath ! »

Mais, avant que quiconque ait pu esquisser le moindre geste, le singe du cinéma se saisit du fruit et, avec le regard calme du sage, le pressa contre sa poitrine, avant d'abandonner le goyavier et de s'enfuir à grands bonds, suivi de toute la troupe de ses congénères.

« Attendez ! »

L'armée leur donna la chasse, renonçant à essayer de tirer quoi que ce soit de leurs filets. M. Chawla fit de même, suivi d'Ammaji. Imités par la foule des fidèles qui avaient réussi à forcer les barrages de police, et, pour finir, par des policiers orphelins de leur chef. Quelle course éperdue, haletante ! Pinky, elle aussi, les avait rejoints. Devant elle, le colonel avait vraiment fière allure. Elle eut soudain une envie folle de lui pincer les fesses. Après tout, son père ne lui avait-il pas conseillé de regarder au-dessus et non en dessous d'elle ?

L'espion progressait lentement le long de sa branche quand un bruit de tempête déchira l'air : les cimes des arbres se tordirent comme au passage d'une tornade, les singes sautèrent par-dessus le mur séparant le verger de la forêt de l'université et, au fur et à mesure de leur avance, tracèrent dans la montagne, à travers les pins, un sillage argenté et tremblant, qui agitait les branches et les feuilles. Les oiseaux, affolés, s'envolèrent dans tous les sens, mêlant leurs piaillements aux voix qui résonnaient en bas, zébrant l'air de satin bleu, rouge et noir, dans le tourbillon cuivre et or des faisans, des paons, des piverts et des bulbuls...

Les singes, eux, poursuivaient leur route. De plus en plus loin. De plus en plus haut. Comme un vent venu de nulle part qui passe en bruissant dans les arbres et s'évanouit à la manière d'un fantôme. Haletante, la foule s'était immobilisée dans le verger. L'espion rampait toujours.

Là-haut, très haut, Kulfi ramassait ses fleurs de vanillier dans un arbre moussu, quand elle sentit sur elle le souffle d'une tempête et vit un tourbillon pâle passer en un éclair devant elle. Elle se mit debout sur la branche où elle était assise, s'abritant les yeux des rayons du soleil pour observer les singes qui continuaient leur ascension. Ils atteignirent bientôt les hauts sommets, la crête de la plus haute montagne, et là, les arbres, un moment, s'agitèrent, courbèrent la tête, comme dans un adieu – puis, ce fut fini. Les langurs avaient disparu. Sans laisser de trace.

Soudain, tout fut à nouveau parfaitement tranquille. Les oiseaux revinrent dans la forêt; des plumes flottaient à leur suite, qui tombèrent peu à peu, lentement, jusqu'à terre.

Et dans ce soudain silence, depuis le verger on entendit...

Un craquement!

Un hurlement!

Un plouf sonore!

Le bruit parvint jusqu'à Kulfi, là-haut dans son arbre. Elle se retourna vers la vallée. « Qu'est-ce que c'est que ça? » s'interrogea-t-elle à voix haute.

« Vous avez entendu ? demanda Pinky au colonel, en lui faisant ses grands yeux de biche. Vous avez entendu ce bruit ? »

« Qu'est-ce qui s'passe ? » demandèrent en chœur M. Chawla et Ammaji, les soldats et les policiers, les fidèles et les gens de la ville.

Malgré eux, ils détournèrent le regard du sommet de la montagne. Au-dessus du chaudron de Kulfi pendait une branche cassée. Au-dedans mitonnaient des épices et des herbes, des baies et des fruits, toute une sauce véritablement délicieuse.

Avec, pourtant, quelque chose en plus.

C'est à pas circonspects qu'ils s'approchèrent du chaudron bouillonnant.

DANS LA MÊME COLLECTION

ANDERSON Alston
Le Tombeur

ASCH Sholem
Marie, mère de Jésus

BERNLEF J.
Chimères
Secret public

BEYER Marcel
Voix de la nuit

BLACKBURN Julia
Daisy et les aborigènes
Le Livre des sortilèges

BLASCO IBÁÑEZ Vicente
Mare Nostrum

BOJER Johan
Le Dernier Viking

BORNEMARK Kjell-Olof
La Roulette suédoise

BOROWSKI Tadeusz
Le Monde de pierre

CANIN Ethan
Le Voleur du palais

ČAPEK Karel
L'Affaire Selvin

COTRONEO Roberto
Presto con fuoco

COWAN James
Le Rêve du cartographe

CRUMEY Andrew
Pfitz

D'ANNUNZIO Gabriele
L'Enfant de volupté

DJILAS Milovan
L'Exécution

DONLEAVY J. P.
La dame qui aimait les toilettes propres

DONOSO José
Ce lieu sans limites
Ce dimanche-là
Casa de campo
Le Couronnement
Le Jardin d'à côté

DUNCKER Patricia
La Folie Foucault

ENGEL Marion
L'Ours

FASCHINGER Lilian
Magdalena pécheresse

FEUCHTWANGER Lion
Le Roman de Goya

GALSWORTHY John (Prix Nobel)
La Dynastie des Forsyte

GORENSTEIN Friedrich
Scriabine

GREGOR-DELLIN Martin
Le Réverbère

HAMSUN Knut (Prix Nobel)
Mystères
Le Dernier Chapitre
Victoria
Sous l'étoile d'automne
La Dernière Joie
Un vagabond joue en sourdine
Benoni
Rosa
Sur les sentiers où l'herbe repousse
Femmes à la fontaine
Enfants de leur temps
La Ville de Segelfoss
Pan
Esclaves de l'amour
Rêveurs
Le cercle s'est refermé
Auguste le marin
L'Éveil de la glèbe
Mais la vie continue

HESSE Hermann (Prix Nobel)
Le Loup des steppes
Le Voyage en Orient
Narcisse et Goldmund
Peter Camenzind
Le Jeu des perles de verre
Gertrude
L'Ornière
Rosshalde
Knulp

Le Dernier Été de Klingsor
Enfance d'un magicien
Les Frères du soleil
Berthold
La Leçon interrompue
Une petite ville d'autrefois
La Conversion de Casanova
Le Poète chinois
Fiançailles
Souvenirs d'un Européen
Contes merveilleux
Histoires d'amour

HOFFMANN Gert
Le Bonheur

ISHIGURO Kazuo
L'Inconsolé

JAMES Henry
Les Dépouilles de Poynton

JOLLEY Elisabeth
Le Mensonge

KASACK Hermann
La Ville au-delà du fleuve

KAZAN Elia
America America

KOESTLER Arthur
Croisade sans croix
Le Zéro et l'Infini
Les hommes ont soif
La Corde raide
Les Hiéroglyphes
Les Call-Girls
Spartacus

KOESTLER Arthur et Cynthia
L'Étranger du square

KOVIC Ron
Né un 4 juillet

KRLEZA Miroslav
Le Retour de Philippe Latinovicz
Mars Dieu croate

LAWRENCE D. H.
Le Paon blanc
Mr. Noon

LERNET-HOLENIA Alexandre
Le Régiment des Deux-Siciles

LEROI Jones
La Mort d'Horacio Alger
Le Système de l'enfer de Dante

LISH Gordon
Dear Mr. Capote
Le Deuil aux trousses

LODEMANN Jürgen
Lynch

MAWER Simon
Le Nain de Mendel

MENEGHELLO Luigi
Les Petits Maîtres

MERAY Tibor
Le Dernier Rapport

MOSSINSOHN Igal
Judas

MULISCH Harry
L'Attentat
Les Noces de pierre

NOOTEBOOM Cees
Rituels
Dans les montagnes des Pays-Bas
Philippe et les autres

OTERO SILVA Miguel
Et retenez vos larmes
Lope de Aguirre, prince de la liberté

OZ Amos
Ailleurs peut-être
Mon Michaël
Jusqu'à la mort
Toucher l'eau, toucher le vent
La Colline de mauvais conseil
Un juste repos
La Boîte noire
(Prix Fémina Étranger)
Connaître une femme
La Troisième Sphère
Ne dis pas la nuit
Une panthère dans la cave

PERCY Walker
L'Amour parmi les ruines
Les Signes de l'Apocalypse

PIRANDELLO Luigi
(Prix Nobel)
Feu Mathias Pascal

RAO Raja
La Chatte et Shakespeare suivi de *Camarade Kirillov*

RICHLER Mordecai
Gursky

RICHTER Conrad
La Grande Dame

ROBERTS Michèle
Chair de ma chair

ROTH Joseph
Le Poids de la grâce

RUESCH Hans
Le Soleil dans la poche
La Soif noire

SCHNEIDER Robert
Frère sommeil
(Prix Médicis étranger)

SCHNITZLER Arthur
Le Lieutenant Gustel

SEGEDIN Petar
Les Enfants de Dieu

SHALEV Meir
Pour l'amour de Judith

SHIELDS Carol
Swann
La République de l'amour
La Mémoire des pierres
(Prix Pulitzer)
Une soirée chez Larry

SIMPSON Mona
L'Ombre du père

SORIANO Osvaldo
Quartiers d'hiver

TCHOUKOVSKAIA Lydia
La Plongée

THACKERAY William
Mémoires d'un valet de pied

THEROUX Paul
Mosquito Coast
Escort Girl

VANDERHAEGHE Guy
Le Dernier Cow-boy

WALSHE Robert
L'Œuvre du Gallois

WESCOTT Glenway
Le Faucon pèlerin

WIECHERT Ernst
Missa sine nomine
L'Enfant élu
La Commandante
Le Capitaine de Capharnaüm

WODIN Natascha
La Ville de verre

WOOLF Virginia
Les Vagues

YEHOSHUA Avraham B.
L'Amant
Au début de l'été 1970
Un divorce tardif
L'Année des cinq saisons
Monsieur Mani
Shiva
Voyage vers l'an Mil

ZWAGERMAN Joost
La Chambre sous-marine

Cet ouvrage a été imprimé par la
SOCIÉTÉ NOUVELLE FIRMIN-DIDOT
(Mesnil-sur-l'Estrée)
pour le compte des Éditions Calmann-Lévy
3, rue Auber, Paris 9e
en juin 1999

Photocomposition CMB Graphic
(Saint-Herblain)

Imprimé en France
Dépôt légal : août 1999
N° d'édition : 12814/01 - N° d'impression : 47353